dtv

Reihe Hanser

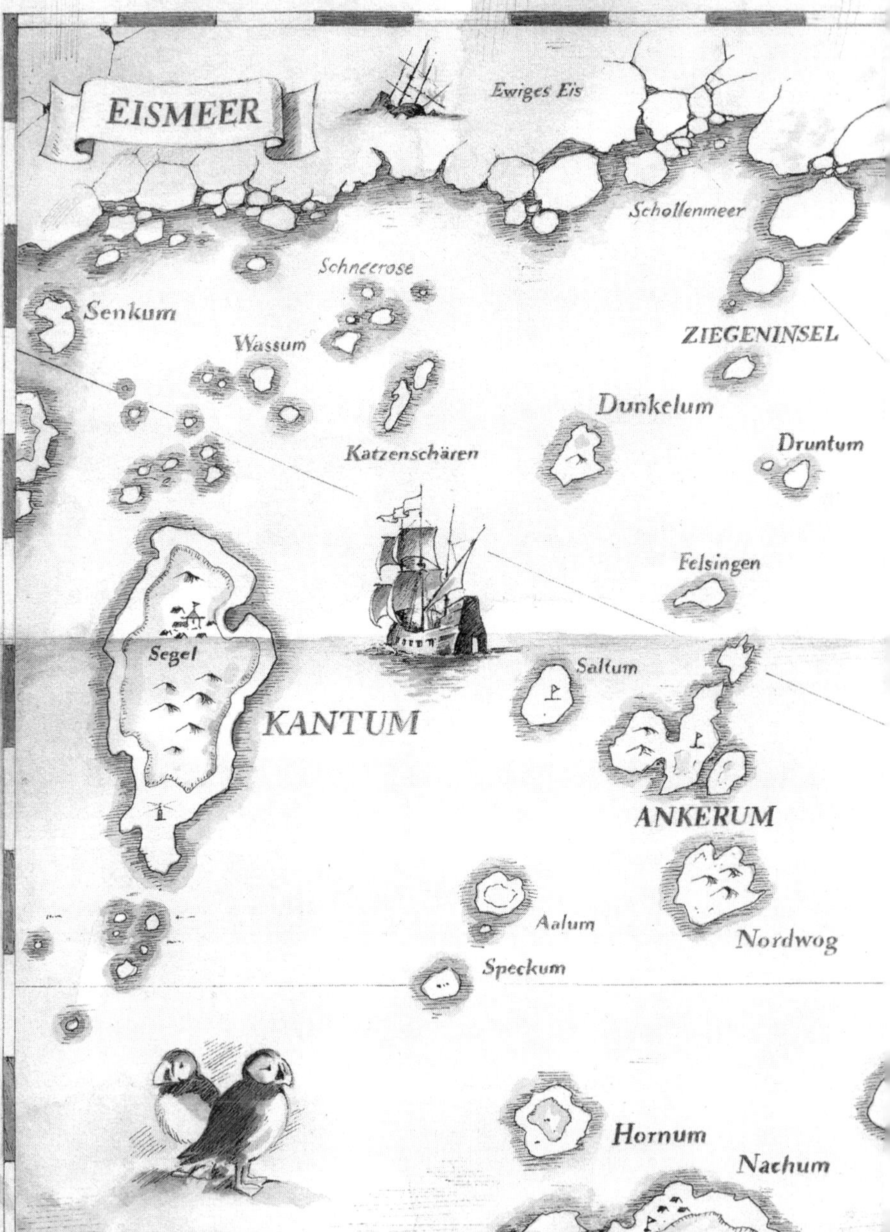

EISMEER
Ewiges Eis
Schollenmeer
Schneerose
Senkum
Wassum
ZIEGENINSEL
Dunkelum
Druntum
Katzenschären
Felsingen
Segel
Saltum
KANTUM
ANKERUM
Aalum
Nordwog
Speckum
Hornum
Nachum

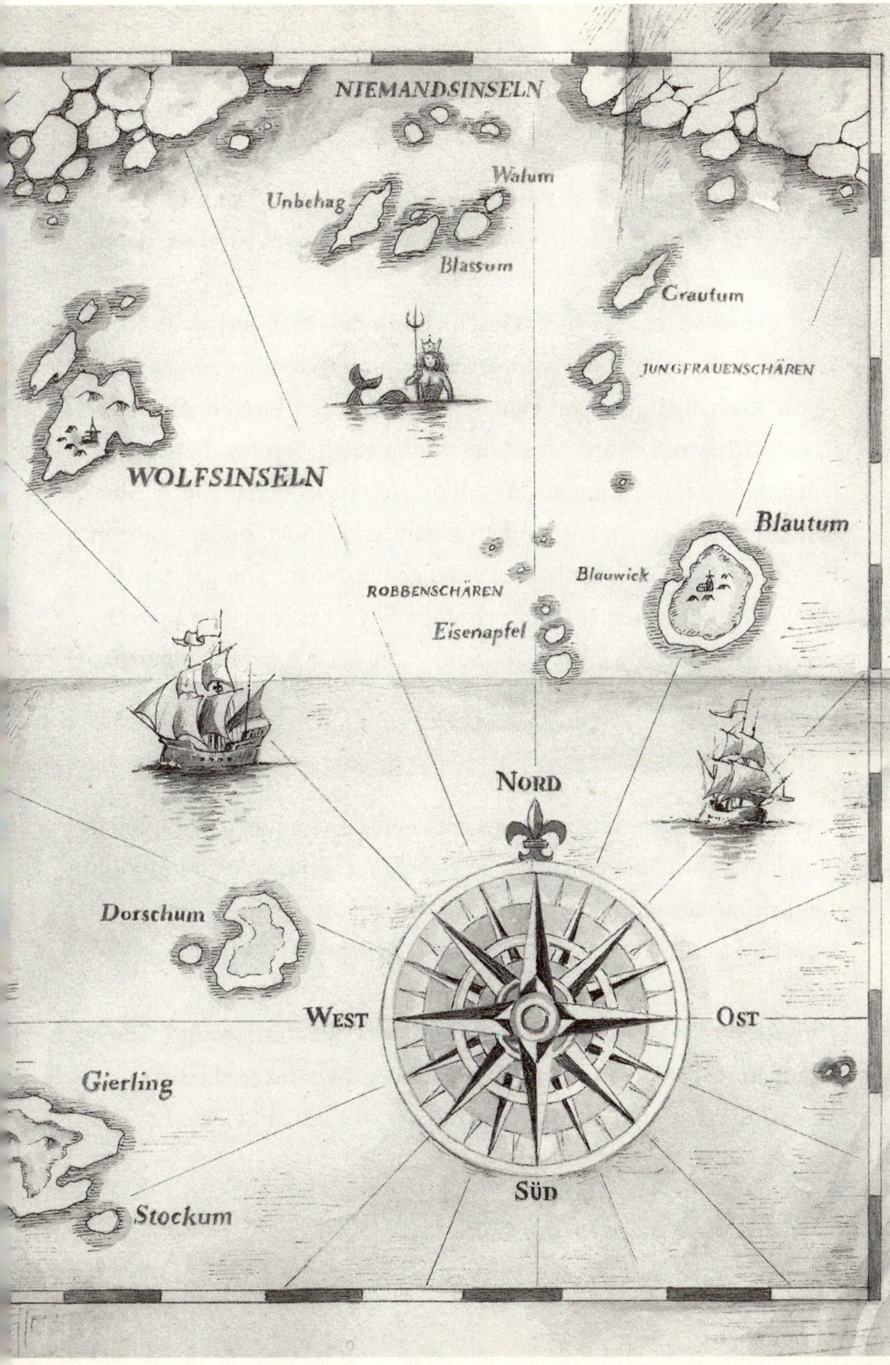

NIEMANDSINSELN
Walum
Unbehag
Blassum
Grautum
JUNGFRAUENSCHÄREN
WOLFSINSELN
Blautum
Blauwick
ROBBENSCHÄREN
Eisenapfel
NORD
Dorschum
WEST
OST
Gierling
SÜD
Stockum

»Ja«, flüsterte ich. »Von Piraten geraubt zu werden und in dieser Grube zu enden. Das ist das Schlimmste, was einem Kind passieren kann.«

Und genau so endete Siris Geschichte jedes Mal, wenn sie ihrer kleinen Schwester Miki von Piratenkapitän Weißhaupt erzählte. Natürlich haben alle schreckliche Angst vor den Piraten, aber niemand hätte wohl damit gerechnet, ihnen eines Tages zu begegnen. Doch dann passierte genau das: Miki wird tatsächlich geraubt. Aber niemand hat den Mut, sich dem gefährlichsten Mann des ganzen Eismeers, Kapitän Weißhaupt, entgegenzustellen. Die gefangenen Kinder lässt er in seiner Mine schuften. Siri wagt, was kein Erwachsener sich traut: Sie fährt ihrer Schwester Miki hinterher über das schier unendliche Eismeer ...

Frida Nilsson, geboren 1979, schreibt seit 2004 äußerst erfolgreich für Kinder. Ihre Bücher wurden in viele Sprachen übersetzt und sind vielfach ausgezeichnet worden. Sie war für den Astrid-Lindgren-Preis und für den Deutschen Jugendliteraturpreis nominiert.

Torben Kuhlmann, geboren 1982, studierte Illustration und Kommunikationsdesign an der HAW Hamburg. Seit 2014 arbeitet er als freier Illustrator und Autor. Seine Bücher wurden mit vielen Preisen ausgezeichnet.

Frida Nilsson

Siri und die Eismeerpiraten

Aus dem Schwedischen von
Friederike Buchinger

Mit Bildern von
Torben Kuhlmann

dtv

Ausführliche Informationen über
unsere Autoren und Bücher
www.dtv.de

Dieses Buch ist den Jungen von Mörkö gewidmet.

Außerdem danke ich meinem Schwiegervater,
der mir viel über Holzschiffe beigebracht hat,
und meinem Vater, der als Erster die Geschichte
der Jungfer Rund erzählt hat.

MIX
Papier aus verantwortungsvollen Quellen
FSC® C019821
FSC
www.fsc.org

Wir danken dem Swedish Arts Council
für die Förderung der Übersetzung.

2019 dtv Verlagsgesellschaft mbH & Co. KG, München

Titel der Originalausgabe: ›Ishavspirater‹ (Natur och Kultur, Stockholm)

Umschlagillustration: Torben Kuhlmann
Satz: Fotosatz Amann, Memmingen
Druck und Bindung: Druckerei C.H. Beck, Nördlingen
Gedruckt auf säurefreiem, chlorfrei gebleichtem Papier
Printed in Germany · ISBN 978-3-423-62709-2

Miki

Dies ist die Geschichte von meiner Fahrt auf dem Eismeer. Es war Mitte November und ich war gerade zehn geworden. In unserer Bucht lagen die Wale und ruhten sich aus, Wasserdampf stand in kleinen Wolken über ihren glänzenden Rücken und am Horizont brütete seit Tagen der Nebel, dick und weiß und wunderschön.

Hier in Blauwiek, wo ich wohne, kann es im Winter so kalt werden, dass die Segel der Schiffe in der Luft gefrieren. Einmal fand ich einen Vogel auf dem Boden, es war ein Kormoran. Er war vom Himmel gefallen, weil seine Flügel in der Kälte erstarrt waren. Aber er war nicht tot und ich trug ihn nach Hause. Mein Papa hat ein Händchen für Tiere, sodass wir den Kormoran schon nach ein paar Tagen wieder freilassen konnten.

Überhaupt hat mein Vater ein Händchen für eigentlich alles in der Natur – soll ich verraten, was in unserer Küche an der Wand hängt? Etwas, das man normalerweise wirklich nicht zu sehen bekommt: das Stück einer Meerjungfrauen-Flosse! Es ist nicht besonders groß, wie die Ecke eines Taschentuchs vielleicht, und es hat Haare, die beinahe rosa sind. Die Meerjungfrau hatte sich in Papas Netz verheddert, als er draußen auf See war, um Dorsche zu fischen. Sie hatte schreckliche Angst, sie schrie und schlug wie wild mit der Schwanzflosse um sich. Sie dachte wohl, mein Papa würde sie nicht wieder freilassen. Aber das tat er natürlich doch.

»Denn es ist ja wohl ein Unterschied, ob man einen Dorsch aus dem Wasser zieht oder eine Meerjungfrau«, sagte er. »Gewisse Dinge tut man einfach nicht.«

Als sie sich endlich beruhigt hatte, befreite er sie vorsichtig aus dem Netz und ließ sie frei. Aber dabei riss sie sich ein kleines Stück ihrer Schwanzflosse ab, das auf dem Schiffsboden liegen blieb. Und genau dieses Stück klebt nun auf einer Planke und hängt in unserer Küche an der Wand. Miki und ich haben es rundherum mit Steinen verziert.

Miki ist meine Schwester. Ihretwegen bin ich aufs Eismeer hinausgefahren. Es gibt nämlich auch Menschen, die der Meinung sind, dass es keinen Unterschied macht, ob man einen Dorsch oder eine Meerjungfrau fängt – und die sogar noch schlimmere Dinge tun. Dort, wo ich wohne, da fuhren einst Piraten über das Meer. Wirklich hässliche und böse Piraten.

»Erzähl mir von Weißhaupt«, sagte Miki abends oft zu mir, wenn wir in der ausziehbaren Küchenbank lagen und schlafen sollten. Nebenan in der Kammer schnarchte Papa, dass man das Gefühl hatte, das ganze Haus würde beben.

»Dann kannst du nicht einschlafen«, antwortete ich, »sondern liegst die halbe Nacht wach und weinst, bis du mich schließlich weckst. Und dann sind wir morgen alle beide müde.«

»Ich verspreche es!«, flüsterte sie. Sie hielt ihren Mund ganz dicht an mein Ohr. »Ich verspreche dir zu schlafen. Bitte erzähl mir von den Piraten, liebe, liebe Siri.«

Und dann erzählte ich Miki doch von Weißhaupt und immer begann meine Geschichte so:

»Es gibt einen Mann, der Kinder für sich schuften lässt, der Kinder benutzt, als wären sie Tiere. Tief drinnen in diesem Mann, dort, wo bei anderen Menschen die Seele sitzt, ist es so leer und kalt wie in einer Eishöhle.«

»Er ist der kälteste Mensch, den es gibt«, sagte Miki. Sie konnte es nie lassen, mir beim Erzählen ein bisschen zu helfen, und eigentlich wusste sie alles genauso gut wie ich.

»Ja, er ist der kälteste Mensch, den du dir vorstellen kannst«, sagte ich. »Du weiß ja, er ist Piratenkapitän. Sein Haar ist weiß wie Schnee. Und es ist lang, es reicht ihm bis zur Taille, aber er trägt es zu einem Knoten geschlungen im Nacken, genau wie feine Damen es sonst tun.«

»Warum?«

»Weil er nicht will, dass seine Haare einfrieren und abbrechen. Aber wer auf Weißhaupts Schiff anheuert und Pirat wird, der wird reich. Unglaublich reich, und weißt du auch, warum?«

»Weil Weißhaupt die ganze Beute seiner Besatzung überlässt.«

»Ja. Das ganze Gold, das ganze Silber und Eisen, jeden Pelz, jede Geldkassette, überhaupt alles, was kostbar ist, das dürfen die Piraten unter sich aufteilen. Weißhaupt will nichts davon. Das Einzige, was ihn interessiert ...« Ich schauderte, wie immer, wenn ich an diese Stelle in der Geschichte kam. »Das Einzige, was ihn interessiert, sind die Kinder. Viele magere Kinder, je kleiner, je besser. Sobald die Piraten so ein kleines Kind in die Finger bekommen, werfen sie es in den Frachtraum ihres Schiffes.«

»Wie sieht das Schiff aus?«

»Es ist ganz weiß und hat drei Masten. Vorne am Bug sitzt ein Rabenkopf aus Holz, mit weit aufgerissenem Schnabel. Das Schiff heißt nämlich Schneerabe.«

»Aber alle sagen nur *die Rabe.*«

»Ja, fast alle sprechen von der Rabe. Und mit der Rabe segeln die Piraten dann den ganzen Weg zu Weißhaupts Insel.«

»Und wo liegt die Insel?«

»Weit weg im Westen. So weit man nur kommen kann, bevor die Welt zu Ende ist und man über den Rand fällt. Du weißt doch, dass es einen Ort gibt, der Segel heißt, Miki, nicht wahr?«

»Ja«, antwortete Miki heiser.

»Und weißt du auch, was für ein Ort das ist?«

»Ein Dorf. Aber ein großes Dorf, wo die Straßen gepflastert sind. Dort treffen sich die Piraten, um zu trinken und sich zu prügeln und ...«

»Na ja, ich weiß nicht so richtig, ob sie extra dorthin kommen, um sich zu prügeln, aber ich weiß auf jeden Fall, dass Segel kein angenehmer Ort ist, und ich weiß, dass sich ziemlich viel Pack dort herumtreibt. Allerlei wüste Seefahrer und Schurken. Solche, die ihr Geld verdienen, indem sie es anderen wegnehmen. Aber die Schlimmsten von allen, das sind die, die dorthin kommen, um für Weißhaupt zu arbeiten. Weißhaupts Insel muss also wohl irgendwo dort in der Nähe von Segel liegen.«

»Und was wird aus den Kindern, die auf seine Insel gebracht werden? Was müssen sie tun?«

»Nun, Weißhaupt hat ein Bergwerk«, sagte ich. »Einen riesigen Stollen tief unter der Erde.«

»Und was ist das für ein Bergwerk?«, fragte Miki.

»Das weiß keiner. Aber man *sagt* …«

»Man sagt, es wäre eine Diamantengrube!«

»Ja.«

»Und da, da gibt es Unmengen von Diamanten, manche sind so groß wie Äpfel«, sagte Miki.

»Ja, so sagt man zumindest. Aber man erzählt sich auch, dass jemand die Kinder bewacht, eine Frau. Und diese Frau …«

»Diese Frau ist Weißhaupts Tochter! Sie hat sich alle ihre Zähne aus dem Mund gerissen und stattdessen Diamanten eingesetzt.«

»Genau. Und Weißhaupt trinkt seinen Wein aus einem Becher, der aus einem einzigen Diamanten geschliffen wurde. Du weißt doch, wie wertvoll ein Diamant ist, Miki?«

»Mm.«

»Mit einem Diamanten, der nicht größer ist als eine Erbse, könnte man unsere ganze Insel kaufen.«

»Aber warum … warum braucht er denn Kinder für die Arbeit?«, fragte sie. »Wieso nimmt er keine Erwachsenen?«

»Ja, das weiß keiner so richtig«, sagte ich. »Aber stell dir nur vor, Miki, von morgens bis abends in der Dunkelheit herumzukriechen! Mit blutigen Knien und einer Hacke in der Hand. Die Grubenkinder halten das nicht lange durch. Entweder brechen sie sich den Rücken, weil sie so furchtbar schwer schleppen müssen, oder die Feuchtigkeit macht sie lungenkrank. Oder sie werden in der Dunkelheit verrückt, sodass sie … ja, sodass sie daran zugrunde gehen.«

Miki schluckte.

»Das ist das Schlimmste …«, flüsterte sie.

»Ja«, flüsterte ich. »Von Piraten geraubt zu werden und in dieser Grube zu enden. Das ist das Schlimmste, was einem Kind passieren kann.«

Und genau so endete meine Geschichte jedes Mal, wenn ich Miki von Weißhaupt erzählte.

Aber zu Hause, wenn wir in unserer Schlafbank lagen, da fühlte sich alles an wie ein Märchen. Oder wie etwas, das nur anderen armen, bedauernswerten Kindern passieren konnte. Ja, natürlich hatten wir schreckliche Angst vor den Piraten, aber wir hätten wohl nie damit gerechnet, ihnen eines Tages zu begegnen. Nein, niemals hätte ich gedacht, dass Weißhaupt seine Klauen nach meiner kleinen Schwester ausstrecken würde.

Eisenapfel

Nun werde ich von dem Tag auf unserer Schäre Eisenapfel erzählen. Von dem Tag, den ich nie vergessen werde. Wie ein Seeigel hat er sich in meinem Gedächtnis festgesaugt und wird, solange ich lebe, nicht mehr loslassen, das weiß ich.

Wir wollten Beeren sammeln, Miki und ich. Am Morgen, als wir in der Tür standen, sah Papa wieder so unglücklich aus.

»Wieso kann ich euch nicht begleiten?«, sagte er. Er hatte nur seine lange Unterhose an.

»Das schaffst du nicht«, sagte ich. »Das weißt du doch. Iss jetzt dein Frühstück, dann sehen wir uns zum Abendessen wieder.«

Papa warf einen Blick auf das Butterbrot, das auf dem Tisch stand. Es war mit einem Stück kaltem gekochtem Dorsch belegt.

»Ich bin nicht hungrig«, brummte er. »Und ich mag es nicht, wenn ihr alleine rausfahrt. Das ist nicht richtig.«

»Aber es ist die einzige Möglichkeit«, antwortete ich und zog mir die Mütze über die Ohren. »Wir müssen ja irgendetwas essen.«

Da sah er mich mit seinen großen, wässrigen Augen an.

»Wenn ich doch nur nicht so alt wäre«, sagte er. »Dann könnte ich den ganzen Tag über das Meer rudern, so kräftig rudern, dass die Wellen schäumen – und mit so viel Beeren, Eiern und Fisch zu euch nach Hause kommen, dass ihr euch die Bäuche damit vollschlagen könntet. Und wenn ich Weißhaupts Pack begegnen würde, dann würde ich aus ihrem verfluchten Schiff Brennholz machen.«

Er drückte sich die Hand auf die Augen und wischte ein paar Tränen weg.

»Du musst keine Angst haben«, sagte ich. »Auf Eisenapfel hat man eine gute Sicht. Falls wir die Rabe sehen, springen wir ins Boot und rudern nach Hause. Wir schaffen das.«

Miki schauderte. Papa warf ihr einen verstohlenen Blick zu und eigentlich hätte er sie wohl am liebsten zu Hause behalten. Aber zu zweit hatte man natürlich doppelt so schnell eine ordentliche Menge Beeren zusammengesammelt und deshalb sagte er nichts.

Ich streckte mich und streichelte ihm über die Wange.

»Liebes Stöckchen«, sagte ich. »Mach dir keine Sorgen. Wir sehen uns schneller wieder, als du denkst.«

Wir nannten unsern Vater Stöckchen, obwohl er so groß war, weil er immer sagte, er würde geradewegs zerbrechen wie ein Stöckchen, wenn er Miki und mich je verlieren würde.

Eisenapfel ist eine kleine Schäreninsel. Sie gehört ganz alleine uns, denn so ist es hier üblich. Jede Familie besitzt ein paar Inseln und dort darf man jagen und sammeln, wie man lustig ist, ohne dass sich jemand anderes einmischt. Miki und ich ruderten in unserem flachen Kahn hinüber, das Meer war grau und glatt. Eine kalte, beißende Feuchtigkeit lag in der Luft und die ganze Welt sah aus, als wäre sie aus Milch gemalt. Das war der Novembernebel, der langsam auf die Küste zukroch.

»Erzähl mir, wie es war, als Mama und Papa sich kennengelernt haben«, sagte Miki, die sich über die Reling beugte und ins Wasser schaute.

»Hab ich doch schon tausendmal erzählt«, sagte ich.

Sie drehte sich um.

»Nur noch ein Mal!«, bat sie. »Bitte, Siri!«

Also erzählte ich ihr die Geschichte, weil ich merkte, dass sie Angst hatte, und da war es gut, wenn sie auf andere Gedanken kam.

»Papa war mit dem Boot hinausgefahren, um Netze auszulegen, als plötzlich ein Sturm aufzog. Er fiel ins Wasser und es gab niemanden, der ihm helfen konnte. Das Wasser war eisig kalt, er wäre bestimmt bald gestorben. Aber dann entdeckte er im Schaum der Wellen eine Schäreninsel. So schnell er konnte, schwamm er dorthin.«

»Denn damals konnte er noch schwimmen?«

»Ja, das ist ja schon lange her. Lange bevor du und ich geboren wurden und damals war er der stärkste Mann im ganzen Dorf.«

»Aber er konnte nicht an Land klettern.«

»Nein, die Schäre war zu steil. Er dachte, dass alle Hoffnung verloren war, und wollte sich schon von den Wellen verschlucken lassen. Aber da tauchte Mama auf. Sie wohnte nämlich ganz alleine auf der Schäre und wollte gerade angeln gehen.«

»Mit den Zehen!«

»Ja, mit den Zehen. Sie angelte immer mit den Zehen und die Fische bissen an, das kannst du dir nicht vorstellen. Aber an jenem Tag machte sie wirklich einen großen Fang! Nämlich Papa, der ihren kleinen Zeh zu fassen bekam. Mama zog ihn aus dem Wasser. Er war mehr als doppelt so alt wie sie, aber er blieb sieben Jahre lang bei ihr auf der Schäre. Dann kam ich und sie zogen ins Dorf.«

»Und dann kam ich.«

»Mm, ein bisschen später. Und du warst langsam. Als du erst einmal angefangen hattest, dich bemerkbar zu machen, brauchtest du drei Tage und drei Nächte, um aus dem Bauch zu kommen.«

Miki steckte einen Finger ins Wasser. Ihr Jackenärmel wurde nass, als das Kielwasser über ihre Hand schwappte.

»Wieso ist sie gestorben?«

»Weil sie krank wurde.«

»Weil ich gekommen bin?«

»Nein. Das war nicht der Grund, es war … sie wäre sowieso gestorben.«

Das war vielleicht nicht ganz richtig. Wahrscheinlich war Mama gestorben, weil Miki so lange gebraucht hatte. Aber darüber verlor niemand ein Wort und niemand hatte Miki deshalb weniger lieb. Und wenn irgendjemand glücklich über Miki gewesen war, dann unsere Mama. Sie sagte, dass es viel schöner war, etwas zu bekommen, um das man wirklich gekämpft hatte. Danach lebte sie nur noch eine Woche.

Als wir uns Eisenapfel näherten, umgab ein Ring aus Nebel die Insel. Ich reckte den Hals. Von freier Sicht aufs Meer konnte keine Rede sein. Man durfte schon froh sein, wenn man sah, wohin man die Füße setzte.

Wir hatten beide einen Korb für die Beeren. Winterbeeren sind weiße, ziemlich saure Beeren, die erst spät im Jahr reif werden. Man kann sie mit Wasser in eine Kanne geben und sie auf diese Weise lange aufbewahren. Und wenn man irgendwoher Honig bekommt, dann kann man leckere Marmelade kochen.

Aber es gab etwas, was das Beerensammeln auf Eisenapfel schwierig machte, und das waren Walhühner. Im Sommer waren sie nicht so gefährlich, da konnten wir ihre Eier einfach aufsammeln und essen, denn da hielten sich die Hähne in anderen Gewässern auf. Aber im Spätherbst kamen sie zurück, und ehe man sich versah, steckten Küken in den Eiern, die Brut der Walhühner schlüpft nämlich mitten im klirrend kalten Winter. Sobald Küken in den Eiern waren, drehten die Hennen durch, wenn man ihren Nestern zu nahe kam. Ich wusste sogar von einem Mann in Blauwiek, dem sie ein Ohr abgezwackt hatten, denn Walhühner haben kräftige Schnäbel mit Zähnen, mit denen sie sogar Steine zerbeißen können. Die Steine schlucken sie, damit sie schwer werden und besonders tief tauchen können, um Fische zu fangen. Walhühner sind groß und müssen viel essen, eine Henne wiegt mindestens fünfzehn Kilo. Sie haben ein dichtes Gefieder, das über und über schwarz gesprenkelt ist, und an ihren riesigen Füßen haben sie Krallen und dicke Schwimmhäute.

Wenn man nicht von einem dieser Hühner angegriffen werden wollte, war es vor allem wichtig, sich die Angst nicht anmerken zu lassen, und darin war Miki ziemlich schlecht. Sie war ja auch erst sieben, es war also eigentlich nicht weiter verwunderlich, aber gerade an diesem Tag war ich trotzdem streng zu ihr. Als wir den ganzen Vormittag gesucht und nur ein paar Handvoll Beeren gesammelt hatten, sagte ich zu ihr, sie solle auf die andere Seite der Insel gehen und nachsehen, ob dort mehr zu finden war.

Sie sah mich mit ihren grauen Augen erschrocken an. Sie hatte schon ziemlich viele Schneidezähne verloren und unten schob sich ein neuer Zahn aus dem Zahnfleisch, der aussah wie die Spitze einer kleinen Eisscholle.

»Kannst du nicht mitkommen?«, fragte sie. »Ich will nicht alleine gehen.«

»Was bist du kindisch«, sagte ich. »Das ist doch nun wirklich nicht weit.«

Sie drehte sich um und blinzelte über die felsige Insel. Inzwischen war Wind aufgekommen, der ihre dicken, schwarzen Haare zerzauste. Sie sah aus, als würde sie jeden Moment wieder anfangen zu jammern.

»Muss man dir demnächst noch die Hand halten, wenn du aufs

Klo gehst?«, sagte ich. »Los mit dir, damit wir irgendwann wieder nach Hause kommen!«

Sie schluckte, und obwohl man ihr ansah, dass sie wirklich nicht wollte, stapfte sie langsam los. Sie hatte Winterstiefel an. Dieselben Winterstiefel, die ich auch schon getragen hatte, als ich sieben war.

Nach einer Weile entdeckte ich ein paar weiße Punkte im Gestrüpp und lief schnell hin. Tatsächlich, hier war alles voller Beeren! Ich pflückte und pflückte, sodass die Sammlung in meinem Korb schon bald doppelt so groß war. Ich befühlte die Beeren, ließ sie zwischen den Fingern rollen. Beeren im Korb zu haben war etwas Herrliches, zumindest dann, wenn man eine anständige Menge beisammen hatte.

Da gellte ein Schrei von der anderen Seite der Insel herüber. Erst seufzte ich, weil ich mir sicher war, dass Miki sich wegen der Hühner anstellte, aber dann wurde mir mit einem Mal ganz schlecht, weil sie plötzlich nicht mehr schrie, und das tat sie sonst immer. Außer dem Wind war nichts mehr zu hören. Ich hob den Korb vom Boden auf und lief in die Richtung, aus der ihr Schrei gekommen war.

»Miki?«, rief ich.

Keine Antwort. Da fing ich an zu rennen. Ich wusste ja, dass diese Hühner kräftige Schnäbel hatten, und ich wollte nicht mit einer ohrlosen Schwester nach Hause kommen.

»Miki?«, rief ich wieder, noch lauter. Als auch dieses Mal niemand antwortete, stürmte ich, so schnell ich konnte, über die Felsen.

Als ich auf der anderen Seite der Insel ankam, war alles leer. Da war keine Spur von ihr oder einem Huhn. Der Wind hatte den Nebel vertrieben. Ich wollte gerade ein drittes Mal rufen, da entdeckte ich plötzlich etwas auf dem Meer. Ein Ruderboot. Vier Männer saßen darin und … da war Miki! Sie hatten ihr ein Stück Stoff um den Mund gebunden und einer von ihnen hielt sie grob am Arm. Immer weiter entfernte sich das Ruderboot von Eisenapfel. Mir fiel der Korb aus der Hand, die Beeren kullerten auf den Boden. Ich wollte rufen, aber da sah ich noch ein Boot, ein viel, viel größeres. Mir blieb der Schrei im Hals stecken. Vielleicht, weil er Angst hatte herauszukommen. Vielleicht weil er wusste, welch unersättliche Bosheit dort auf dem schlaftrunkenen Meer lauerte. Drei Masten ragten aufrecht wie Spieße in den Himmel. Der Rumpf war weiß und rund wie ein Ei. Die Segel schlugen ungeduldig im Wind und ganz vorne am Bug saß ein hässlicher hölzerner Rabenkopf mit weit aufgerissenem Schnabel. Es war Weißhaupts Schneerabe. Das Schiff, vor dem sich jeder in unserer Gegend so fürchtete. Über das sich die Menschen in Blauwiek schon so viele Geschichten erzählt hatten, dass man fast hätte glauben können, das alles wäre nur ein Märchen. Oh, wäre die Schneerabe doch ein Märchen gewesen!

Ich sah Menschen an Deck, ein paar von ihnen ließen den Männern im Ruderboot eine Strickleiter hinunter. Erst hoben sie Miki hoch, dann kletterten sie schnell hinterher. Das Boot vertäuten sie achtern. Der Wind wehte jetzt immer kräftiger über Eisenapfel, langsam wendete die Besatzung das Schiff und nahm Kurs auf den

Horizont. Bald würden sie verschwunden sein. Als mir das bewusst wurde, kehrte meine Stimme zurück.

»MIKI! HAB KEINE ANGST!«

Aber Miki war schon unter Deck. Ein paar Männer sahen sich um und entdeckten mich. Sie riefen dem Steuermann etwas zu. Vermutlich fragten sie ihn, ob sie zurückfahren sollten, um mich auch noch zu holen. Der Mann am Steuer zögerte einen Moment, aber dann schüttelte er den Kopf und drehte sich wieder dem Meer zu. Ich fragte mich, ob Weißhaupt wohl auch irgendwo dort an Deck stand und mich ansah. Oder ob er in seiner Kajüte saß und an die vielen Diamanten dachte, die seine neue Beute tief unter der Erde für ihn schürfen würde.

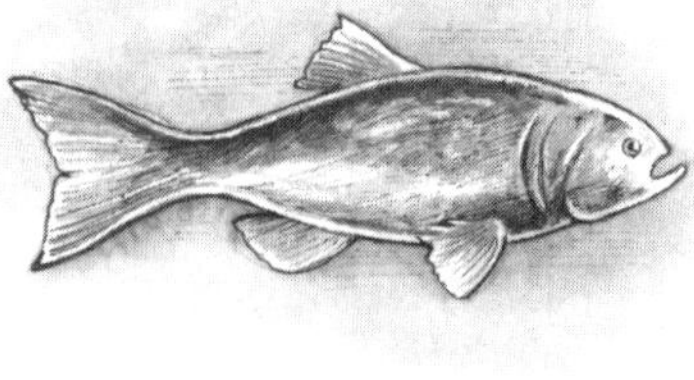

Der Kormoran, der zurückkam

Noch nie in meinem Leben bin ich so schnell gerannt wie an diesem Tag, meine Stiefel schienen kaum den Boden zu berühren. Hab keine Angst, war das Einzige, was ich denken konnte. Hab keine Angst, Miki, ich hole Hilfe. Wenn die Männer und Frauen im Dorf erfahren, was geschehen ist, dann schnappen sie sich ihre Büchsen, jede einzelne, und fahren hinaus aufs Meer, um dich zurückzuholen.

Mein Korb blieb auf Eisenapfel zurück, als ich in den Kahn sprang und losruderte. Ich hatte Gegenwind, aber es war, als würde das ganze Entsetzen in meine Arme fließen und mir Kraft verleihen, das Boot flog nur so über das Wasser. Trotzdem kam mir die Überfahrt wie eine Ewigkeit vor. Eine schreckliche, eisige Ewigkeit, die in meinem Magen schmerzte.

Endlich kam der Hafen näher. Ein Frachtschiff war vor ein paar

Tagen vor Anker gegangen und an der Fischereibrücke lagen einige kleinere Boote, allesamt flach, einmastig und schmucklos. So sahen sie aus, die Fischerboote in Blauwiek.

Es waren viele Leute im Hafen unterwegs, manche reparierten einen Mast oder teerten einen Schiffsrumpf. Einige flickten Segel, andere waren gerade mit ihrem Fang zurückgekommen. Manche lachten über etwas Lustiges und einer fluchte über einen Flachsstrang, mit dem er sein Schiff abdichten wollte. Überall standen krumme Männer und Frauen in grauen Kleidern.

Auch Olav saß dort und putzte Dorsche. Er war Papas Freund, sie hatten oft gemeinsam gefischt. Ganz in seiner Nähe lauerte eine Möwe auf die Haut- und Fleischreste der Fische vor seinen Füßen. Ich vertäute den Kahn und stürmte auf die Brücke. Olav hob das Messer zum Gruß.

»Du hast es aber eilig«, sagte er lachend. »Wirst du von einer Krabbe verfolgt?«

»Ich muss nach Hause«, war alles, was ich herausbrachte, als ich an ihm vorbeirannte. »Papa ...!«

»Dein Papa ist hier!«, rief er mir nach.

Ich drehte mich um. Olav zeigte mit dem Messer hinter sich.

»Er kämpft mit einem Netz.«

Ja, da saß Papa, mit dem Rücken an die Schuppenwand gelehnt, und versuchte, ein Netz zu flicken. Seine Finger waren steif und gehorchten ihm nicht, das Garn war störrisch.

»Papa!«, schrie ich.

Er hob den Blick. Sein Gesicht hellte sich auf, das war immer so, wenn er mich oder Miki sah. Er sagte, wir wären wie zwei Leuchtfeuer, die jede Dunkelheit erhellten, ganz gleich wie schwarz sie auch sein mochte. Als er merkte, dass ich weinte, erstarb sein Lächeln.

»Was ist los?«, fragte er.

Ich warf mich in seine Arme.

»Sie haben sie geholt! Papa, es war meine Schuld!«

Er sah mich an. Die großen, wässrigen Augen zuckten unruhig hin und her.

»Was redest du da? Wo ist Miki?«

Die Männer und Frauen in unserer Nähe hatten aufgehört zu arbeiten. Sie warfen verstohlene Blicke in unsere Richtung und Olav war näher gekommen. Ich weinte und weinte und die Worte wurden wie Brei in meinem Mund.

»Wir waren auf Eisenapfel ... und ich habe ihr gesagt, sie soll auf die andere Seite gehen, und da ... da lag ein Boot. Sie haben sie mitgenommen ... sie haben sie aufs Schiff gebracht ... Oh!«

Papa sagte nichts. Er schaute mich an, als wäre er ein Kind, als spräche ich eine Sprache, die er nicht verstand. Da sagte Olav mit dem halb geputzten Dorsch in der Hand:

»Wer hat sie mitgenommen, Siri? Was war das für ein Schiff?«

Ich hob die Stimme, damit alle es hörten:

»Die Schneerabe!« Nur Sekunden später war es ganz still im Hafen geworden. »Weißhaupt hat meine Schwester geraubt!«, fuhr ich fort. »Wir müssen hinterher und sie zurückholen!«

Alle starrten mich an, ihre Augen sahen unheimlich aus. Niemand sagte ein Wort. Niemand rief: Ja, wir verfolgen das Schiff! Niemand rannte los, um seine Büchse zu holen.

»Wir müssen uns beeilen!«, schrie ich. »Sie segeln nach Westen! Sie sind bestimmt schon an den Robbenschären!«

Niemand rührte sich. Sie schauten weg, schauten zu Boden, fingen an zu murmeln und dann sagte jemand: »Wer die Schneerabe verfolgt, ist so gut wie tot.«

»Ja, sie hat sechzehn Kanonen und ihre Besatzung schießt mit Freuden, wenn ihr jemand zu nah kommt«, rief ein anderer.

»Niemand kann Weißhaupt besiegen!«

Olav legte mir seine fischige Hand auf die Schulter. »Deine Schwester ist fort. So ist es mit denen, die Weißhaupt sich nimmt. Es ... gibt sie nicht mehr.«

Da stand jemand auf. Gebrechlich wie ein alter, weiß gewordener Kahn, die Fäuste geballt. Mein Papa.

»Ich fahre ihr nach!«, sagte er. Seine Stimme zitterte vor Zorn und Mut. »Ich habe keine Angst! Ein Wurm wird nicht größer, nur weil er ein Schiff segelt. Wer traut sich noch?«

Aber niemand sagte ein Wort. Einige Männer schüttelten den Kopf.

»Alter Narr«, flüsterte jemand. »Weiß der Teufel, ob er nicht längst gestorben sein wird, bevor Weißhaupt ihn umbringen kann.«

Papa tat so, als hätte er es nicht gehört. Er reckte das Kinn in die Luft, klemmte sich das verhedderte Netz unter den Arm und ging. Ich folgte ihm.

In unserem Dorf sitzen die Häuser auf den Felsen. Sie sind aus Holz, aber oft auch aus Treibholz gebaut, denn auf unserer Insel fehlt es an Bäumen.

»Papa, denkst du, dass du das wirklich schaffst?«, fragte ich, während wir nach Hause stapften. Er hinkte ein wenig, seit er damals mit ein paar anderen Männern zur Jagd auf Papageientaucher gegangen war. Er war mit seinem Kescher auf den steilen Klippen ausgerutscht und mehrere Meter in die Tiefe gestürzt.

»Ich mag vielleicht alt sein«, sagte er. »Aber deshalb hört man ja nicht auf, ein Vater zu sein.« Er schlug die Hände vors Gesicht. »Meine Kleine. Du weißt doch, wie sehr sie sich immer fürchtet. Ich darf gar nicht daran denken, wie es ihr jetzt gerade geht.« Er zog die Nase hoch, aber sein Blick war entschlossen. »Morgen früh um sechs Uhr legt die Polarstern ab. Sie ist das letzte Schiff, das Blauwiek vor dem Winter noch verlassen wird, und sie nimmt Kurs auf Segel. Ich werde anheuern.«

Ich schauderte. Segel. Das war dieser schreckliche Ort, von dem ich Miki schon so oft erzählt hatte. Wo Matrosen, Pack und Piraten dicht an dicht nebeneinander hockten wie brütende Riesenalken auf einer Felseninsel. Dorthin wollte mein Papa reisen.

»Etwas anderes kann ich nicht tun. Das ist die einzige Möglichkeit, Miki zu finden und nach Hause zu holen«, sagte er, während er die Dorfstraße entlanghumpelte. »Jetzt gehen wir nach Hause und packen meine Sachen.«

Am Abend stand alles neben der Tür bereit. Ein Sack mit warmen Sachen, ein paar Fischfrikadellen, in Papier eingeschlagen, Papas Büchse und seine Winterstiefel. Er ging alles noch einmal gründlich durch, dann nickte er.

»Na dann. Jetzt schlafe ich ein paar Stunden. Du weckst mich rechtzeitig, nicht wahr?«

Ich nickte. Ich war immer die Erste, die morgens aufstand, weil ich wach wurde, wenn das Feuer in der Küche ausgegangen war und die kalte Luft herankroch und mich in die Nase biss. Wenn ich dann die Glut mit dem Schürhaken ausgegraben und ein paar neue Holzstücke nachgelegt hatte, ging ich in die Kammer und schüttelte Papa, bis er wach war, und das war nicht so einfach. Ich glaube, ohne mich hätte er den ganzen Tag unter seinem Fell verschlafen.

Mit steifen Schritten ging er zu seinem Bett und knöpfte seine Hosenträger auf. Als er da so auf der Bettkante saß, wurde mir bewusst, wie klein er eigentlich war. Wie ein Stöckchen, grau, trocken und dünn. Wer ihn zerbrechen wollte, musste noch nicht mal fest zupacken.

»Weinst du?«, fragte er.

»Was ist, wenn du nicht zurückkommst?«, sagte ich und wischte mir die Tränen von den Wangen. »Was ist, wenn du ... wenn ich hier ganz alleine bleibe?«

Er schaute auf seine Füße, kaute eine ganze Weile auf seiner Unterlippe herum und dann sagte er:

»Erinnerst du dich an den Vogel, den du einmal im Winter auf dem Boden gefunden hast? Den mit den gefrorenen Flügeln?«

Ich nickte.

»Wusstest du, dass ich ihn seitdem wieder gesehen habe? Dass er hier war?«

»Nein«, sagte ich und setzte mich neben ihm auf das Bett. »Wann?«

»Manchmal kommt er und klopft mit dem Schnabel an die Scheibe. Er kommt zu Besuch. Dann gebe ich ihm ein Stück Fisch. Daran ist an sich gar nichts Besonderes, aber was ich damit sagen will, ist … die Dinge, die man tut, hinterlassen Spuren. Die guten Dinge hinterlassen gute Spuren … und die schlimmen Dinge hinterlassen schlimme Spuren. Wenn ich nicht versuche, Miki zu finden, dann kann ich nicht weiterleben. Die Spur in meinem Herz würde zu sehr schmerzen.«

Er sah mir in die Augen.

»Ich lasse dich und Miki so viel mehr schuften, als richtig ist. Dafür schäme ich mich jeden Tag. Und ich bin nicht so dumm, dass ich nicht begreifen würde, wie diese Fahrt enden wird, ich bin fast siebzig. Aber ich muss es tun.«

Er streichelte mir über die Wange. Dann legte er sich angezogen hin, um zu schlafen.

Ich wusste, was das hieß. Ihm war klar, dass er es nicht schaffen würde. Aber er wollte trotzdem lieber fahren, als mit seinem schlechten Gewissen zu Hause zu bleiben.

Dachte er denn dabei auch an mich? An mein Gewissen und die Spuren, die es bei mir hinterlassen würde? Ich war es doch schließlich gewesen, die Miki auf die andere Seite der Insel geschickt hatte. Sie hatte mich gebeten mitzukommen, aber ich hatte sie nur ausgeschimpft. Und nur deshalb würde Papa jetzt fortgehen und sterben.

Es kam mir vor, als hätte ich eine Ewigkeit wach gelegen und gegrübelt, als ich endlich eine Entscheidung traf. Das Feuer wollte gerade ausgehen. Auf Zehenspitzen schlich ich zur Feuerstelle und warf vier, fünf Holzstücke hinein. Dann zog ich meine Jacke und meine Winterstiefel an, die genauso aussahen wie die, die ich auch mit sieben schon getragen hatte. Die Stiefel, die Miki jetzt trug.

Hab keine Angst, Miki, dachte ich. Ich komme und hole dich.

Ich leerte den Sack mit Papas Sachen aus und stopfte meinen dicken Pulli mit dem Kragen hinein und zwei Paar Strümpfe. Dann warf ich mir den Sack über die Schulter und machte die Tür auf. Ich wusste, dass die Aussicht, Weißhaupt zu besiegen, für mich genauso gering war wie für jeden anderen. Aber zumindest hatte ich nicht schon vorher beschlossen, auf dem Eismeer zu sterben.

Die Polarstern

Ein Wal, ein ziemlich kleiner, war schlafend in den Hafen geglitten. Sein Rücken glitzerte im Mondlicht. Niemand in Blauwiek hätte je Jagd auf ihn gemacht, denn Wale zu jagen bringt Unglück. Deshalb konnten sich die Wale in aller Ruhe vor unserem Hafen sammeln, wenn die Temperaturen fielen. Dort blieben sie ein paar Wochen und dann schwammen sie nach Süden, in wärmere Gewässer, die so weit entfernt sind, dass ich niemanden kannte, der schon mal dort gewesen war.

Die Polarstern von Nachum war ein Schiff mit zwei Masten. Ein Frachtschiff, das immerzu dieselbe Strecke fuhr, hin und zurück, hin und zurück. Von Nachum nach Blauwiek, von Blauwiek auf die Wolfsinseln, von den Wolfsinseln nach Segel und von Segel zurück nach Nachum. Jetzt befand es sich auf seiner letzten Reise vor dem Winter.

Als ich auf der schwankenden Laufbrücke an Bord gehen wollte, war nicht viel von der Besatzung zu sehen. Zwei Matrosen luden ein paar Fässer an Bord, eine Katze saß auf der Brücke und beobachtete sie dabei.

Ein großer, hohlwangiger Mann mit grimmiger Miene bemerkte mich.

»Und wohin willst du?«, fragte er und kam mit schnellen Schritten auf mich zu. Er trug einen Pelzmantel mit glänzenden Knöpfen und dicke Goldringe baumelten an seinen Ohren.

»Ich will an Bord«, sagte ich. »Ich fahre mit nach Segel.«

»Ach ja?«, sagte der Mann mit stechendem Blick. »Du hast bestimmt genug Geld, um für die Fahrt zu bezahlen, nehme ich an?«

»Nein, ich will für die Überfahrt arbeiten«, sagte ich, denn das war auch Papas Plan gewesen. »An Bord mit anpacken.«

Die Matrosen drehten sich zu uns um und grinsten.

»Was du nicht sagst«, sagte der Mann belustigt. »Das hast du dir ja schön ausgedacht. Aber leider haben wir keine Verwendung für jemanden, der kaum bis zur Reling reicht. Was willst du überhaupt in Segel? Das ist kein Ort für ein Kind.«

»Ich will zu Weißhaupt«, sagte ich. »Er hat meine Schwester entführt und ich hole sie zurück.«

Mit einem Mal sah der Mann ganz blass aus, seine Augen waren noch runder und weißer geworden. Die beiden Matrosen hatten aufgehört zu feixen.

»W-Weißhaupt?«, wiederholte der Mann mit heiserer Stimme. »Bist du denn von allen …?«

Er verstummte und sein Blick wanderte zum dunklen Horizont, als fürchtete er, die Schneerabe könnte jeden Moment von dort heranrauschen. Er schluckte. Dann schüttelte er den Kopf:

»Geh wieder. Auf dem Eismeer bist du niemandem von Nutzen.«

»Oh doch, bei mir kann sie sich sehr wohl nützlich machen«, sagte da jemand mit dröhnender Stimme. Der Grimmige drehte sich um. Hinter ihm stand ein großer, breitschultriger Mann mit dichtem, rotem Bart und dickem Bauch.

Der Grimmige hob die Augenbrauen.

»Ach ja?«, sagte er. »Und wobei, wenn ich fragen darf, Fredrik?«

Der Mann, der offenbar Fredrik hieß, sah mich an.

»Kannst du Steckrüben schälen?«, fragte er.

»Ja«, sagte ich.

»Kannst du Vögel rupfen?«

»Ja.«

»Fische putzen?«

»Ja.«

»Erbsen kochen?

»Ja.«

»Maden aus dem Zwieback klopfen?«

Ich zögerte mit der Antwort, denn Maden, ja, alle nur denkbaren Würmer der Welt, waren so ziemlich das Ekligste, was ich mir vorstellen konnte. Aber dann nickte ich trotzdem.

»Ja.«

Fredrik drehte sich zu dem Grimmigen um:

»Bei einer ganzen Menge, wenn du mich fragst. Ich kann eine

Hilfe in der Kombüse gut gebrauchen, aber weil es da unten so verflucht eng ist, brauche ich jemanden, der klein ist. Dieser Knopf hier ist perfekt.«

Der Grimmige ballte die Fäuste.

»Bin ich hier der Kapitän oder du?«, fragte er.

Fredrik lächelte, dann sagte er:

»Hast du Angst, Sturmbart?«

Diese Frage machte den Mann namens Sturmbart zwar rasend, aber eine Antwort darauf fand er trotzdem nicht.

»Pah!«, schnaubte er und ging. »Wenn ich nur wüsste, woher du immer deine dummen Ideen nimmst.«

Da gab Fredrik mir ein Zeichen, dass ich mitkommen sollte, und ich marschierte mit meinem Sack die Laufbrücke hoch und schon war ich an Bord.

Als wir ablegten, stand ich an Deck und blickte auf Blauwiek. Unser kleines schlafendes Dorf, das ich noch nie für etwas anderes verlassen hatte, als um Netze auszulegen, Eier zu suchen, Beeren zu pflücken … Jetzt ging ich auf Fahrt, weit weg, an einen fernen Ort, und ich würde …

Nein, ich durfte nicht daran denken, worauf ich mich da eingelassen hatte, denn es machte mir viel zu viel Angst. Stattdessen dachte ich an Papa. Gerade in diesem Moment wachte er vielleicht auf und merkte, dass er verschlafen hatte. Womöglich sprang er aus dem Bett und sah, dass ich verschwunden war, genau wie das Gepäck. Und dann würde er verstehen und die Verzweiflung würde ihn packen, weil …

Nein, daran durfte ich auch nicht denken. Aber das musste ich auch nicht, denn jetzt rief mich Fredrik:

»Na los, Knopf! Ab in die Kombüse mit uns. In einer Stunde muss das Frühstück fertig sein.«

Kombüse war das Wort für die Schiffsküche. Und genau wie Fredrik gesagt hatte, war sie ziemlich eng. Ja, es war geradezu ein Wunder, dass wir beide dort Platz fanden. Ein riesengroßer Kessel hing an einer Kette über einer gemauerten Grube, in der die letzte Glut noch leise zischend knisterte, bevor sie endgültig verlosch. Fredrik warf Feuerholz hinein und es dauerte nicht lang, dann hatte sich die Glut in dem trockenen Holz festgebissen. Fredrik schöpfte eine riesige Menge Wasser in den Kessel – und dann durfte ich eine genauso riesige Menge Graupen hineinschütten.

»Ja, so geht das«, sagte Fredrik und setzte sich auf einen kleinen Hocker. »So kocht man Grütze für eine Schiffsbesatzung.«

Dann wurde es still. Fredrik sagte nichts mehr, er starrte nur in das tanzende Feuer und gähnte.

»Hrm«, sagte ich nach einer Weile. »Tja ... Sturmbart ...?

Fredrik sah mich mit seinen blauen Augen durchdringend an.

»Ja?«

»Denkst du, er ist sehr wütend? Weil ich jetzt hier bin, meine ich.«

Fredrik lächelte und legte die Füße auf den Rand der Feuergrube. Man sah seinen Stiefeln an, dass er das oft so machte, das Leder war rußig und speckig.

»Für jemanden, der ein Frachtschiff segelt, sind Piraten das

Schlimmste, was es gibt«, sagte er. »Du solltest dich darauf einstellen, dass du nicht allzu viele Freunde an Bord finden wirst.«

Ich antwortete nicht. Ich spürte nur, wie sich mein Magen zusammenzog. Schließlich würde es viele, viele Tage dauern, bis wir in Segel ankamen. Und da sollte ich die ganze Zeit hier herumlaufen, wo kein einziger Mensch mich haben wollte?

Fredrik schien zu ahnen, was ich dachte, denn er lächelte wieder und sagte:

»Aber einen Freund hast du. Nur damit du's weißt.«

Er streckte mir seine große Hand entgegen und ich kam mir ein bisschen albern vor, als ich sie schüttelte, wie Erwachsene das immer machen, aber gleichzeitig wurde mir viel leichter ums Herz. Irgendetwas sagte mir, dass Fredrik genau der richtige Mensch war, den man auf der Polarstern zum Freund haben sollte.

Papageientaucher zum Abendessen

Fredrik war die Art von Mann, dem niemand zu widersprechen wagte, egal ob Kapitän oder Matrose. Kaum einer an Bord gehörte schon so lange zur Besatzung wie er. Er wog über hundertdreißig Kilo, war zwei Meter groß und sein Bart reichte ihm bis auf die Brust.

Ich mochte ihn sehr. Er war so nett und lustig und er sorgte dafür, dass ich nicht zu viel zu tun hatte. Immerzu fragte er mich, ob ich mich ausruhen wollte.

Maden musste ich auch nicht aus dem Zwieback rausklopfen.

»Die sind besonders nahrhaft«, sagte Fredrik und brachte den Männern den Zwieback mitsamt den Maden. Ich saß oft da und beobachtete, wie die weißen Würmchen aus den trockenen Brotscheiben herausguckten. Wie sie sich ringelten und ihre kleinen, blinden Enden hierhin und dorthin bogen. Jedes Mal wenn ich sah, wie die anderen den Zwieback verschlangen, wurde mir für einen kurzen Moment ein bisschen schwarz vor Augen.

Fredrik hatte eine Büchse. Er erzählte mir, dass er ab und zu an Deck ging und Papageientaucher schoss. Ja, denn manchmal setzten sich die Vögel auf die Masten und Taue, um ihre Flügel auszuruhen, und dann rannte Fredrik mit der Büchse nach oben. Wenn er Glück hatte, erwischte er einen, der mit einem herrlichen kleinen *Plumps* tot auf dem Deck landete. Papageientaucherfleisch schmeckte richtig gut, das fanden wir beide, er und ich. Na ja, vermutlich galt das für alle anderen auch.

Aber es war wirklich so, wie Fredrik gesagt hatte: Außer ihm wollte mich eigentlich keiner an Bord haben. Ich würde nur Unglück bringen, sagten die anderen. Und deshalb wurden sie gemein zu mir.

Eines Tages, als wir gerade mit dem Mittagessen fertig waren und noch viel Zeit hatten, bevor wir anfangen mussten, das Abendessen vorzubereiten, beschloss Fredrik, seine Büchse zu pflegen – den Lauf reinigen und solche Sachen –, und da nutzte ich die Zeit, um ein bisschen an die Luft zu kommen. Der Wind zerrte an meinen Haaren, als ich an Deck kam. Ich stellte mich an die Reling. Die Wellen rollten über das Meer wie der Atem eines riesigen Tiers. Ich hatte schon einige Männer gesehen, die seekrank geworden waren und sich übergeben hatten, aber mir machte das nichts aus. Nein, ich hatte mein halbes Leben auf Schiffsböden verbracht und war an das Schaukeln gewöhnt.

Aber so eine mächtige Dünung wie an diesem Tag hatte ich

noch nie gesehen. Eine Dünung, die einem bewusst machte, dass die Schiffe der Menschen – wie viele Fuß sie auch messen und wie viele Masten sie auch haben mochten – nichts anderes waren als kleine, dünne Schachteln aus Holz.

»Das ist ja die Kleine, die es auf Weißhaupt abgesehen hat«, hörte ich plötzlich eine Stimme hinter meinem Rücken. Ich drehte mich um. Drei Schiffsjungen machten Pause. Sie saßen auf Deck und ruhten sich aus, zwei von ihnen kauten Tabak.

Ich gab ihnen keine Antwort, drehte ihnen wieder den Rücken zu und starrte weiter aufs Meer, aber irgendwie war mir da schon klar, dass sie nicht vorhatten, mich in Ruhe zu lassen.

»Wie willst du es machen?«, fragte einer von ihnen.

»Was denn?«, fragte ich, ohne sie anzusehen.

Sie standen auf und schlenderten näher. Sie umringten mich und einer von ihnen lehnte sich fast wie ein Freund an die Reling und musterte mich. Er hatte Pickel auf der Nase und strohblonde Haare.

»Hast du eine Büchse?«, fragte er.

»Nein«, murmelte ich. Ich hatte Papas Büchse zu Hause gelassen, als ich aufgebrochen war. Sie machte mir Angst, Angst, dass sie von alleine losgehen könnte.

»Dann hast du also ein Messer?«, fragte der pickelige Schiffsjunge.

»Nein«, sagte ich noch einmal.

Er hob fragend die Hände.

»Ja, aber wie willst du ihn denn dann umbringen? Wenn du nicht mal eine Waffe mitgenommen hast?«

»Sie will ihn erschlagen!«, sagte einer der anderen, er hatte eine hohe Stirn und ein gezwirbeltes Oberlippenbärtchen, das ziemlich albern aussah.

Er packte meinen Oberarm und drückte fest zu, als wollte er prüfen, wie stark ich war. »Mein lieber Mann, nicht übel, Weißhaupt sollte sich in Acht nehmen!«

Die beiden anderen lachten und dann stimmten noch mehr Männer mit ein, die in der Nähe standen und alles mit angehört hatten.

»Lass mich los!«, fauchte ich und riss meinen Arm weg. »Ich werde mich bestimmt nicht prügeln!«

»Doch!«, johlte jemand. »Prügeln!«

Ein alter Matrose mit grauem, faltigem Gesicht und Bart kam mit großen Schritten heran.

»Aber natürlich, du musst doch üben, bevor wir Segel erreichen«, sagte er und krempelte seine Ärmel hoch. »Na, dann zeig uns mal, wie du mich ordentlich in die Mangel nimmst.«

Ja, jetzt kamen immer mehr, die sehen wollten, wie ich mich prügelte. Schnell war ich von einem ganzen Pulk Matrosen umgeben, die lachten und johlten, dass ich losdreschen sollte.

»Lasst mich in Ruhe!«, rief ich und wollte gehen, aber inzwischen waren sie so viele, dass ich nicht an ihnen vorbeikam. Als ich versuchte, mich zwischen zweien durchzuquetschen, schubsten sie mich zurück.

»So!«, sagte dieser Spaßvogel, der seine Ärmel hochgekrempelt hatte, und tat so, als würde er den Kampf mit größtem Ernst betrachten. »Jetzt will ich mich prügeln!«

»Prügeln!«, riefen die anderen. »Prügeln, prügeln!«

Nur um endlich wegzukommen, holte ich aus und boxte dem Matrosen gegen das Kinn. Der Hieb war natürlich lächerlich, aber er tat so, als hätte ich ihm glatt den Kiefer ausgerenkt, jaulte auf und brach zusammen. Die Männer krümmten sich vor Lachen.

Ich versuchte wieder, mich an ihnen vorbeizudrängeln, aber da kam der Matrose auf die Füße und brüllte, tat so, als wären neue Kräfte in ihm erwacht. Er ballte beide Fäuste und dann packte er mich und hob mich in die Luft. Ich strampelte wie verrückt, warf den Kopf hin und her.

»Ich will nicht!«, fauchte ich. »Ich will nicht!«

»Erzähl das doch Weißhaupt, wenn er dich festhält!«, rief einer und die anderen lachten wieder.

Der Matrose brüllte weiter.

»Jetzt landest du im Meer!«, sagte er dann, mit verstellter Stimme, was vermutlich wie ein Pirat klingen sollte. Er trug mich zur Reling und ich schrie verzweifelt, schrie um mein Leben, denn irgendwie war ich mir nicht sicher, ob das alles nur ein Spiel war oder ob ihm nicht doch eingefallen war, Ernst zu machen und mich ins Meer zu werfen.

Da ertönte ein Schuss, bei dem einem die Ohren klingelten. Der Matrose zuckte zusammen und ließ mich fallen. Ich landete unsanft auf dem Deck und drehte mich nach dem Knall um. Da stand Fredrik, die Büchse in der Hand. Er sah den Matrosen durchdringend an, der jetzt so kleinlaut war, dass er nur mit offenem Mund zurückstarrte.

»H-hast du auf mich geschossen?«, fragte er.

»Das würde mir doch nicht im Traum einfallen«, antwortete Fredrik.

Dann ging er zu einem Federknäuel, das an Deck lag, und hob es auf. Es hatte Schwimmhäute und einen hübschen Schnabel, der blau, gelb und rot gestreift war. Blut sickerte aus seinem Bauch. Fredrik sah mich an.

»Kommst du, Knopf?«

Ich zitterte noch immer am ganzen Körper, als ich aufstand und zu ihm rannte. Mein Herz hämmerte wie verrückt gegen meinen Brustkorb. Fredrik legte eine Hand auf meine Schulter. Dann sah er die Seemänner an, die ratlos herumstanden und dumm von einem Fuß auf den anderen traten.

»Na? Fühlt ihr euch jetzt stark, weil ihr ein Kind zu Tode erschreckt habt?«

Erst antwortete niemand, aber dann setzte einer der Männer ein kriecherisches Lächeln auf und sagte:

»Wir wollten doch nur ein bisschen Spaß machen. Das hat sie bestimmt gemerkt.« Er räusperte sich. »Du warst schon immer treffsicher, Fredrik. Ein Happen von diesem Vogel wird uns zum Abendessen gut schmecken.«

Fredrik hängte sich die Büchse über die Schulter, und bevor er auf dem Absatz kehrtmachte, sagte er:

»Du, du Wurm, bekommst Hering zum Abendessen. Dieser Vogel hier ist für die Kombüsenmannschaft.«

Dann gingen wir in unser Kabuff zurück. Ich setzte mich auf

einen Hocker und spürte, wie das Zittern aus meinen Armen und Beinen wich und mein Herz sich beruhigte.

Gemeinsam rupften wir den Vogel und dann bereitete Fredrik ihn richtig lecker zu, füllte ihn mit Ei und Rosinen und briet ihn über dem Feuer.

»Wieso bist du so nett?«, fragte ich, als wir zusammensaßen und feierlich das saftige Fleisch verspeisten.

»Nett?«, sagte Fredrik und lachte. »Bin ich das?«

»Ja«, sagte ich. »Hast du das noch gar nicht bemerkt?«

Fredrik zuckte mit den Schultern.

»Ich weiß nicht, ob ich nett bin«, murmelte er. »Na ja, dir gegenüber habe ich mich wohl schon bemüht, nett zu sein.«

»Ja, aber warum?«

»Weil ... weil ich finde, dass jemand, der es mit Weißhaupt aufnehmen will, ein bisschen Nettigkeit vertragen kann.«

Ich gruselte mich, als er das sagte. Papas Freund Olav hatte einmal eine Ziege, und als sie alt und krank wurde, blieb Olav nichts anderes übrig, als sie zu schlachten. Schon bei dem Gedanken fühlte er sich so schlecht, dass er tagelang über alle Maßen nett zu der Ziege war, ihr Weißbrot zu essen gab und solche Sachen, bis er sich schließlich überwand und es hinter sich brachte. Ich musste irgendwie an diese Ziege denken, als Fredrik erwähnte, was ich mir vorgenommen hatte.

»Hast du ihn schon mal gesehen?«, fragte ich. »Ich meine, Weißhaupt?«

Da blickte Fredrik auf seine Füße. Er schob sich eine Rosine in den Mund und kaute darauf herum. Dann seufzte er so tief, dass alle Luft aus ihm herauszuströmen schien.

»Ich geh noch ein bisschen raus«, sagte er, stand auf und verließ die Kombüse.

Weit draußen, weit weg

Nach dieser Sache redete Fredrik den ganzen Tag kein Wort mehr mit mir. Als wären mit einem Mal Wolken in seinem fröhlichen Gemüt aufgezogen, selbst seine Augen sahen aus wie die glatten, grauen Steine, die das Meer immer ausspuckte.

Am Abend bekam ich ihn nicht zu Gesicht. Ich musste die ganze Arbeit mit dem Abendessen alleine erledigen. Das war nicht so schlimm und gut zu schaffen, aber es war ein furchtbares Gefühl, mit ihm Streit zu haben. Na ja, ein richtiger Streit war es eigentlich gar nicht, aber ich hatte etwas gefragt, das ich nicht hätte fragen dürfen, so viel war klar.

Nachdem das Essen serviert und aufgegessen war, musste ich den Tisch wieder abdecken. Ich zog die Schürze aus und kletterte schnell die Schiffstreppe nach unten. Sie war steil und Fredrik hatte versucht, mir anzugewöhnen, rückwärts runterzugehen, weil das am einfachsten war. Aber meistens ging ich doch vorwärts, genau wie auf einer ganz normalen Treppe.

In der Kajüte war es warm und ziemlich feucht. An den Wänden hingen Öllampen, die ein gemütliches gelbes Licht verbreiteten. Und das war auch nötig, weil der Himmel vor den kleinen, eckigen Fensterluken schon pechschwarz war.

Am Tisch saßen noch sieben, acht Mann. Sie hatten Branntwein getrunken und waren inzwischen ziemlich laut. Sturmbart war auch dabei.

Ich fing an, Teller, Becher und Löffel einzusammeln. An diesem Abend tobte das Meer und die Wellen rauschten, Gischt spritzte gegen den Bug.

Als ich an die Plätze kam, wo noch Männer saßen, erstarb das Gejohle. Sie sahen mir zu, wie ich die Teller sauberkratzte und aufeinanderstapelte. Da packte einer von ihnen meinen Arm.

»Na, hat der Vogel geschmeckt?«, fragte er spitz.

Es war der Matrose, den Fredrik einen Wurm genannt hatte. Er war ziemlich stämmig und hatte einen ulkigen Haarschnitt, als hätte man ihm einen Topf über den Kopf gestülpt. Seine Augen funkelten zornig, vielleicht war er immer noch sauer, weil Fredrik ihn vor den anderen so niedergemacht hatte.

Ich murmelte leise eine Antwort und zog meinen Arm zurück, um weiter abzuräumen. Aber der Stämmige sprach plötzlich lauter, damit alle es hören konnten, und sagte:

»Ist es eigentlich in Ordnung, Kapitän, dass ein Frachtschiff einen Piratenjäger an Bord nimmt?«

Sturmbart antwortete nicht, sondern fingerte an einem seiner Goldohrringe herum. Eigentlich war er nicht der Typ für solchen Schmuck. Anscheinend trug er sie nur, um irgendwie mächtiger zu wirken, aber auf mich wirkte er damit vor allem lächerlich. Wie ein Bocklamm, das noch nicht in seine Hörner reingewachsen ist.

»Ich meine«, fuhr der Stämmige fort, »was passiert, wenn die Piraten das Mädchen schnappen und herausfinden, dass sie auf unserem Schiff nach Segel gekommen ist?«

Sturmbart trank einen Schluck, aber er schwieg weiter.

»Wenn ich Weißhaupt wäre«, sagte der Stämmige, »wäre ich dem Kapitän, der sie den ganzen weiten Weg übers Eismeer kutschiert hat, nicht gerade dankbar, nein, ich würde den Kapitän der Polarstern als Feind betrachten. Vielleicht würde ich ihn sogar aufsuchen und ihm eine Lektion erteilen. Vielleicht … sein Schiff zur Hölle schicken.«

»Sie ist nur ein Kind«, zischte Sturmbart verbissen.

»Ein Kind, ja«, sagte der Stämmige. »Aber soweit ich weiß, ist sie trotzdem die Einzige, die es sich je in den Kopf gesetzt hat, Weißhaupt herauszufordern.«

Für einen Moment war es ganz still. Außer dem unaufhörlichen Schwappen der Wellen war nichts zu hören, während die Polarstern wie ein einsamer hölzerner Fuß über das Meer stampfte. Ich wusste nur zu gut, dass der Stämmige nur ausgesprochen hatte, was jeder der Männer an Bord längst dachte. Vielleicht allen voran sogar Sturmbart?

»Ich bin ganz Ottosens Meinung«, sagte einer der anderen Männer. »Wieso sollen wir, friedliche Frachtschiffer, ihretwegen unser Leben aufs Spiel setzen? Es wäre besser für uns, Weißhaupt nicht zu verärgern.«

Wieder Stille. Sturmbart musterte mich mit gerunzelter Stirn. Man glaubte fast zu hören, wie es zwischen seinen Ohren knirschte.

»Aber es ist ...«, sagte ich mit trockener und ziemlich leiser Stimme. »Aber es ist ja gar nicht sicher, dass sie mich schnappen?«

Alle sahen mich an und jetzt lachte niemand. Aber es gab keinen Zweifel daran, was sie gerade dachten. Nämlich dass dieses Kind, das da vor ihnen stand, ein bedauernswertes, einfältiges kleines Mädchen war. Ich glaube, in diesem Moment hatten die meisten eigentlich Mitleid mit mir.

»Ich muss mich um den Abwasch kümmern«, murmelte ich. Dann nahm ich den Tellerstapel und hastete weg, so schnell und leise, als wäre ich eine kleine Schiffsmaus.

In dieser Nacht lag ich wach in meiner Hängematte. Ich weinte und weinte und konnte gar nicht wieder aufhören. Die Tränen krochen in meinen Mund und erinnerten mich daran, wie Miki und ich jeden Herbst an den Strand gegangen waren, um Treibholz zu sammeln. Dann schäumten die Wellen wie wild, Stürme peitschten aus allen Richtungen über das Wasser und die Luft schmeckte nach Meer. Ja, wenn man nach Hause kam, waren die Lippen ganz schrumpelig vom Salz.

Ich weinte nicht, weil die Männer der Polarstern gemein zu mir gewesen waren, damit wurde ich schon fertig. Aber sie hatten ja recht: Wie sollte ich, ein Knopf, der kaum höher als die Reling war, es mit Weißhaupt aufnehmen? Niemand sonst dachte auch nur daran, das zu versuchen, sogar erwachsene Männern zitterten vor Angst. Aber ich Spatzenhirn war einfach ohne Büchse, ohne Messer und ohne den Hauch einer Idee, wie ich es anstellen sollte, aufs Meer hinaus gefahren. Ich drehte mich auf die Seite – vorsichtig, denn aus so einer Hängematte konnte man leicht rausfallen. Das Schiffsgebälk knarzte und jammerte, die Besatzung schnarchte. Die Männer wechselten sich mit Schlafen ab, irgendjemand musste sich schließlich um das Schiff kümmern, das Tag und Nacht durch die Wellen pflügte. Mit der Nase voraus zu den Wolfsinseln, den Hintern gen Blauwiek gerichtet. Wir waren inzwischen auf hoher See und die Asselspinnen, die ab und zu an Bord kletterten, waren groß wie Fischfrikadellen. Weit draußen, weit weg von zu Hause. Was sollte ich tun?

Aber als ich so dalag und weinte und mir den Kopf zerbrach, kam jemand und rüttelte mich. Ich schreckte zusammen, denn ich dachte ja, dass alle anderen schliefen, aber als ich mich umdrehte, sah ich den Umriss eines Mannes, der dick und groß und breitschultrig war.

»Kommst du kurz mit?«, fragte Fredrik.

Ich setzte mich auf, rutschte aus der Hängematte und schlüpfte in meine Stiefel. Meine Jacke hatte ich schon an, denn die Nächte auf der Polarstern waren kalt. Fredrik ging voran, kletterte rasch die Schiffstreppen hoch und ging in die Kombüse.

Eine ganze Weile sagte er gar nichts und ich auch nicht. Ich trocknete meine Wangen und schon bald waren die Tränen in ihre kleine Schlafkuhle in meinem Bauch zurückgekrochen. Fredrik machte Wasser heiß, dann grub er mit der Hand ganz tief in einer Vorratskiste und zog ein Glas mit Honig heraus. Dieses Glas war natürlich geheim, es gehörte nur ihm. Er nahm einen Becher, gab zwei große Löffel Honig hinein, goss das heiße Wasser dazu und reichte ihn mir.

»Möchtest du?«, fragte er

»Nein«, sagte ich.

Fredrik stellte den Becher ab. Die Glut hatte nicht mehr viel Kraft. Er legte Holz nach und verteilte es mit dem langen Schürhaken.

»Bist du böse auf mich?«, fragte ich.

Er schluckte. Starrte in das aufflackernde Feuer. Dann seufzte er wieder schwer, so schwer, als würde alle Luft aus seinem Körper weichen.

»Ich bin nicht auf dich böse«, antwortete er. »Sondern auf mich.« Er starrte seine Hände an, die auf seinen Knien lagen, blieb eine lange Zeit so sitzen, bis er schließlich sagte: »Wir beide haben mehr gemeinsam, als du denkst. Nicht nur, dass wir Vögel rupfen und Grütze kochen können.«

»Ach ja?«

»Wie hieß deine Schwester noch gleich?«, fragte er. »Die, die Weißhaupt geraubt hat?«

»Miki«, sagte ich.

Fredrik nickte.

»Meine hieß Hanna.«

»Was?«, fragte ich.

»Die Schwester, die Weißhaupt mir gestohlen hat, hieß Hanna«, sagte Fredrik. »Sie war elf Jahre alt.«

Hannas Geschichte

Was Fredrik dann erzählte, war kaum zu glauben. Er hatte dasselbe erlebt wie ich! Fredrik, mit dem dichten, roten Bart und den freundlichen blauen Augen, der fast immer fröhlich war, der sogar zwölf Kilo Karotten mit einem Lächeln schälte – auch ihm hatte Weißhaupt die Schwester geraubt.

»Wie ist es passiert?«, fragte ich.

Fredriks Gesicht wurde hart, als er anfing zu erzählen. Und je mehr er erzählte, umso härter wurde es.

Fredrik und Hanna lebten in einem Haus auf einer recht großen Insel, Dorschum hieß sie. Sie hatten beide dieselbe Haarfarbe, so als würde rotes Gold unter ihren Mützen herausfließen. Ihre Eltern arbeiteten im Hafen und putzten Dorsche, wie die meisten anderen Mütter und Väter auch, und genau deshalb hieß die Insel auch so, wie sie hieß. Fast jeden Tag aß die Familie gekochten und gebratenen Dorschrogen zum Abendbrot und das ist ja eigentlich etwas Leckeres. Aber Fredrik sagte, er habe seinerzeit so viel Dorschrogen gegessen, dass er ihm immer noch zum Hals heraushing. Er hatte diese graue, breiige Masse schon damals entsetzlich satt und wollte viel lieber essen, was ihm am allerbesten schmeckte, nämlich frische gekochte Krebse.

Also sagte er seiner Schwester eines Morgens, als ihre Eltern gerade zur Arbeit gegangen waren, sie solle sich anziehen und mit ihm zum Bootsanleger kommen. Er war zwei Jahre älter als sie und deshalb entschied er, was sie tagsüber machten. Dort am Bootsanleger hatte jede Familie ihren eigenen kleinen Fischerschuppen, wo sie Netze, Angeln und Reusen aufbewahrten. Nur Krebskörbe besaßen die wenigsten, denn vor der Küste Dorschums war es nicht sonderlich erfolgversprechend, auf Krebsjagd zu gehen. Aber ein alter Fischer, er hieß Ola, besaß ein paar Körbe, in denen er mit etwas Glück einen Fang machen konnte.

Als Fredrik und seine Schwester bei den Schuppen ankamen, war außer ihnen niemand da, viele Boote waren bereits draußen auf See. Sie holten sich die drei Körbe aus Olas Schuppen und kletterten in ihren Kahn. Dann ruderten sie nach Norden. Die meisten Fischer hielten sich westlich oder südlich der Insel und Fredrik und Hanna wollten an diesem Tag natürlich möglichst niemandem begegnen. Sie legten Fischabfälle, die sie von zu Hause mitgenommen hatten, als Köder in die Körbe und versenkten sie im Wasser.

Nun verhielt es sich mit dem Krebsefangen so, dass es am besten klappte, wenn man die Körbe mindestens über Nacht liegen ließ. Aber Fredrik und Hanna trauten sich nicht, Olas Körbe so lange zu behalten, und als ein paar Stunden vergangen waren, beschloss Fredrik nachzusehen, ob sie etwas gefangen hatten.

Und war ihr Glück zu fassen? Sie hatten sieben große Krebse. Sieben! Einen solchen Fang hatte auf Dorschum seit Jahren niemand mehr zu Gesicht bekommen, man hätte es glatt für reines Seemannsgarn halten können. Jetzt wollten sie schnell nach Hause und alle aufessen, bevor die Hütten schlossen, in denen tagein, tagaus Fische geputzt wurden. Fredrik griff nach den Rudern und steuerte den Kahn gekonnt über das wogende Meer.

Da bemerkte Hanna, dass ihnen ein anderes Ruderboot entgegenkam. Hastig versteckten sie die Körbe unter ihren Jacken und passten auf, dass kein Krebs aus dem Fischkasten floh.

Der Mann, dem sie begegneten, hieß Loa. Loa war auf dem Weg zur Papageientaucherjagd und er erzählte, dass Ola im Hafen saß und stinksauer war. Offenbar hatte jemand seine Krebskörbe gestohlen und Ola war entschlossen, dort zu warten, bis der Dieb wieder auftauchte. Dann ruderte Loa weiter und scherte sich zum Glück nicht darum, was Fredrik und Hanna hier draußen auf dem Wasser zu suchen hatten.

Aber Fredrik und Hanna wussten nicht, was sie jetzt tun sollten. Dorschum hatte eine steile Küste und es gab nur zwei Stellen, um an Land zu gehen. Die eine war der große Hafen mit den Hütten der Fischer, wo sie Gefahr liefen, von ihren Eltern entdeckt zu werden. Die andere Stelle war die Bucht mit dem Anleger, wo Ola wartete. Fredrik sagte, ein paar Ohrfeigen, dafür, dass er sich die Körbe geborgt hatte, würden ihm nichts ausmachen, aber die Krebse wollte er auf keinen Fall verlieren. Und es gab überhaupt keinen Zweifel daran, dass Ola in den Fischkasten gucken und die Krebse sofort für sich beanspruchen würde, weil sie ja schließlich in seinen Körben gefangen worden waren. Also beschloss Fredrik, es folgendermaßen zu machen: Hanna sollte auf einer Schäre an Land gehen und die Krebse mitnehmen. Fredrik selbst würde zurückrudern und Ola gestehen, dass er der Korbdieb war, aber gleichzeitig behaupten, er habe nichts gefangen. Er würde sich seine Tracht Prügel abholen und dann so tun, als würde er weggehen. In Wahrheit aber würde er Ola heimlich beobachten und warten, bis der Kerl nach Hause ging, und dann schnell zum Kahn rennen und Hanna abholen.

An dieser Stelle schwieg Fredrik eine Weile. Ich sah, dass seine Augen feucht geworden waren. Die Glut zischte leise.

»Sie wollte das nicht«, sagte er. »Sie hatte Angst.«

»Vor den Piraten?«, fragte ich.

Fredrik nickte.

»Einige Jahre früher hatten sie ein paar Kinder geraubt, die ganz in der Nähe auf Gierling wohnten. Aber ich sagte nur, sie würde sich lächerlich machen. Ich hatte nur diese Krebse im Kopf.«

Er schlug die Hände vors Gesicht. Dann wischte er sich einen Tropfen von der Nase und fuhr mit seiner Geschichte fort.

Hanna kletterte an einer winzig kleinen Schäre aus dem Boot und legte die Krebse in eine Felsspalte, die mit Salzwasser gefüllt war. Fredrik befahl ihr, gut aufzupassen, dass keiner von ihnen entwischte. Dann ruderte er nach Hause, fing sich ein paar Ohrfeigen ein und ließ sich ausschimpfen. Wie geplant, versteckte er sich in der Nähe und wartete darauf, dass Ola sich verzog. Aber das dauerte. Denn ausgerechnet an diesem Tag hatte Ola beschlossen, Netze zu flicken. Und Fischernetze zu flicken, das braucht seine Zeit, besonders dann, wenn man so viele Netze besitzt wie Ola. Fredrik wartete und wartete.

Erst am Nachmittag war Ola endlich fertig und ging nach Hause. Fredrik stürmte sofort zum Kahn. Ihm war klar, dass Hanna inzwischen wirklich Angst haben musste. Ja, auch ihm selbst wurde langsam bange, denn wenn es dämmrig wurde, wollte er lieber nicht mehr auf dem Wasser sein. Er hatte seit Stunden nichts gegessen und die Krebse würden sie an diesem Tag auch nicht mehr kochen können. Aber mittlerweile waren sie ihm auch gar nicht mehr so wichtig, jetzt wollte er nur noch seine kleine Schwester abholen.

Ich spürte, wie sich jeder Muskel in meinem Körper anspannte, als er den Rest erzählte. Wie er zur Schäre gekommen war und Hanna nicht mehr finden konnte. Wie er an Land gegangen, über die rutschigen Felsen und durchs Gestrüpp gerannt war, nach ihr gerufen hatte. Und dann, als er durch den lichten Wald gestürmt und auf der anderen Seite der Schäre angekommen war, da hatte er es gesehen. Zu diesem Zeitpunkt war es schon weit weg, aber dennoch so glänzend weiß, dass es nicht zu übersehen war: Das Piratenschiff.

Fredrik sagte, in diesem Augenblick hätte er sich gefühlt, als würde ihm alles Blut aus dem Körper rinnen. Als rauschte stattdessen die nackte, eisig kalte Angst durch seine Adern. Und so zog die Furcht bei ihm ein, sein Inneres wurde ein Ort des Schreckens. Das blieb bis heute so, obwohl er inzwischen ein erwachsener Mann war.

Ich sah ihn verblüfft an. So viel in unseren Geschichte stimmte überein. Fast alles!

»Aber es gibt einen großen Unterschied«, sagte Fredrik. »Nämlich den, dass ich zu feige war, mich auf den Weg zu machen, um sie zurückzuholen. Wie ein jämmerlicher Wurm blieb ich auf Dorschum und ein paar Jahr später fuhr ich nach Nachum und heuerte auf der Polarstern an. Seit diesem Tag war ich kein einziges Mal mehr zu Hause. Weil ich mich viel zu sehr geschämt habe.«

Er kaute lange auf seiner trockenen Unterlippe herum. Dann sah er mich an. Seine freundlichen Augen waren gerötet. Erst dachte ich, er würde gleich wieder anfangen zu weinen, aber das tat er nicht, er sagte nur ganz ruhig:

»Ich werde dir helfen, deine Schwester nach Hause zu holen. Ich habe den ganzen Tag darüber nachgedacht. Seit zwölf Jahren fahre ich nun über das Meer und warte auf das Vergessen. Aber so etwas kann man nicht vergessen. Hanna ist schon lange tot, das ist mir klar. Grubenkinder halten gewiss nicht lange durch. Aber wenn ich ...« Er holte tief Luft und die Luft zitterte in seiner Kehle. »Wenn ich dir helfen kann, Miki nach Hause zu bringen, dann fühlt es sich vielleicht wenigstens ein kleines bisschen besser an.«

Man kann kaum beschreiben, was in mir vorging, als ich das hörte. Ich fing an zu prusten und zu lachen, es klang bestimmt, als hätte ich den Verstand verloren. Er würde mir helfen! Fredrik, der eine Büchse hatte und so groß und stark war, dass er drei volle Getreidesäcke am ausgestreckten Arm halten konnte! Es gab keinen anderen Mann, der eine bessere Hilfe gewesen wäre als er. Plötzlich erschien alles so einfach. Beinahe wie ein schönes Abenteuer statt eines gefährlichen. Ich war nicht mehr länger alleine. Jetzt waren wir zu zweit!

Wir blieben noch lange am Feuer sitzen und redeten. Ich erzählte von dem Tag auf Eisenapfel und Fredrik fand auch, dass sich unsere Geschichten erstaunlich ähnlich waren. Dann trank ich doch ein wenig Honigwasser und da wurde mir so warm und wohlig im Bauch, dass ich schon einen kleinen Augenblick nachdem ich mich an einen Sack mit Graupen gelehnt hatte, eingeschlafen war. Ich merkte nichts, als mich zwei starke Arme hochhoben und zurück in die Hängematte trugen. Dort lag ich bis zum Morgen und träumte in langen, wirren Träumen, wie ich in ein Dorf kam, in dem die Straßen mit Steinen gepflastert waren und wo ich einen Mann traf, der weiße, wogende Haare hatte und einen Krebskorb in der Hand hielt. Und als ich mir den Korb genauer ansah, war kein Krebs darin, sondern ein kleines Mädchen in zerschlissenen Winterstiefeln. Aber wie oft ich den Mann auch fragte, ob sein Name Weißhaupt sei, lachte er nur und sagte, er wäre jemand anders.

Mit der Büchse im Bett

Am nächsten Tag zog Fredrik ein Papier hervor, das er ganz unten in seinem Seesack aufbewahrt hatte. Nur ein einzelnes Öllämpchen brannte auf dem Mitteldeck und dorthin setzten wir uns. Dann rollte Fredrik das Papier auf und zeigte es mir.

Es war eine Karte, auf der unser ganzes Eismeer abgebildet war. Eine solche Karte hatte ich noch nie zuvor gesehen, ich war nur einmal dabei, als Papa aufmalte, wie alles so ungefähr aussah. Aber das hier hatte jemand gezeichnet, der wirklich etwas davon verstand, das konnte man sehen. Hier und da schwammen sogar Wale und an einer Stelle saßen ein paar kleine Papageientaucher und blickten übers Meer. Ja, diese Karte war wirklich fein.

Fredrik zeigte auf Nachum, den Heimathafen der Polarstern. Dann zog er unsere Route mit dem Finger nach. Der erste Stopp war Blauwiek, mein Dorf. Blauwiek lag auf einer Insel, die Blautum hieß, aber das wusste ich natürlich schon. Dann fuhr er mit dem Finger an Eisenapfel und all den anderen Schären vorbei, die zu Blauwiek gehörten – und weiter hinaus auf das große, kalte Eismeer. Bald würden wir einen Stopp auf den Wolfsinseln machen, ein paar Waren abladen und andere an Bord nehmen, um dann mit dem Ziel Kantum abzulegen, die große Insel, auf der Segel lag. Ich spürte ein leises Ziehen in meinem Magen, als ich an diesen Ort dachte, und noch mehr zog es, als mein Blick auf die vielen Inseln rundherum fiel. Sie sahen winzig klein aus. Wie Flöhe, die Kantum sich aus dem Fell geschüttelt hatte. Und auf einer von ihnen hauste Weißhaupt …

»Wie finden wir die richtige?«, fragte ich.

»Das sehen wir dann, wenn wir in Segel sind«, sagte Fredrik. »Das loseste Mundwerk haben Piraten, die gerne Bier trinken, und im Hafen gibt es jede Menge finstere Spelunken: *Segels Wappen, Die grüne Tür, Zwei kleine Schweine* … Wir gehen irgendwo rein und dann – ja, dann fragen wir uns durch.«

Ich sah ihn an. Die Flamme des Öllämpchens tanzte in seinen Augen. In diesem Moment war er der beste Mensch, den ich mir vorstellen konnte. Ja, Papa und Miki waren genauso lieb, aber sie waren ja so weit weg, fast so als wären sie in einer anderen Welt, vielleicht sogar in einer Art Märchenwelt. Aber hier, in der richtigen Welt, die ein großes, kaltes, schaukelndes Meer war, da gab es einen kleinen, leuchtenden Punkt, und das war Frederik mit seinem freundlichen, warmen, blauen Blick. Und deshalb war er der Beste, den ich mir vorstellen konnte.

»Na ja«, sagte ich zögernd. »Wenn wir in einem Wirtshaus wohnen wollen … Ich habe nicht so viel Geld. Eigentlich gar keins.«

»Mach dir keine Gedanken«, sagte Fredrik. »Ich koche nun schon seit vielen Jahren das Essen für die Mannschaft der Polarstern. Sturmbart schuldet mir noch eine ganze Menge meiner Heuer.«

Er senkte den Blick wieder auf die Karte, ließ ihn über die vielen kleinen Inselpunkte rund um Segel wandern, als versuchte er, sich zusammenzureimen, welche die richtige war. Dann faltete er energisch die Karte zusammen.

»Sturmbart kann das alles hier genauso gut gleich erfahren«, sagte er.

»D-denkst du?«, sagte ich. »Wird er denn nicht wütend werden?«

Fredrik lächelte.

»Vor dieser Laus muss sich niemand fürchten«, sagte er. »Komm, wir gehen.«

Er kletterte die Schiffstreppe hoch, und als wir auf dem Oberdeck angekommen waren, marschierte er entschlossen zur Kapitänskajüte. Er kam mir irgendwie größer und schneller vor. Als hätte der Beschluss seinen Schritten einen Schwung gegeben, den er vorher nicht hatte. Er klopfte an, holte noch einmal tief Luft und blickte erwartungsvoll auf das wogende Meer.

»Ja?«, sagte jemand hinter der Tür.

Fredrik öffnete und trat ein. Ich folgte ihm. Es war ziemlich eng in der Kapitänskajüte, Fredrik musste sich ducken, um nicht an die

Decke zu stoßen. An den Wänden hingen vier flackernde Öllampen. Auf einem Regalbrett lagen ein paar große Bücher. Sturmbarts Schlafplatz war natürlich bequemer als die Hängematten der restlichen Besatzung. Es war eine richtige Koje, wie ein Bett aus Holz; die Matratze sah herrlich dick aus und auch die Decke war kein gewöhnlicher Wollfilz, sondern ein vornehm glänzendes Ding mit Steppnähten. Über der Koje hing Sturmbarts Büchse.

Er selbst saß hinter einem kleinen, flachen Tisch und steckte die Nase in irgendwelche Papiere. Ich glaube, es waren Tabellen über die Fracht. Er hob kurz den Blick, dann starrte er weiter auf seine Aufzeichnungen.

»Ach?«, fragte er. »Kocht die Grütze sich neuerdings von allein?«

Fredrik gab keine Antwort, schob nur seine Hände in die Hosentaschen und sah Sturmbart an.

Da richtete Sturmbart sich auf, legte die Papiere beiseite und faltete die Hände auf dem Tisch.

»Also, was wollt ihr?«

»Ich möchte meine Heuer«, sagte Fredrik.

»Deine Heuer?«, fragte Sturmbart überrascht.

»Ja«, antwortete Fredrik. »Außerdem wollte ich dir mitteilen, dass ich abmustern werde, sobald wir Segel erreichen.«

»Abmustern? Wieso denn?«

Fredrik nickte in meine Richtung.

»Das Mädchen und ich gehen gemeinsam weiter. Ich werde ihr helfen, Weißhaupt zu finden und ihre Schwester zurückzuholen.«

Sturmbart blinzelte ein paarmal und legte die Stirn in Falten.

»Hast du den Verstand verloren?«, fragte er.

»Ganz und gar nicht«, sagte Fredrik. »Das ist die erste kluge Entscheidung, die ich seit sehr, sehr vielen Jahren getroffen habe.«

»Klug?«, keuchte Sturmbart. »Seit wann ist es klug, Weißhaupt zu verfolgen?«

Aber auch darauf gab Fredrik ihm keine Antwort. Sturmbart schnaubte und schüttelte den Kopf.

»Du setzt mein Leben und das der gesamten Besatzung aufs Spiel, wenn du diesen Mann herausforderst, ist dir das klar?«, fauchte er.

»Es ist das einzig Richtige«, antwortete Fredrik mit Nachdruck. »Du solltest mich unterstützen, statt nur an dich selbst zu denken. Und jetzt möchte ich, dass du mir alles ausbezahlst, was mir an Heuer noch zusteht. Wir müssen uns Munition für meine Büchse und noch ein paar andere Sachen beschaffen, wenn wir auf den Wolfsinseln sind.«

Blitze schossen aus Sturmbarts Augen. Er stand auf, so hastig, dass sein Stuhl umkippte.

»Du segelst mit uns nach Nachum, so wie wir es vereinbart haben!«, brüllte er und Spucke regnete aus seinem Mund. »Diese dämliche Idee mit Weißhaupt schlägst du dir gefälligst aus dem Kopf, und zwar sofort! Verstanden!«

Fredrik stützte sich mit den Fingerknöcheln auf den kleinen Tisch und beugte sich ganz ruhig vor, bis er nur noch ein paar Daumenbreit von Sturmbarts Gesicht entfernt war.

»Meine Heuer, Sturmbart«, war alles, was er sagte.

Sturmbart atmete so heftig, dass er am ganzen Körper bebte.

Sekunden vergingen, und während ich auf den nächsten Wortschwall wartete, fiel mein Blick wieder auf die Büchse, die direkt über Sturmbarts prächtiger Koje hing. Sie erinnerte mich an eine Redensart bei uns zu Hause in Blauwiek: Nur wer Angst hat in der Nacht, über dem die Büchse wacht. Ja, so war es wohl: Von allen Männern auf der Polarstern war der Kapitän der ängstlichste.

Sturmbart brüllte nicht weiter rum, er hatte wohl eingesehen, dass die Schlacht verloren war. Er ging zu einem Schrank neben der Koje, angelte einen Schlüssel aus seiner Tasche, schloss den Schrank auf und nahm eine große Schatulle heraus. Dann setzte er sich an den Tisch und zählte das Geld ab, das Fredrik zustand. Fredrik warf mir einen verstohlenen Blick zu und ich glaube, er wurde glatt noch ein bisschen größer, als er die Münzen entgegennahm. Ja, es waren nämlich ganz schön viele Münzen: ein ganzer Haufen Kupfer- und sogar ein paar Silbermünzen! Fredrik schüttete alle in einen ledernen Beutel. Sturmbarts Gesicht war finster wie ein Gewitterhimmel.

»Und wer soll uns zwischen Segel und Nachum das Essen machen?«, fragte er. »Hast du darüber auch mal nachgedacht?«

Fredrik wiegte den Kopf hin und her.

»In Segel findest du jemanden, da gibt es genug Seeleute.«

Sturmbart schnaubte.

»Diese Sorte Seeleute nehme ich nicht an Bord.«

»Tja«, sagte Fredrik.

Dann bedankte er sich mit einem Nicken und wir gingen.

Als wir wieder bei unseren Hängematten waren, steckte Fredrik den Beutel in seinen Seesack.

»So, das hätten wir!«, sagte er. »Das sollte für Kugeln und eine Unterkunft im Wirtshaus reichen, meinst du nicht?«

»Doch!«, sagte ich. »Denk nur, so viel Geld!«

Die Wolfsinseln

Drei Tage später erreichten wir die Wolfsinseln. Es war aufregend, endlich anzukommen, und als wir anlegten, stand ich an Deck. Schon seit ich ganz klein gewesen war, hatte Papa mir von den weißen Wölfen erzählt, deren Zähne lang wie Messer waren. Es waren nicht nur schrecklich gefährliche, sondern auch prächtige Tiere – und auf den Wolfsinseln gab es sie zu Tausenden. Man konnte sie überall auf den weiten Ebenen sehen, manchmal tauchten sie sogar in den Dörfern auf. Dann hieß es, schnell die Tür hinter sich zuzumachen.

Der Hafen, den wir erreichten, schien nicht sehr groß zu sein, kaum größer als der bei uns zu Hause. Ein paar andere Frachtschiffe lagen vor Anker, aber an der Brücke waren vor allem kleine Fischerboote vertäut.

Die Hafenarbeiter begannen mit dem Entladen der Fracht,

die für die Wolfsinseln bestimmt war. Bauholz und Graupen von Nachum, Fässer mit Hering und Tran aus Blauwiek. Die Ladung wurde im Hafenkontor gelagert, bis die Leute, die Bauholz, Graupen und Hering bestellt hatten, kamen und ihre Waren auslösten. Sturmbart unterhielt sich mit dem Mann aus dem Hafenkontor, dem Hafenmeister, und soweit ich es verstand, ging es dabei wohl um Geld.

Aber dann sah ich, dass Fredrik schon auf dem Weg an Land war, wir wollten ja Kugeln für seine Büchse und noch ein paar andere Kleinigkeiten kaufen. Ich lief ihm schnell hinterher. Ich hatte meinen Wollpullover mit dem Rollkragen an und eine Jacke.

Über eine Woche war ich an Bord der Polarstern gewesen, da war es schön, wieder festen Boden unter den Füßen zu spüren. Aber als ich auf dem Hafenplatz stand und mich umsah, kam es mir trotzdem noch vor, als würde alles schwanken. Der Schnee auf den Wegen war schmutzig und grau. Über der Treppe des Hafenkontors hing ein Schild, auf dem ein goldener Knoten prangte. Daneben standen Fässer mit Branntwein und Kisten mit Lampenöl. Ja, Wärme und Licht konnte man natürlich auch auf den Wolfsinseln gebrauchen.

Fredrik zog seine Mütze tiefer über die Ohren.

»Lass uns zum Kaufmann gehen«, sagte er – und das taten wir.

Das ganze Dorf war schon auf den Beinen, obwohl es noch früh am Morgen war. Die Leute wuschen sich im Schnee und beluden ihre Schlitten. Die Häuschen waren niedrig und ziemlich nachlässig zusammengeflickt. Ich sah sogar eins, dessen Dach aus einem umgedrehten Kahn bestand. Hier auf den Wolfsinseln hatten sie wohl nicht viel Baumaterial. Das Holz, das von Nachum angekommen war, kostete bestimmt ein Vermögen.

Die Leute selbst sahen übrigens auch ziemlich zusammengeflickt aus, das fiel mir auf, als ich ein bisschen genauer hinsah. Viele Gesichter hatten tiefe Narben, Narben von Zähnen und Klauen. Und dann entdeckte ich ein Stück die Dorfstraße hinunter einen Mann mit einer ziemlich zerrissenen Hose, der einen Wolfswelpen an einem Strick führte. Ja, wirklich!

»Schau mal da!«, rief ich. »Ein Wolf!«

Der Welpe, der dem Mann ungefähr bis zu den Knien reichte, trabte fröhlich neben ihm her. Der Mann, obwohl sein Arm verbunden war, schien sich über seinen kleinen Kameraden zu freuen. Er blieb stehen und streichelte ihm über den Kopf und der Wolf schnappte nach seiner Hose, sodass sie noch ein bisschen weiter zerriss. Ich lachte, der Welpe sah so lustig und niedlich aus.

»Komm jetzt«, sagte Fredrik, der keine Lust hatte, später zurück an Bord hetzen zu müssen, um pünktlich Grütze zu kochen. Ich wäre eigentlich gerne noch stehen geblieben, um dem Wolf zuzuschauen, aber Fredrik sagte, hier gäbe es jede Menge Wolfswelpen, wir würden sicher noch mehr sehen, wenn wir einfach nur weitergingen.

Und so war es! Nicht auf der Dorfstraße, aber als wir in den Laden kamen, in dem wir einkaufen wollten, da freute ich mich so sehr, dass ich vor Entzücken juchzte: In einer Ecke saß einer dieser kleinen Welpen mit einem Eisenring um den Hals. Der Ring war mit einer Kette an der Wand befestigt.

»Darf ich ihn streicheln?«, fragte ich und lief schnell hin.

Der Mann hinter dem Tresen nickte, aber er sagte auch, dass ich ihm nicht die Schuld geben dürfte, wenn ich nachher ohne Hände weitersegeln müsste. Dann begrüßte er Fredrik und zeigte ihm verschiedene Arten von Kugeln für die Büchse, zwischen denen er wählen konnte.

Ich hielt mich also in sicherem Abstand zu dem Wolfswelpen und ging in die Knie.

»Hallo du«, flüsterte ich.

Der Welpe zog und zerrte an der Kette, um zu mir zu kommen. Er wollte spielen, sagte der Mann. Ich rutschte ein bisschen näher. Dann streckte ich die Hand aus, um zu sehen, was er tun würde, nur gerade so weit, dass er meine Fingerspitzen berühren konnte. Ich dachte mir, dass man wohl auch ohne Fingerspitzen weitersegeln konnte, wenn es sein musste.

Der Welpe fing an, meine Finger abzulecken. Das war so schön, so weich und warm, dass ich laut auflachte.

»Schau!«, sagte ich. »Er hat Hunger.«

Der Mann und Fredrik waren in ihr Gespräch über Munition vertieft, aber sie guckten doch in meine Richtung und lächelten wenigstens.

»Komm, dann kannst du ihm was geben«, sagte der Mann.

Das ließ ich mir nicht zweimal sagen. Der Mann verschwand hinter einem Vorhang und kam kurz darauf mit einem Stück Stockfisch zurück. Seine Bartkoteletten waren so lang, dass sie unten am Kinn fast zusammenstießen. »Das hier mag er«, sagte er. »Ich mache dir einen guten Preis, wenn du ihn kaufen willst.«

»Er ist zu verkaufen?«, platzte ich heraus.

»Natürlich«, sagte der Mann. »Und je eher ich ihn loswerde, umso besser. Der frisst mir noch den ganzen Fisch weg.«

Ich ging zu dem Welpen zurück. Mit einem Happs hatte er den Fisch verschluckt. Dann traute ich mich, ihn am Kopf zu streicheln. Oh, er war so weich und hübsch und seine Ohren sahen aus wie zwei kleine umgeknickte Ecken.

»Ach, wenn ich doch nur Geld hätte!«, sagte ich. »Er ist so süß!«

Fredrik lachte ein bisschen, aber dann kümmerten die beiden sich wieder um ihre Geschäfte und schließlich verschwand der Mann ein zweites Mal hinter dem Vorhang. Als er zurückkam, brachte er zwei neue Wolldecken und Lederhandschuhe mit sowie ein Säckchen mit allem, was man zum Feuermachen braucht, und noch ein paar andere Sachen. Er wickelte alles zusammen in die Decken ein und knotete eine Schnur drumherum, sodass ein Paket daraus wurde. Fredrik zog den Beutel mit seiner Heuer heraus und bezahlte. Dann klemmte er sich das Paket unter den Arm.

»Das war's, Knopf«, sagte er.

Ich streckte die Finger ein letztes Mal nach dem Welpen aus, dann gingen wir. Diese kleine rosa Zunge war bestimmt das Herrlichste, was es gab!

Es hatte angefangen zu schneien. Ich strich mir die Flocken aus den Wimpern. Inzwischen herrschte sogar noch mehr Leben auf der Dorfstraße, überall klappten die Leute ihre Verkaufsstände auf.

Ach, es wäre so schön gewesen, wenn jetzt ein schwarzhaariges Mädchen mit einem Wolfswelpen die Straße entlanggelaufen wäre. Und wie schön wäre es erst gewesen, hätte das Mädchen Siri geheißen! Ja, ich wünschte mir einen kleinen Wolf und ich war so froh und glücklich über diesen Ort, an den wir gekommen waren, dass ich die ganze Zeit lachend durch den Schnee hopste.

Aber als wir in die Nähe des Hafens kamen, hörten wir aufgebrachte Stimmen und kurz darauf sahen wir zwei Männer, die auf einem großen Schlitten standen. Sie kämpften mit einem Wolfswelpen, der nicht angebunden war. Einer der Männer, seine Stiefel reichten ihm hoch bis an die Knie, hielt eine Kette in der Hand und versuchte, sie dem Welpen um den Hals zu legen, aber der kleine Wolf wehrte sich mit Zähnen und Klauen und der Mann blutete bereits an den Händen und im Gesicht.

»Halt ihn fest!«, schnauzte er den anderen Mann an, der einen langen, dünnen Bart hatte und einen Schlapphut auf dem Kopf.

»Jaja!«, fauchte der Schlapphut zurück.

Aber sobald er sich von hinten näherte, wirbelte der Welpe herum und schlug mit der Pfote zu, sodass der Schlapphut erschrocken zurückwich.

Fredrik und ich gingen näher heran. Es versetzte mir einen Stich in den Bauch, mit anzusehen, wie sich dieser kleine Welpe wehrte, wie er kämpfte. Dass er panische Angst hatte, war nicht zu übersehen. Sein Rückenfell sah aus wie eine Scheuerbürste, so gesträubt war es.

Der Hafenmeister eilte den Männern zu Hilfe. Er war ein kräftiger Kerl mit langen, grauen Haaren und einer Pelzmütze auf dem Kopf. Er hatte einen Besen in der Hand und fing an, damit nach dem Welpen zu schlagen.

»Aufhören!«, schrie ich, aber darauf hörte natürlich keiner der Männer.

»Schau nicht hin«, sagte Fredrik und zog mich am Arm, aber ich blieb stehen. Ich konnte mich nicht von diesem schrecklichen Anblick losreißen, ganz gleich, wie weh es mir tat.

Der Hafenmeister schlug immer weiter auf den Welpen ein, bis der kleine Wolf ruckartig den Kopf drehte, um sich zu wehren. In diesem Moment gelang es dem Mann mit den Stiefeln, ihm die Kette anzulegen.

»Ich hab ihn!«, rief er.

»Los, pack mit an!«, schnauzte der andere.

Der Mann mit den Stiefeln zog und zerrte, um den Welpen vom Schlitten zu bugsieren, der Welpe zog und zerrte, um oben zu bleiben. Der mit dem Schlapphut kam, um zu helfen, und kurz darauf landete der kleine Wolf mit der Schnauze voran im Schnee. Von dort schleiften sie ihn zu dem Frachtschiff, das direkt neben der Polarstern vor Anker lag, es hieß Heimatlos. Der Welpe knurrte und fauchte, sträubte sich mit aller Macht, drehte den Kopf zum Schlitten und jaulte.

Ich ging näher an den Schlitten heran – und da sah ich, weshalb er so jaulte. Oben auf der Ladefläche lag ein riesiges, weißes, zotteliges Tier: die Mama des Welpen. Die Zunge hing ihr aus dem Maul und ihr Brustkorb bewegte sich nicht. Mein Blick fiel auf einen schwarzen Klumpen getrockneten Bluts an ihrem Hals. Dort hatte der Schuss sie getroffen.

Das alles war so traurig, dass mir Tränen in die Augen stiegen, aber gleichzeitig fühlte ich mich so dumm. Ich weiß nicht, was ich gedacht hatte, wie der Mann auf der Dorfstraße zu seinem Welpen gekommen sein sollte – oder wie es dem Mann im Laden gelungen war, sich einen unter den Nagel zu reißen. Ich hatte mir wohl vorgestellt, die beiden hätten einfach verwaiste Wölfe eingefangen, die sich ins Dorf verirrt hatten.

»Wolfswelpen sind wertvolle Beute«, sagte Fredrik und streichelte mir über den Kopf, als der Hafenmeister seinen Besen nahm und zurück in seine Hütte ging. »Viele kommen für ein oder zwei Jahre hierher, um ordentlich Geld zu verdienen. Sie besorgen sich Waffen und ziehen durch die kargen Ebenen. Die Welpen werden mit den Frachtschiffen an ferne Orte verschickt, wo reiche Leute sie vor ihre Schlitten spannen wollen. Sie werden Zugtiere.«

»Ja, aber was ist mit der Mama?«, sagte ich und wischte mir mit dem Handrücken die Tränen aus dem Gesicht.

»Es ist schwierig, sich einen Eiswolfwelpen zu schnappen, ohne vorher seine Mutter zu erschießen«, sagte Fredrik. »Aus den Müttern machen sie später Pelze. Hast du nicht den Berg von Fellen im Kaufladen gesehen?«

Ich schüttelte den Kopf. Nein, der war mir wohl entgangen.

»Er ist so traurig«, flüsterte ich und schaute zu dem Welpen, den die Männer inzwischen auf die Laufbrücke gezerrt hatten und der sich immer noch mit aller Kraft dagegen wehrte, an Bord zu gehen. »Aber warum fangen sie die armen Welpen, solange sie noch so klein sind?«

Fredrik seufzte und streichelte mir wieder über den Kopf.

»Wenn sie größer sind, dann lassen sie sich nicht mehr bändigen«, antwortete er. »Man muss sie rechtzeitig vor den Schlitten spannen, verstehst du?«

Sturmbarts Fracht

Nun will ich erzählen, was an dem Tag geschah, an dem wir die Wolfsinseln verlassen und nach Segel aufbrechen wollten. Unser Schiff hatte ein paar Tage im Hafen gelegen. Eigentlich, erzählte Fredrik, blieb die Polarstern normalerweise länger hier, aber jetzt, wo der Winter vor der Tür stand, war es wichtig, sie, so schnell es ging, in ihren Heimathafen nach Nachum zu bringen. Über Nacht war es mehrere Grad kälter geworden. Es kam zwar nur sehr selten vor, dass das Eismeer zufror, aber es konnte passieren, und wenn man dann draußen auf See war, war die Zeit gekommen, dem Leben zum Abschied noch einmal zu winken. Die gewaltige Kraft der Eismassen konnte ein Schiff zermalmen wie eine Eierschale.

Schon bald würden wir ablegen. Wir waren fertig mit dem mittäglichen Abwasch und Fredrik hatte sich für ein Nickerchen hingelegt. Ich war in der Kombüse geblieben. An diesem Tag war es draußen ziemlich ungemütlich und ich fand es viel schöner, an der kuschelig warmen Glut zu sitzen.

Da tauchte plötzlich Sturmbart auf. Er kaute auf einem Stück Tabak herum und sah mich durchdringend an.

»Komm mit, wir müssen etwas erledigen«, sagte er.

»Ich?«

Er nickte.

»Beeil dich.«

»W-was müssen wir denn erledigen?«, fragte ich und stand auf.

»Das erzähle ich dir unterwegs«, antwortete Sturmbart. »Komm jetzt.«

Der Wind zerzauste mir die Haare, als wir aufs Oberdeck kamen. Die Schneeflocken, die durch die Luft wirbelten, waren so winzig, dass sie sich im Gesicht wie Sandkörner anfühlten. Überall auf den Schiffen sah man Männer arbeiten. Ich nahm an, dass sich alle abfahrbereit machten, offensichtlich scheute nicht nur Sturmbart das Eis. Die Windsbraut musste noch den ganzen weiten Weg nach Nordwog zurücklegen, hatte Fredrik gesagt. Die Heimatlos, die diesen kleinen Wolfswelpen an Bord hatte, fuhr nach Salzum. Außerdem war noch ein neues Schiff angekommen, es war groß und prächtig und hieß Isegrim.

Ich blickte auf das unruhige, ungeduldige Meer. Fast kam es mir vor, als hätten die Wellen Sehnsucht nach uns, als würden sie fragen, wann wir endlich kamen, wann sie ihre nassen Arme um unseren Leib schließen und uns in die Ewigkeit schicken konnten. Und ein bisschen war es auch so, als würden sie fragen: Traut ihr euch?

»Kann ich noch schnell Fredrik Bescheid sagen?«, fragte ich. »Er wundert sich sonst, wo ich abgeblieben bin.«

»Fredrik schläft«, sagte Sturmbart. »Besser, wir beeilen uns.«

Er trat auf die Laufbrücke. Ich folgte ihm, aber dann blieb ich wieder stehen.

»Und was ist, wenn er aufwacht?«, sagte ich. »Ich glaube, es wäre doch gut, wenn ich ihm kurz Bescheid sage, damit er nicht anfängt, nach mir zu suchen ...«

Da seufzte Sturmbart und hob die Stimme.

»Wir gehen jetzt! Hier bin immer noch ich der Kapitän, oder etwa nicht?«

»Doch«, murmelte ich, zog mir die Mütze über die Ohren und ging weiter.

Sturmbart lief schnell. Kaum dass wir an Land waren, marschierte er auf direktem Weg zur Tür des Hafenkontors und klopfte an.

Wir mussten einen Moment warten. Eigentlich traute ich mich nicht, mit Sturmbart zu plaudern, aber schließlich zwang ich mich, den Mund aufzumachen, weil es irgendwie gruselig war, einfach nur schweigend herumzustehen.

»Müssen wir etwas abholen?«

»Nein«, antwortete Sturmbart und spuckte einen braunen Tabakklecks in den Schnee.

Da ging die Tür auf und der Hafenmeister stand vor uns. Er war ganz schön groß. Und dick. An seinem Bauch hing ein Schlüsselbund. Er warf Sturmbart einen kurzen Blick zu.

»Stimmt, da war ja noch diese Sache.«

Er holte seine Pelzmütze, an der eine Brosche steckte, die genauso aussah wie der Koten auf dem Schild über der Tür. Dann trat er hinaus in das Schneegestöber und stiefelte los, über den großen, menschenleeren Hafenplatz. Sturmbart und ich folgten ihm. Ich spürte ein unangenehmes Ziehen in der Magengrube, es gefiel mir gar nicht, die beiden Männer auf diesem Spaziergang zu begleiten. Aber Sturmbart hatte natürlich recht, er war der Kapitän und es gab nichts, was ich hätte tun können, um mich seinem Befehl zu entziehen. Nein, das Beste war, einfach nur schneller zu gehen und zu erledigen, was zu erledigen war.

Der Hafenmeister drehte sich um und sagte:

»Ich habe einen alten Speicher, ich denke, der ist ganz gut geeignet. Er ist eigentlich noch in Ordnung, liegt aber ein bisschen weiter draußen, deshalb ist niemand scharf drauf, irgendwelche Waren dorthin zu schleppen. Ist es nicht unglaublich, wie faul die Hafenarbeiter heutzutage sind? Dabei werden sie sogar fürs Tragen bezahlt.«

Sturmbart knurrte zustimmend.

Kurz darauf hatten wir den alten Speicher erreicht. Der Mann aus dem Hafenkontor schloss auf.

»Dann mal rein da«, sagte Sturmbart und knuffte mich in den Rücken.

Ich schluckte und tat, was er gesagt hatte.

In dem Schuppen war es natürlich dunkel, aber ich konnte trotzdem sofort erkennen, dass hier gähnende Leere herrschte. Ich drehte mich um und schaute Sturmbart an.

»Was wollen wir denn hier?«, fragte ich und versuchte, möglichst selbstbewusst zu klingen, obwohl ich eigentlich nur noch Angst hatte. »Was soll es denn hier zu erledigen geben?«

»Wir laden eine Fracht ab, die wir schon seit Blauwiek mit uns herumschleppen«, sagte Sturmbart. »Hier ist Endstation für dich.«

Bei seinen Worten überlief mich ein eisiger Schauer. Gut möglich, dass meine Angst daher gekommen war, dass ich tief im Inneren schon etwas geahnt hatte. Aber ich wollte es nicht glauben. Nein, ich *konnte* nicht glauben, dass er das tat. Dass er mich hier zurücklassen wollte!

Ich stürmte auf ihn los, versuchte, mich an ihm vorbeizudrängen, aber der Hafenmeister half ihm natürlich dabei, mir den Weg zu versperren. Ich wurde zurückgeschubst und landete auf dem kalten Boden.

»Warte nur, bis Fredrik das herausfindet!«, fauchte ich. Tränen liefen mir übers Gesicht.

Sturmbart zog die Wangen ein.

»Das Einzige, was Fredrik erfahren wird, ist, dass du beschlossen hast abzuhauen.« Er zog einen braunen Beutel aus seiner Tasche. »Und zwar mit seinem Ersparten.«

Da erkannte ich, dass der braune Beutel, den Sturmbart in der Hand hielt, Fredriks Börse war. Ich hatte keine Ahnung, wann es ihm gelungen war, sich das Geld unter den Nagel zu reißen, aber wahrscheinlich, als Fredrik und ich in der Kombüse waren. Sturmbart öffnete den Beutel, schüttete sich die Münzen in die Hand und steckte sie in seine eigene Tasche. Dann schleuderte er den Beutel vor mir auf den Boden.

»Das wird ihm schon die Grillen aus dem rothaarigen Schädel treiben«, sagte er.

Ich weinte und weinte so sehr, dass es in der Brust schmerzte. Das hatte Sturmbart sich fein ausgedacht. Wenn Fredrik glaubte, ich hätte sein Geld gestohlen, würde er natürlich nicht versuchen, mich zu finden. Stattdessen würde er mich für eine Diebin halten, für eine, der das Geld wichtiger war als unsere Pläne. Vielleicht würde er denken, ich hätte mir in den Kopf gesetzt, einen Wolfswelpen zu kaufen? Das alles war so niederträchtig und gemein.

»Das darfst du nicht tun!«, sagte ich.

»Was du nicht sagst«, erwiderte Sturmbart, »aber die Polarstern ist mein Schiff. Ich setze ab, wen ich will.«

Ich schaute den Hafenmeister an. Was war mit ihm, sollte nicht wenigstens er begreifen, dass das alles hier falsch war? Dass Sturmbart nicht das Recht hatte, mich einzusperren?

Er konnte sich wohl schon denken, was in meinem Kopf vorging, denn er zuckte mit den Schultern und sagte:

»Ich nehme nur ein Stück Fracht auf Lager. Das habe ich für Sturmbart schon viele Male getan, ohne je Fragen zu stellen.«

Sturmbart seufzte. Für einen Moment dachte ich, dass er fast ein bisschen schuldbewusst aussah, aber dann zog er die Nase hoch und schob die Hände in die Taschen.

»Hör mir gut zu und nimm das ernst, was ich dir jetzt sage«, sagte er. »Lass dich nie wieder in der Nähe der Polarstern blicken.

Wäre es in Blauwiek nach mir gegangen, dann hätten wir dich niemals an Bord genommen, denn diese idiotische Reise, auf die du dich begeben hast, kann gar nicht anders als böse enden. Fredrik ist ein Narr, dass er das nicht einsieht.«

»Er ist überhaupt kein Narr!«, sagte ich.

»Wie auch immer«, sagte Sturmbart, »seine Grütze schmeckt gut und ich habe keine Lust darauf, mir einen neuen Koch suchen zu müssen und nicht rechtzeitig vor den Winterstürmen nach Hause zu kommen. Sonst hätte ich euch auch gerne alle beide abgesetzt, wenn ihr nun mal unbedingt unser aller Wohl aufs Spiel setzen wollt. Aber nun muss es eben so gehen.«

Mit diesen Worten schlossen die Männer die Tür. Das Schloss quietschte, als der Hafenmeister den Schlüssel umdrehte. Mit aller Kraft hämmerte und polterte ich gegen die Tür.

»Lasst mich raus! Ich erfriere doch hier drinnen!«, schrie ich.

»Du bleibst nicht lange eingelagert!«, rief Sturmbart zur Antwort. »Sobald wir den Hafen verlassen haben, kommst du wieder raus, also hör auf zu heulen.«

»Ich will aber SOFORT raus!«, schrie ich. »Das dürft ihr nicht! Niemand darf das!«

Stille war die Antwort. Ich polterte weiter, trat mit voller Wucht gegen die Tür, nahm Anlauf und warf mich mit dem ganzen Körper dagegen, wieder und wieder. Aber sie ging nicht auf und schließlich fühlten sich meine Schultern, ja mein ganzer Körper, wie durchgeprügelt an.

Ich kauerte mich auf den Boden und schlang die Arme um die

Knie. Mal weinte ich, mal sprang ich auf und trat wieder gegen die Tür. Und nach einer Weile, die mir vorgekommen war wie eine eiskalte Ewigkeit, kam der Hafenmeister zurück und ließ mich raus.

»Du kannst jetzt gehen«, sagte er, ohne auch nur den Hauch von Freundlichkeit im Blick.

Ich gab ihm keine Antwort, rannte einfach nur an ihm vorbei und lief in den Hafen. Ich wusste es ja schon, aber ich musste es mit eigenen Augen sehen, um es wirklich zu begreifen.

Der Ankerplatz, an dem die Polarstern gelegen hatte, war leer. Auch auf dem Meer war keine Spur mehr von ihr zu sehen. Ich sank auf eine alte Kiste und schlug die Hände vors Gesicht. Jetzt war alles aus und vorbei. Ich war wieder allein.

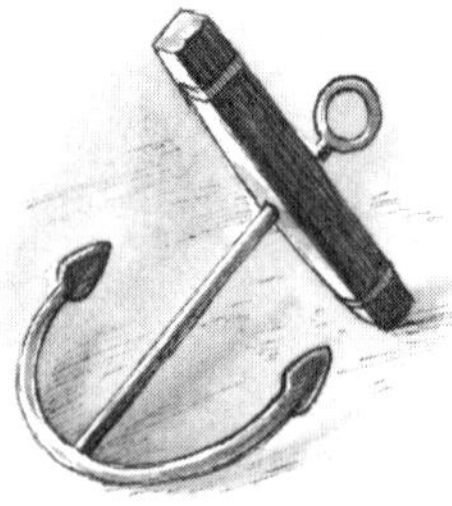

Der Wolfsalarm

Ich saß auf dem Hafenplatz und weinte, als eine Frau vorbeikam. Sie hatte eine Ledermütze auf und ordentlich genähte Lederhosen an. Ihr Gesicht war von Wind und Wetter gegerbt. Sie stellte ihren Schlitten ab und musterte mich. Ich nehme an, dass man auf den Wolfsinseln nicht allzu oft ein Kind zu Gesicht bekommt.

»Wieso sitzt du hier?«, fragte sie, aber ich sah keinen Sinn darin, ihr zu antworten, sah keinen Sinn in gar nichts.

Sie blieb noch eine Weile stehen, dann ging sie weiter und verschwand im Hafenkontor.

Als sie wieder rauskam, hatte sie ein Paket unter dem Arm.

Sie musste sich bei dem Hafenmeister nach mir erkundigt haben, denn jetzt sagte sie:

»Soso, du bist also abgeladen worden?«

Ich gab ihr auch dieses Mal keine Antwort.

Die Frau blieb stehen und betrachtete mich gründlich.

»Hinter Weißhaupt herzujagen, obwohl man so ein kleines, mageres Ding ist, ist das wirklich klug?«, fragte sie. Als ich auch dazu nichts sagte, fuhr sie fort: »Vielleicht solltest du dankbar sein, dass dich jemand davon abgehalten hat?«

»Ich bin überhaupt nicht dankbar!«, fauchte ich. »Das ist ganz alleine meine Sache.«

Dieses Mal war sie diejenige, die nicht antwortete. Aber nach einer Weile fragte sie:

»Hast du Hunger?«

Ich nickte.

»Dann komm mit zu mir nach Hause«, sagte die Frau, zog einen Handschuh aus und gab mir die Hand. »Nanni.«

»Siri«, antwortete ich und stand auf. Eigentlich war das dumm, mit einem wildfremden Menschen nach Hause zu gehen, aber was hätte ich sonst tun sollen? Ohne eine Feuerstelle, an der ich schlafen konnte, wäre ich erfroren, und der Hafenmeister, der für mein Elend schließlich mitverantwortlich war, hatte nicht die geringste Anteilnahme gezeigt. Ihm war offenbar gleichgültig, was aus mir werden würde.

Also begleitete ich Nanni auf der Dorfstraße nach Norden, vorbei an den hässlichen Hütten und Schuppen. Sie erzählte, dass das Paket, das sie eben abgeholt hatte, mit einem Schiff von der Zieginsel gekommen war. Dort lebte ihre Schwester, die ihr einmal im Jahr neue Strümpfe schickte, denn Strümpfe sind schnell zerschlissen, wenn man sie nie auszieht.

»Wieso ziehst du sie denn nie aus?«, fragte ich. Wir hatten das Dorf hinter uns gelassen und Nannis Schlittenkufen glitten durch frisch gefallenen Schnee, aber überall unter der dünnen Schneedecke konnte man die Spuren der Wolfsjäger erahnen. Nanni antwortete nicht auf meine Frage, sie lächelte nur.

Von dem Dorf war schon bald nicht mehr zu sehen als ein paar dünne Rauchfahnen in der Ferne. Nach einer guten Stunde tauchten vor uns ein paar graue, kleine Schuppen im tiefen Schnee auf. Dort lebte Nanni.

Die Hütten sahen ein bisschen mickrig und schief aus, sie waren aus Treibholz gebaut, das Nanni am Strand gesammelt hatte. Auf dem Eismeer sanken viele Schiffe, und nach ihrem alten Gebälk zu suchen, war die einfachste Art, an Bauholz zu kommen. Vor den Hütten war auf ziemlich merkwürdige Art ein Seil gespannt. Es verlief von der Fensterluke des einen Schuppens zu einem anderen und von dort zu einem Stock, der aus dem Schnee ragte.

»Gefriert die Wäsche denn nicht, wenn du sie hier raushängst?«, fragte ich. Aber da lächelte Nanni nur wieder so vielsagend und stellte den Schlitten ab. Dann hob sie ein paar Lumpen hoch, die auf der Ladefläche gelegen hatten, und darunter kam eine Büchse zum Vorschein. Sie nahm sie in die Hand und öffnete die Tür zu einem der kleinen Häuschen. Ich folgte ihr.

Das Erste, was mir auffiel, als ich hineinkam, war ein großes, weißes Fell auf dem Boden und ein zweites, das auf einer Schlafpritsche lag. Ein drittes hing an der Wand neben einer weiteren Büchse.

»Bist du eine Wolfsjägerin?«, fragte ich überrascht.

Nanni warf Holz in ihre kleine Feuergrube. Sie drehte sich um und ihre hellen Augen funkelten.

»Aber natürlich bin ich das«, sagte sie.

»Ja, aber ...«, setzte ich an und wusste dann nicht, was ich sagen sollte.

Sie nahm einen Topf und ging damit nach draußen. Als sie zurückkam, war Schnee im Topf. Sie hängte ihn an einer Kette über das Feuer, dann öffnete sie einen Kasten und nahm ein paar Fleischstücke heraus. Das Fleisch wanderte zusammen mit einer Prise Salz in den Topf. Mehr brauchte es wohl nicht, um Wolfssuppe zu kochen.

Die ganze Zeit stand ich daneben und schwieg. Ich wollte nicht auf dem Fell sitzen, auch wenn es noch so weich aussah, und ich hatte bestimmt nicht vor, von der Brühe und dem Fleisch zu essen, falls sie das dachte.

Dabei sehnte sich mein Magen so sehr nach Essen. Es war lange her, dass er etwas bekommen hatte.

»Willst du nichts?«, fragte Nanni, als sie die Suppe schöpfte.

Ich schüttelte den Kopf.

Nanni setzte sich hin und aß. Sie musste ordentlich kauen, das Fleisch war offenbar zäh.

»Ich finde, dass man Wölfe nicht schießen soll«, sagte ich.

»Soso«, sagte Nanni, ohne mich anzusehen.

Dann war es wieder still. Nur Nannis Kauen war zu hören. Das Knirschen, wenn sie auf Knorpel biss, das Schlürfen der Brühe.

Oh, wie sehr mein Magen knurrte. Mein Kopf fühlte sich so leer an, alles drehte sich, meine Schläfen pochten.

»Aber vielleicht schießt du ja keine Mamas?«, fragte ich.

»Was?«, sagte Nanni.

»Vielleicht schießt du ja nicht auf Wolfmamas?«, fragte ich. »Die mit Welpen lässt du vielleicht in Ruhe?«

Nanni wischte die Schale mit ihrem Daumen aus, leckte ihn ab und stellte die Schale auf den Boden.

»Ich schieße auf jeden Wolf, den ich sehe«, sagte sie, nahm noch ein Stück Fleisch aus der Kiste und verschwand damit nach draußen. Der Abend war gekommen.

Plötzlich rasselte etwas hinter meinem Rücken und ich zuckte zusammen. Ich wusste ja, dass ich alleine in der Hütte war, aber als ich mich umsah, erkannte ich schnell, dass ein paar Blechdosen für das Geräusch verantwortlich waren, die am Ende eines Seils hingen. Das Seil führte durch die kleine Luke in der Schuppenwand: die Wäscheleine, die mir zuvor schon aufgefallen war.

Nanni kam zurück. Sie nahm eine der Büchsen, holte eine Kugel aus dem Kästchen, das auf dem Regal stand, steckte sie in den Lauf und lehnte die Büchse neben der Luke an die Wand. Dann legte sie sich auf ihre Pritsche.

»Jetzt musst du leise sein«, sagte sie, als hätte ich, seit wir uns begegnet waren, wie ein Wasserfall geredet.

Sie schlief ein. Aber ich fühlte mich so schrecklich, dass ich einfach nur aufrecht stehen blieb und zitterte – während sie, ein fremder Mensch in Lederhosen, dalag und leise schnarchte.

So vergingen ein paar Stunden. Glaube ich zumindest. Ich war so müde und hungrig, dass ich kaum denken konnte. Der Topf stand noch immer neben der Feuergrube. Das Essen war zwar kalt geworden, aber ich konnte es trotzdem riechen. Ja, ich konnte es beinahe schmecken, spüren, wie die Brühe meinen Hals hinunterrann und das bohrende Loch in meinem Magen füllte.

Wenn ich nur ein Stück Fleisch nahm, würde sie es bestimmt nicht merken. Oder? Nur eins, ein kleines. Um es richtig zu schmecken und nicht nur beinahe.

Lautlos schlich ich über den Boden. Es war ziemlich dunkel, die Öllampen würden bald ausgehen. Mit dem Löffel fischte ich ein kleines Stück Fleisch aus der Brühe, schob es in den Mund und kaute. Es war trocken und zäh, aber es schmeckte gut. Ich konnte mich nicht beherrschen und nahm noch ein zweites. Und noch eins und noch eins und dann hob ich den Topf an den Mund, um von der trüben Brühe zu trinken, und genau da! – schepperte es drüben an der Luke und ich bekam einen solchen Schreck, dass mir der Topf aus den Händen fiel. In derselben Sekunde sprang Nanni auf und stürmte zu ihrer Büchse.

Ein Schuss fiel, ich schlug die Hände über den Kopf und warf mich auf den Boden, mein Herz klopfte so laut, dass ich dachte, mein Brustkorb würde zerspringen.

Nanni entzündete eine Öllampe und es wurde wieder heller. Sie lud die Büchse nach und mit der Waffe in der einen und der Lampe in der anderen Hand ging sie raus. Mich beachtete sie dabei gar nicht.

Aber schon kurz darauf kam sie wieder zurück. In der Türöffnung blieb sie einen Moment stehen.

»Ich nehme an, es freut dich, dass ich nicht getroffen habe«, sagte sie. Dann warf sie einen Blick auf den Topf, der noch auf dem Boden lag. »Oder hast du deine Meinung geändert, was das Schießen von Wölfen angeht?«

Ich sagte nichts. Ich hob den Topf auf, und ich glaube, sie hat nicht gesehen, dass ich die verschüttete Brühe vom Boden löffelte und trank. Aber das Wolfsfell, das auf dem Boden lag, war auch nass geworden und dagegen konnte ich nichts machen.

»Das ist vor allem für dich blöd«, sagte Nanni und warf das nasse Fell neben ihr eigenes auf die Pritsche. »Ich werde nämlich bestimmt nicht in der Sauerei schlafen.«

Dann ging sie noch einmal mit Fleisch aus dem Schuppen und wieder hörte ich die Blechdosen scheppern.

Den Wolfsalarm, so nannte Nanni diese Vorrichtung. Es war ihre Erfindung. Das Seil, das durch die Luke zu dem Stock im Schnee führte, war nämlich gar keine Wäscheleine. Nein, an dem Stock befestigte Nanni Fleisch. Und wenn ein Wolf von dem Duft angelockt wurde und anfing zu fressen, bewegte sich das Seil und die Dosen klapperten. Dann wusste Nanni, dass sie schnell nach der Büchse greifen musste. Aber obwohl sie wirklich schnell war, kam es natürlich vor, dass der Schuss danebenging, besonders nachts, wenn außer den leuchtenden Sternen alles dunkel war. Trotzdem hatte Nanni so viel Wolfsfleisch in ihrem Vorratsschuppen, dass sie es niemals alleine aufessen konnte. Sie war vor einigen

Jahren von Druntum hierher gekommen und wusste nicht, wie lange sie noch bleiben würde. Es wurden, wie sie sagte, nicht viele Menschen auf den Wolfsinseln geboren, aber umso mehr starben dort. Als Glücksjäger lebte man gefährlich.

Als Nanni den Wolfsalarm mit dem Köder versehen hatte, kam sie zurück und legte sich hin. Da war ich schon unter das Fell gekrochen, und obwohl es nass und klebrig war, wärmte es mich. Es roch eigenartig, so intensiv und würzig nach Tier, irgendwie frisch. Genau so hatte der Wolf gerochen, als er noch über die eisigen Ebenen trottete und nicht ahnte, dass die Welt böse und gefährlich war. Und vielleicht war an seiner Seite ein kleiner Welpe gewesen, der rennen musste, um mit ihm Schritt zu halten.

Ich wüsste gerne, was Papa dazu sagen würde, dachte ich. Dass ich unter einem Wolfsfell lag, bei einer Frau, die Fleisch vergammeln ließ, weil sie zu viel davon hatte. Papa achtete sehr darauf, dass man der Natur nicht mehr wegnahm, als unbedingt nötig war. Mehr zu nehmen wäre gierig, sagte er.

Irgendwann übermannte mich die Müdigkeit. Nanni und ich lagen Fuß an Kopf und Kopf an Fuß, und das Letzte, was ich dachte, bevor ich einschlief, war, dass ich trotz allem froh war, dass von allen Tagen im Jahr heute der eine Tag war, an dem sie neue Strümpfe an den Füßen hatte.

Wie ich zum ersten Mal schoss

Bei Nanni zu Hause die Strümpfe auszuziehen kam überhaupt nicht in Frage, das begriff ich am nächsten Morgen, als ich aufstand. Das Feuer in der Grube war schon lange verloschen und der Boden war so schlampig zusammengezimmert, dass man an einigen Stellen die Erde sehen konnte.

Auf irgendeine seltsame Weise waren Nanni und ich uns an diesem Morgen schon nicht mehr so fremd. Im Gegenteil, ich fand schon fast Gefallen daran, hier zu wohnen, und als Nanni Wolfsfleisch zum Frühstück kochte, stürzte ich mich zwar nicht mit Hurrageschrei auf meine Schale, aber es fiel mir zumindest nicht mehr so schwer, sie anzunehmen.

Draußen tobte ein richtiger Schneesturm, die Flocken waren groß wie Handschuhe. Nannis Schuppen hatte keine Fenster, aber durch die Schießluke konnte man einen Blick nach draußen werfen. Die Tür machten wir nur auf, wenn es unbedingt nötig war. Es war ein eigenartiges Leben, das man in so einem Schuppen lebte, dachte ich. Wie ein Aal in seiner Höhle lauerte man im Dunkeln und wartete darauf, dass Beute vorbeischwamm, die sich direkt ins offene Maul verirrte, und – peng! Dann schluckte man das wenige, was man haben wollte, und den Rest spuckte man aus. Ja, rund um den Platz, wo Nanni mit aufgerissenem Schlund saß, türmten sich die Skelette. Aber der Schnee legte sich in immer neuen Schichten über die Knochen, man musste also nicht unbedingt darüber nachdenken, wenn man nicht wollte.

Als hätte Nanni verstanden, worüber ich gerade grübelte, sagte sie:

»Findest du es wirklich so schlimm? Wölfe zu schießen?«

Sie reichte mir einen Becher mit gekochtem Wasser, ich nahm ihn, schloss die Finger darum und spürte, wie die Wärme in der Haut prickelte. Dann hob ich den Becher an den Mund, pustete und schlürfte.

»Muss man denn so viele schießen?«, fragte ich nach einer Weile.

Sie lachte, sodass ihre kurzen, weit auseinanderstehenden Zähne zu sehen waren. Nicht, um gemein zu sein, glaube ich, aber ich kam mir trotzdem dumm vor.

»Möglichst viele zu erwischen ist ja gerade der Witz an der Sache«, sagte sie.

»Ja, aber … warum? Reicht es nicht, wenn man genug Fleisch hat, um satt zu werden? Und die Welpen könnte man doch einfach in Ruhe lassen …«

»Die Welpen sind das, was ich am allerliebsten haben will«, fiel mir Nanni ins Wort. »Jeden Abend, wenn ich hier im Dunkeln liege, hoffe ich, dass sich im nächsten Moment eine Wölfin mit ihren Welpen über das Fleisch da draußen hermacht. Wenn du wüsstest, wie viel man mir für einen lebenden Wolfswelpen bezahlt.«

Sie steckte die Hand in ihre Jackentasche und zog einen Beutel heraus. Sie knotete ihn auf und zeigte mir, was darin war. Hui, so viele Silbermünzen! Viel mehr, als Fredrik bekommen hatte, als Sturmbart ihm die Heuer ausbezahlt hatte.

»Das waren alles Wölfe«, sagte Nanni. »Wölfe, die ich an die Kaufleute im Dorf verkauft habe, die ihre Waren wiederum an die Schiffer weiterverkaufen. Und die Schiffer nehmen die Waren mit in die Ferne. Zu den großen Inseln, wo reiche Leute wohnen, die gerne weiße Teppiche auf dem Boden oder ein Wolfsgespann vor ihren Schlitten haben wollen.«

Sie zog den Beutel wieder zu und steckte ihn ein.

»Jeder tut das, was er kann, um zu überleben«, sagte sie. »Das tun die Wölfe, das tue ich.«

Sie seufzte und spähte durch die Schießluke.

»Hört das denn nie auf?«, knurrte sie.

Sie meinte das Schneetreiben, das seit Stunden anhielt und die Sicht in ein wirres, weißes Durcheinander verwandelt hatte. Nanni war noch nicht draußen gewesen, um den Wolfsalarm zu überprüfen, weil sie damit warten wollte, bis das Schneetreiben nachließ. Aber je mehr Zeit verging, umso ungeduldiger wurde sie. Die Dosen hingen still an der Wand und Nanni wanderte im Schuppen auf und ab und brummte vor Rastlosigkeit. Das Fleisch ist vom Stock gefallen, sagte sie. Ja, sie glaubte, richtig zu spüren, dass es in den Schnee gefallen war, dass ein Wolf schon alles in sich hineingeschlungen hatte und weggelaufen war, satt und zufrieden.

Mit einem Mal schnappte sie sich ihre Büchse und stürmte zur Tür.

»Ich gehe trotzdem«, fauchte sie. Sie musste ihr ganzes Gewicht einsetzen, um die Tür aufzuschieben, so viel hatte es den Tag über schon geschneit.

Ich machte die Tür hinter ihr zu. Dann ging ich zur Luke, um zuzuschauen, aber in all dem Weiß konnte ich nicht mal ihren Umriss ausmachen.

Erst jetzt hörte ich wirklich, wie still es hier im Nirgendwo war. Nur das leise Knistern der Feuergrube war zu hören, sonst nichts. Die Flocken, die draußen nach unten fielen, landeten lautlos auf der weichen Decke, kein Wind heulte oder zerrte am Schuppendach.

Das heißt, nein, ganz leise war es nicht. Jetzt hörte ich ein dumpfes Geräusch, ein tiefes Grollen, als würde man ein schweres Möbelstück über den Boden schieben. Es kam von draußen, aus dem Schneetreiben.

»Siri!«

Das war Nanni! Sie schrie, halb erstickt vor Entsetzen. Ihre Stimme brach und dann hörte ich etwas, das mein Blut zu Eis gefrieren ließ: Wolfsgebell!

Ich rannte zur Tür, machte aber sofort wieder kehrt und zerrte die zweite Büchse von der Wand. Ich grabschte das Kästchen mit den Kugeln, stürmte zurück zur Tür und raus.

Ich landete im Schnee, der mir weit über die Knie reichte, und kippte nach vorne. Die Büchse rutschte mir aus der Hand, aber ich bekam sie wieder zu fassen und schaute mich hastig um. Alles war weiß. Weiß und dick und nass. Flocken blieben in meinen Wimpern hängen, überall nichts als Weiß.

»Wo bist du?«, schrie ich.

»Hier!« Ich stapfte in die Richtung, aus der die Stimme gekommen war, aber ich verlor sofort wieder die Orientierung.

»Wo? Ruf noch mal!«, schrie ich.

»Beim Stock!«, brüllte Nanni. »Beeil dich!«

Natürlich – beim Stock, jetzt wusste ich, was ich tun konnte. Ich stürmte zurück zum Schuppen, stapfte an der Wand entlang, bis ich an der Schießluke war. Dann schob ich das Kästchen mit den Kugeln in meine Jackentasche, griff nach dem Seil und folgte ihm durch den Schnee, immer in Richtung des Stocks. Das Seil war fast zehn Meter lang, das hatte Nanni mir erzählt, und zehn Meter sind weit, wenn man sich durch tiefen Schnee kämpfen muss. Mein Herz raste vor Angst. Angst vor dem Wolf, der irgendwo hier draußen war, Angst, dass er mit offenem Maul auf mich zustürzen könnte, Angst, den Bauch aufgerissen zu bekommen, aber vor allem Angst davor, wieder alleine zu sein. Ja, wenn der Wolf Nanni tötete, aber mich nicht, dann war ich wieder alleine und deshalb stapfte ich, so schnell ich konnte, vorwärts. In der einen Handfläche brannte das Seil und in der anderen der eisige Lauf der Büchse.

Da, auf einmal, konnte ich die Kontur eines weißen Rückens im Schneegestöber erahnen.

»I-ich bin hier!«, schrie ich, und ich glaube, ich habe das zu dem Wolf gesagt, auch wenn das vielleicht dumm klingt. »Ich habe eine Büchse!«

»Schieß!«, schrie Nanni.

Der Wolf drehte sich um, sah sich suchend nach mir um. Als er mich entdeckt hatte, zögerte er einen Moment, witterte, um herauszufinden, was für ein Ding ich wohl sein mochte. Mir schoss durch den Kopf, dass sein Körper mager wirkte, obwohl er so groß war. Da zog der Wolf die Lefzen hoch und fletschte die Zähne. Ich fuhr zusammen, fingerte nach dem Blechkästchen in meiner Tasche. Endlich bekam ich eine Kugel zu fassen und steckte sie in den Lauf. Schnee fiel in das Kästchen, alles wurde nass, aber als ich den Deckel zuklappen wollte, da war das Kästchen schon so rutschig, dass mir fast alle Kugeln rausfielen, nur zwei blieben übrig. Und jetzt kam der Wolf auf mich zu. Oh, er war so groß und beängstigend, seine Eckzähne waren so lang, dass er mich damit ganz einfach hätte aufspießen können. Ich legte die Büchse an und zielte. Ja, jetzt wollte ich ihn umbringen, jetzt gleich, denn ich hasste ihn, jeder Muskel meines Körpers brannte vor Entsetzen, Übelkeit stieg mir in den Hals und ich sah zum ersten Mal, wie kalt seine Augen waren. Dieser Wolf scherte sich kein bisschen um mich oder darum, dass ich am Hafen um einen kleinen Welpen geweint hatte. Nein, Nanni hatte recht: Hier dachte jeder nur an sein eigenes Überleben.

Ich drückte ab, ein Schuss fiel. Die Büchse prallte zurück und meine Schulter pochte vor Schmerz.

Ich hatte danebengeschossen. Aber der Wolf zuckte zusammen und krümmte den Rücken, drehte sich um und zog sich ein Stück zurück, dann blieb er stehen und drehte sich wieder zu mir. Der Knall und der Gestank von Schießpulver hatten ihn erschreckt.

Da traf ich eine Entscheidung. Ich lud die Büchse erneut, aber dieses Mal richtete ich den Lauf senkrecht in die Luft – und schoss. Der Wolf machte wieder kehrt und rannte noch ein Stück weg. Blieb stehen und sah mich an. Fast so, als ob er wusste, dass mein Kästchen bald leer sein würde, als ob er abwarten wollte, was ich mit der letzten Kugel vorhatte.

Als ich die Büchse zum dritten Mal lud, waren meine Arme so zittrig, dass meine Hände ein Eigenleben zu führen schienen, die Büchse zuckte hierhin und dorthin, wie ein Fisch, der eben aus dem Wasser gezogen worden war. Mal hielt ich den Lauf auf den Wolf, mal in die Luft und ich wusste nicht, was ich machen sollte. Der Wolf sah mich mit seinen merkwürdig kalten Augen an. Er zögerte. Nanni brüllte, dass ich ihn erschießen solle, aber der fallende Schnee dämpfte ihr Rufen, sodass es fast unwirklich klang. Das Einzige, was jetzt noch wirklich war, war der Wolf vor meinen Augen. Die Zeit war stehengeblieben, so kam es mir wenigstens vor, es hätten auch Jahre vergangen sein können.

Dann machte der Wolf einen Satz und lief weg. Verschwand immer tiefer in der milchweißen Welt. Ich schoss meinen letzten Schuss in den Himmel und hielt nach ihm Ausschau. Er war fort.

Wer zum Jagen taugt

Es dauerte eine Weile, bis Nanni durch den Schnee gestapft kam. Ihre Augen waren nass, ihr Mund immer noch zu einer erschrockenen Grimasse verzogen.

»Ist er tot?«, fragte sie.

Ich schüttelte den Kopf. Eilig folgten wir dem Seil zurück zum Schuppen, und als wir endlich drinnen waren, zerrten wir gemeinsam die Tür zu. Nanni verriegelte alles sorgfältig.

Ich zitterte so sehr, dass ich mich kaum aufrecht halten konnte. Während Nanni mehr Holz in die Grube legte, ging ich zur Pritsche und setzte mich. Das Feuer loderte auf. Meine Hände waren rot vor Kälte, sie schmerzten und prickelten, als die Wärme langsam zurückkehrte. Nanni kam zu mir und setzte sich neben mich.

»Er ist ohne einen Laut aufgetaucht«, sagte sie. »Ich wollte nur nachsehen, ob das Fleischstück noch am Stock hing, wollte den

Schnee abbürsten und ... plötzlich stand er einfach da. Als hätte ihn jemand hingezaubert. Ich wollte schießen, aber da ist mir die Büchse in den Schnee gefallen und ich konnte sie nicht mehr finden.«

Sie schlug die Hände vors Gesicht und blieb eine ganze Weile schweigend sitzen. Alles, was ich hörte, war ihr schwerer Atem. Dann zog sie die Nase hoch und sah mich lange an.

»Du warst mutig«, sagte sie. »Mutiger als viele Männer, die herkommen und glauben, es wäre ein Leichtes, einem Eiswolf Auge in Auge gegenüberzustehen.«

Da war es, als würde in meiner Brust ein Damm brechen und eine Welle von Tränen freilassen, einen unaufhaltbaren Strom.

»Ich war überhaupt nicht mutig!«, schluchzte ich. »Ich hatte Angst! Solche Angst wie noch nie im Leben.«

Nanni streichelte mir über den Rücken.

»Schon gut«, sagte sie. »Jetzt ist es vorbei. Du musst nicht mehr weinen.«

Aber ich weinte trotzdem. Ja, eine ganze Zeit saßen wir so da, ich schluchzend und Nanni mit der Hand auf meinem Rücken. Immer wieder versuchte sie, mich zu trösten, aber es gelang ihr nicht. Da sagte sie:

»Hörst du auf zu weinen, wenn ich dir eine lustige Geschichte erzähle?«

»Ich weiß nicht«, sagte ich und schniefte. »Doch, vielleicht.«

Nanni dachte kurz nach und dann entschied sie sich für eine Geschichte von den Wolfsinseln. Sie hatte sie selbst erzählt bekommen, als sie ganz neu auf der Insel war, und die Geschichte hatte sie aufgemuntert, als sich alles noch so ungewohnt und fremd anfühlte. Sie ging so: Dumm und Niemand kauften eine Büchse und wollten schießen lernen. Niemand sollte anfangen. Er nahm die Büchse und feuerte einen Schuss ab, aber die Kugel prallte zurück und traf ihn in der Stirn. Niemand sackte auf den Boden. Da rannte Dumm ins Dorf, wo die Jäger im Wirtshaus saßen. »Niemand stirbt!«, schrie er. »Gut so«, sagten die Jäger. »Hört ihr denn nicht, was ich sage? Niemand stirbt!«, schrie Dumm wieder. »Ist doch prima, dass niemand stirbt«, sagten die anderen. »Ja, aber ihr müsst mir helfen, Niemand stirbt!«, schrie der arme, verzweifelte Mann. Da schauten die Jäger ihn an und fragten ihn: »Bist du dumm oder was?« »Ja!«, sagte Dumm.

Nanni lachte, als sie am Schluss der Geschichte angekommen war, und ich merkte, wie auch das Lachen tief in meinem Körper wieder aufwachte. Wie Wasser, das im Topf über dem Feuer in Bewegung kommt. Erst langsam und vorsichtig, sodass man es kaum bemerkt. Dann steigt das erste kleine Perlenband vom Boden auf, dann werden es mehr und mehr und schließlich sprudelt die ganze Oberfläche von eifrigen, glücklichen Luftblasen, die kein Ende nehmen. Eigentlich war diese Geschichte ja ziemlich albern, aber trotzdem lachte ich – weil es so wunderschön war zu spüren, wie die Angst aus dem Körper rann, und zu wissen, dass man an diesem Tag nicht mehr sterben würde.

Nanni wischte sich ein paar Lachtränen aus den Augenwinkeln. Dann sah sie mich wieder so durchdringend an.

»Du kannst sagen, was du willst, aber ich glaube, dass du hier richtig bist. Und es ist ein schönes Gefühl, Gesellschaft in der Hütte zu haben.«

Dann stand sie auf und guckte durch die Schießluke. Endlich hatte es aufgehört zu schneien. Die letzten Flocken segelten einzeln und ein wenig verloren vom Himmel, als fragten sie sich, wo ihr Rudel abgeblieben war.

»Ich gehe mal nachsehen, ob ich meine Büchse finde«, sagte sie.

»Die Kugeln sind mir auch runtergefallen«, sagte ich, aber das fand Nanni nicht schlimm, weil sie noch viele solcher Kästchen hatte. Sie schob die Riegel auf und öffnete die Tür. Der Himmel war immer noch hellgrau, aber hier unten auf dem Boden war die Sicht eine ganz andere. Jetzt war es sicher, nach draußen zu gehen.

Als Nanni die Tür hinter sich zugemacht hatte, blieb ich sitzen und dachte darüber nach, was sie eben gesagt hatte. Sollte ich schießen lernen? Wie Nanni werden? Eine Jägerin?

Ich stand auf und drehte eine Runde durch den Schuppen. Ich tat so, als würde er mir gehören, als wäre das alles mein Hab und Gut. Vor dem Fell, das an der Wand aufgespannt war, blieb ich stehen. Ich fuhr mit der Hand über den dicken, weißen Pelz. Wenn ich den Wolf geschossen und abgezogen hätte? Wenn ich einen Beutel voller Silbermünzen hätte? Und dann nach Blauwiek zurückkäme, so reich, dass …

Nein. Nach Hause könnte ich nie wieder reisen. Aber in die andere Richtung. An Orte, wo die Straßen mit Steinen gepflastert waren. Ich könnte mir hübsche Sachen kaufen. Und was, wenn Fredrik sich doch geirrt hatte und man sehr wohl vergessen konnte? Was, wenn die Erinnerungen an Schneebeeren, Schwestern und Bergwerke doch verblassen würden, wenn man es nur wirklich wollte?

Die Tür ging wieder auf. Nanni hatte ihre Büchse gefunden. Sie lächelte mich an. Erst da wurde mir bewusst, dass ich immer noch vor der Wand stand und das Fell streichelte. Hastig zog ich die Hand zurück.

»Ein Wolfsfell an der Wand«, sagte Nanni und ihre kalten Augen funkelten. »Davon träumen viele.«

Ich weiß nicht, was in diesem Moment in mich fuhr. Seit ich aufgebrochen war, hatte ich kein einziges Mal mehr daran gedacht, aber jetzt sprang mein Mund auf und heraus kamen die Worte:

»Du errätst bestimmt nicht, was bei uns zu Hause in Blauwiek an der Wand hängt!«

Nanni sah mich an, neugierig, das war nicht zu übersehen.

»Eine Meerjungfrauenflosse«, sagte ich und spürte, wie die Luft meine Lungen füllte und sich das Hemd über meiner Brust spannte.

Nanni lächelte, so als wäre ich wieder ein bisschen dumm.

»Ich meine«, sagte ich, »es ist nur ein kleines Flossenstück.«

»Wer hat dir denn diesen Bären aufgebunden?«, fragte Nanni. Sie setzte sich auf die Pritsche und fing an, ihre Büchse zu reinigen.

»Niemand hat mir einen Bären aufgebunden, die hängt da«, sagte ich. »Ich habe sie selber mit Steinen verziert, das solltest du sehen.«

Sie nickte und lächelte noch immer.

»Papa hat die Meerjungfrau im Fischernetz aus dem Wasser gezogen«, fuhr ich fort. »Sie war klein.«

Da legte Nanni ihre Büchse auf den Knien ab, sah mich an und sagte:

»Siri, Meerjungfrauen gibt es nicht.«

Ich lachte, denn endlich war Nanni die Dumme und nicht ich.

»Woher sollte das Flossenstück denn sonst kommen, wenn es keine gibt?«, fragte ich. »Haha, daran hast du nicht gedacht, was?«

»Dein Papa hat sich einen Spaß mit dir erlaubt«, sagte Nanni und klang fast ein bisschen gereizt. »Verstehst du das nicht?«

»Nein, hat er nicht, ich war da, als er an Land kam und alles erzählt hat, das war kein Spaß.«

Nanni seufzte und verdrehte die Augen. Da stemmte ich die Hände in die Hüften.

»Ich weiß ja wohl selbst am besten, ob mein Vater einen Spaß macht oder nicht!«, sagte ich.

»Ja, ja, dann ist er vielleicht auch einfach nur verrückt«, murmelte sie.

»Was?«, sagte ich.

»Schon möglich, dass er keinen Spaß machen wollte, das kann ich nicht beurteilen«, sagte Nanni. »Aber eins weiß ich. Und zwar, dass Meerjungfrauen nicht zu den Lebewesen gehören, die es so gibt – wie Fische, Vögel oder Wölfe. Also, wenn dein Papa an Land kam und wirklich ernsthaft behauptet hat, er hätte eine gesehen, dann ist er ein Spinner. Das musst du doch einsehen, deshalb müssen wir uns jetzt wirklich nicht streiten.«

Sie widmete sich wieder ihrer Büchse und ich sah ihr zu: sah, wie liebevoll sie den Ärmel benutzte, um den Lauf zu trocknen, wie vorsichtig sie den geschmolzenen Schnee aus dem Verschluss pustete. Nein, ich würde niemals einsehen, dass mein Vater ein Spinner sein sollte. Der Spinner hier war ich. Ich hatte hier gestanden und vom Schießen geträumt. Innerhalb eines Tages hatte ich mich in jemanden verwandelt, der ich überhaupt nicht war, in jemanden wie sie, Nanni, die ihre Büchse behandelte, als wäre sie ihr Kind. Und ja, ich wusste, dass diese Ungeduld in ihr, als sie herumtigerte und darauf wartete, dass das Unwetter aufhörte, nichts anderes gewesen war als hässliche, alles verzehrende Gier.

»Ich werde niemals mit dir schießen«, sagte ich.

»Soso«, antwortete sie, ohne den Blick zu heben.

Ich machte eine kleine Pause, wartete, bis die Worte sich ordentlich gesammelt hatten, bevor ich sagte:

»Wenn du für Geld Wölfe jagst, dann bist du nicht besser als Weißhaupt. Dann seid ihr genau gleich.«

Nanni stand so heftig auf, dass ich zusammenzuckte. In ihrem Gesicht spiegelte sich der Zorn, ihre Augen waren weit aufgerissen.

»Das nimmst du zurück!«

»Nein! Ich nehme es niemals zurück, weil es die Wahrheit ist!«

»Es macht einen gewaltigen Unterschied, ob man für Geld Wölfe jagt oder Menschen!«

»Aber nur für die Menschen!«, schrie ich. Dann nahm ich meine Jacke, meine Handschuhe und meine Mütze und stürmte nach draußen.

Eine Schnicke namens Tintenfisch

»Siri!«

Nanni rief mir nach, aber ich drehte mich nicht um, nein, ich wollte sie nie wieder sehen. Die Frau, für die es einen Unterschied machte, ob man Mensch oder Tier war. Aber was sie dabei nicht bedachte, war, dass vor Kurzem noch zwei Beutetiere mit dem Tod vor Augen im Schneegestöber gestanden und gezittert hatten: Da gab es keinen Unterschied. Und das kleine Tier, das Weißhaupt mir aus reiner Gier gestohlen hatte, um es in einem Stollen für sich schuften zu lassen, das würde ich mir nun zurückholen. Ja, ich wusste jetzt, dass ich weiter musste.

Die Spuren, die Nanni und ich am Tag zuvor im Schnee hinterlassen hatten, waren natürlich verschwunden, aber wenn ich die Augen ein bisschen zusammenkniff, konnte ich in der Ferne den Rauch sehen, der wie dünne Fäden aus den Schornsteinen der

Dorfbewohner aufstieg. Es würde keine Kunst sein, den Weg zu finden. Ich zog meine Jacke, Mütze und Handschuhe an und dann machte ich mich auf die lange Wanderung durch den Schnee. Im Hafen hatte ich mehrere Schiffe in der Nähe der Polarstern gesehen. Vielleicht konnte ich noch heute auf einem von ihnen anheuern? Und selbst wenn es nicht auf direktem Weg nach Segel fuhr, dann vielleicht wenigstens ein Stück? Die halbe Strecke oder so? Manchmal musste man eben mehrere Teile zusammenflicken, bis man eine ganze Decke hatte.

Nanni rief noch ein paarmal, wahrscheinlich vor allem, um ihr Gewissen zu beruhigen. Aber ihr stinkendes altes Gewissen konnte mir gestohlen bleiben. Von mir aus sollte sie doch eine Schnur drumherum binden und es im Dorf verkaufen.

Schließlich gab sie auf und ich war wieder alleine in der Stille. Schnee kroch von oben in meine Stiefel. Der Weg war noch weit und langsam spürte ich, wie die Angst zurück in meinen Körper sickerte. Die Luft war trocken und die Sicht war gut, aber die Ebene war weiß und das waren die Wölfe auch.

Erschrocken drehte ich mich um, genau hinter mir war jemand!

Nein. Nichts. Es war nur Einbildung gewesen.

Aber da, hinter der Anhöhe? Ich blieb stehen und spähte, aber es kam kein geifernder Wolf angetrabt. Kein Gebell war zu hören. Alles war still.

Ich lief und lief und die ganze Zeit bildete ich mir ein, dass die Bestie ganz nah war. Schließlich fing ich an zu rennen, kämpfte mich durch den Schnee, stolpernd und nass geschwitzt. Vor meinen Augen wuchs der Schornsteinrauch und dann endlich stieg mir auch sein vertrauter Geruch in die Nase. Kurz darauf bog ich in die Dorfstraße ein.

Es war später Nachmittag. Die Händler waren gerade dabei, ihre kleinen Buden zu schließen, die Dämmerung lag schon in der Luft. Ich ging zum Hafen. Die Windsbraut und die Heimatlos hatten abgelegt, aber die Isegrim, dieses prächtige, große Schiff, das erst vor Kurzem gekommen war, das lag noch vor Anker!

Auf der Treppe des Hafenkontors stand der fette Hafenmeister. Er beobachtete zwei ungepflegte Kerle, die um die Fischerboote herumstreiften. Eigentlich fand ich diesen Mann so furchtbar, dass ich lieber nicht mit ihm geredet hätte, aber ich hatte keine Wahl. Also riss ich mich zusammen und marschierte geradewegs auf die Treppe zu. Ich räusperte mich, um ihn auf mich aufmerksam zu machen, aber er starrte weiter unverwandt zu den beiden Männern.

»Guten Tag«, sagte ich.

Er warf mir nur einen flüchtigen Blick zu und antwortete mit einem Brummen.

»Ich wollte fragen, wann die Isegrim ablegt? Und ob du weißt, wohin sie fährt?«, sagte ich.

»He, ihr da!«, brüllte der Mann. Die Kerle an der Brücke zuckten zusammen und schauten ihn an. »Wenn keins der Boote euch gehört, dann verzieht euch!«

Einer der beiden, er hatte eine Glatze und war ziemlich klein, hob die Hände.

»Darf man jetzt nicht mal mehr Fischerboote bewundern?«, rief er. Er hatte eine schrille, unangenehme Stimme.

Der Hafenmeister schnaubte.

»Als ob ihr Fischer wärt! Ich erkenne es, wenn ich Gesindel vor mir habe. Ihr sollt verschwinden, habe ich gesagt!«

Der Glatzkopf sah aus, als wollte er einen Streit anzetteln, aber der andere, er hatte lange Haare und einen Bart, sagte etwas zu seinem Kumpan und dann gingen sie weg.

Der Hafenmeister sah ihnen nach, und erst als sie die Dorfstraße hoch verschwunden waren, schaute er mich richtig an und sagte:

»Nun?«

»Ja, ich wollte wissen, wann die Isegrim in See sticht«, sagte ich und nickte in Richtung des Schiffsanlegers. »Ich will den Kapitän nach Arbeit fragen.«

Der Hafenmeister seufzte.

»Hat Sturmbart dir nicht gesagt, dass du dir die Grillen aus dem Kopf schlagen sollst?«

»Schon, aber man wird ja wohl mal fragen dürfen«, murmelte ich.

Der Mann machte ein erschöpftes Gesicht.

»Vor dem Frühling legt hier kein Kutter mehr ab«, sagte er. »Also, wenn du aufs Meer willst, wirst du wohl schwimmen müssen.«

»Ja, aber was ist mit der Isegrim?«, fragte ich.

»Die Isegrim ist unser Schiff und wird hier ihre Winterruhe halten. So, jetzt weißt du Bescheid.«

Mit diesen Worten machte er auf dem Absatz kehrt und verschwand in sein Kontor. Er war ganz offensichtlich niemand, der sich um Kinder sorgte, die unfreiwillig abgesetzt worden waren. Jedenfalls nicht, wenn es sich vermeiden ließ.

Ich ging. Schon bald war jede Budenklappe geschlossen. Ein Mann öffnete sein Fenster und leerte einen Nachttopf aus, ein anderer versuchte, seinen Schlitten loszutreten, der am Boden festgefroren war. Niemand beachtete mich. Niemand verschwendete einen Gedanken daran, mich zu fragen, was ich hier machte oder ob ich Hilfe brauchte. Die Einzige, die gefragt hatte, war Nanni. Und von ihr war ich weggelaufen. Die Unruhe kniff in meinem Bauch, immer fester und fester. Ich wusste nicht, wohin ich gehen sollte, nicht mehr lange und die Nacht würde sich wie ein schwarzer Deckel über die Wolfsinseln legen. Ein paar Sterne leuchteten schon. Was sollte ich jetzt tun?

Da hörte ich plötzlich murmelnde Stimmen. Ich reckte den Hals und sah, dass es der Glatzkopf und der Bärtige aus dem Hafen waren. Sie waren in einem Gässchen stehen geblieben und hatten ihr Gepäck abgelegt, aber sie hatten mich nicht bemerkt. Ich wollte gerade schnell von dort verschwinden, weil sie mir irgendwie nicht geheuer waren, aber da hörte ich, worüber sie sprachen, und blieb wie angewurzelt stehen.

»Ich frage mich trotzdem, ob das klug ist«, knurrte der Bärtige. »Sich mit Weißhaupt einzulassen.«

»Hast du eine bessere Idee?«, erwiderte der Glatzkopf.

»Habe ich nicht«, sagte der Bärtige, »aber trotzdem ist es vielleicht dumm, für einen wie ihn zu arbeiten. Ich meine, was ist, wenn die Besatzung geschnappt wird? Was dann? Was machen die mit Piraten?«

Ich versteckte mich hinter ein paar ausgedienten Holzkisten, die an einer Hüttenwand aufgestapelt waren. Ich war knapp vier Meter von den Männern entfernt, ich konnte sie gut sehen und hören.

»Wen meinst du mit ›die‹?«, schnaubte der Glatzkopf. »Nenn mir einen einzigen Menschen auf dem Eismeer, der hinter den Piraten her ist!«

»Nee, nee«, sagte der Bärtige. Er zögerte, schien ein bisschen nachzudenken. Dann seufzte er. »Wollen wir nicht trotzdem noch warten? Dieser Kerl steht bestimmt immer noch irgendwo rum und gafft, wenn wir jetzt zurückgehen.«

»Wir fahren heute Nacht«, antwortete der Glatzkopf entschlossen. »Je eher wir hier verschwinden, desto besser.«

»Ich weiß nicht«, sagte der Bärtige. »Nicht mal mehr die großen Schiffe fahren und du willst, dass wir mit einem Fischerboot in See stechen!«

»Man muss auch mal was riskieren, wenn man auf dieser Welt nicht als lumpiger Habenichts enden will«, sagte der Glatzkopf. »Wer auf Weißhaupts Schiff anheuert, der wird unfassbar reich. Du weißt doch, dass seine Piraten all die erbeuteten Schätze für sich behalten dürfen? Er will nichts davon!«

Der Bärtige schnaubte.

»Irgendwas wird er schon wollen.«

»Ja, ja«, wiegelte der Glatzkopf ab. »Aber seit wann juckt es dich, wenn eine Horde Kinder in die Grube geschickt wird? Ich hatte es als Junge auch nicht lustig. Wenn wir Glück haben und der Wind günstig steht, dann erreichen wir Segel in zwei, drei Tagen.«

»Und wenn wir Pech haben …«

»Jetzt hör mit deinem feigen Gequatsche auf!«, schnauzte der Glatzköpfige. Er zog einen Handschuh aus und zog ein Amulett unter seinem Jackenkragen hervor. Ich reckte den Hals. Es war ein silberner Riemenfisch, der König der Fische. Er sah neu aus. Es hieß, dass man vor allem Unglück geschützt war, wenn man einen Fischkönig bei sich trug.

Der Glatzkopf schloss seine Faust fest um den Anhänger.

»Jetzt ist Schluss mit der Pechsträhne«, sagte er.

Sie schulterten ihr Gepäck und verließen das Gässchen. Als sie an dem Gerümpel vorbeigingen, hinter dem ich mich versteckt hatte, kauerte ich mich so klein zusammen, wie ich nur konnte, und wagte kaum zu atmen, vor lauter Angst, entdeckt zu werden. Aber die Männer bemerkten mich nicht, sondern gingen rasch in Richtung Hafen.

Der Mond war inzwischen aufgegangen, in seinem Licht war es leicht, die beiden im Blick zu behalten. Ich huschte von Schatten zu Schatten und folgte ihnen, bis wir das gluckernde Meer erreicht hatten.

Das Segelschiff, das sie klauen wollten, eine Schnicke, hatte eine Gaffeltakelung und war, zumindest für diese Art Schiff, ziemlich groß. Gegenüber dem Hafenkontor stand ein Speicherschuppen, hinter dem ich mich versteckte, während die Männer alles für die

Abfahrt vorbereiteten. Sie warfen ihr Gepäck an Bord und wollten gerade hinterherklettern – da ertönte wütendes Gebrüll aus Richtung des Speichers. Der Bärtige hatte recht gehabt: Der Hafenmeister hatte nach ihnen Ausschau gehalten und jetzt kam er fäusteschwingend angerannt.

»Leinen los!«, zischte der Glatzkopf und zerrte an den Tauen. Aber im selben Moment war der Hafenmeister schon da, packte ihn an der Jacke und schleuderte ihn von der Schnicke weg.

»Ach ja?«, brüllte der Hafenmeister. »Wusste ich es doch, was? Ihr wollt mit dem Boot eines anderen los! Wartet nur, bis ich den Besitzer der Schnicke geholt habe, der will bestimmt ein paar Takte mit euch reden und wirft euch danach ins Meer! So machen wir das hier nämlich mit Diebesgesindel!«

Aber jetzt handelte der Glatzkopf schnell. Er stürmte auf den Hafenmeister zu, schlang die Arme um seinen gewaltigen Bauch und warf ihn um.

»Hol einen Strick, wir müssen ihn fesseln!«, zischte er und der Bärtige rannte zum Speicher. Schnell war er mit einem Seil zurück und zusammen zwangen sie den Hafenmeister auf die Füße. Der schimpfte und brüllte, als sie ihm die Hände auf den Rücken fesselten. Dann verfrachteten sie ihn in den Speicher. Und so wurde der Hafenmeister am Ende selbst auch eingelagert. Das würde eine ziemlich kalte Nacht für ihn werden.

Für mich hieß es jetzt, flink zu sein. Ich huschte auf die Brücke und sprang in die Schnicke. Ich klappte die Achterducht hoch und kroch in den Kasten darunter, der als Lagerraum diente. Dann klappte ich schnell den Deckel wieder zu. Hier hatte ich genug Platz und ich konnte ziemlich bequem liegen.

Kurz darauf waren die Männer zurück, lösten die Taue und kletterten an Bord. Die Schnicke schaukelte, als sie sich von der Brücke abstießen. Sie hissten das Segel und einer von ihnen setzte sich auf die Ducht, unter der ich lag, und übernahm das Ruder. Als sich das Segel füllte und das Boot Fahrt aufnahm, spürte ich, wie sich der Rumpf neigte, und ich musste mich ordentlich gegen das Holz stemmen, um nicht herumzurollen und gegen die Wand zu stoßen. Wir hatten ablandigen Wind. Das hieß, es würde flott vorangehen.

»Tintenfisch«, schnaubte der Bärtige, den ich offenbar genau über mir hatte. »Hast du schon mal einen dämlicheren Namen für ein Schiff gehört?«

»Was ist denn so dämlich daran?«, fragte der Glatzkopf.

Darauf wusste der Bärtige erst auch keine Antwort, aber als er eine Weile darüber nachgedacht hatte, meinte er, dass es mit Sicherheit ein schlechtes Omen war, dass sie ausgerechnet ein Boot namens Tintenfisch gestohlen hatten. Denn was sollte das Schicksal schon für ein Schiff bereithalten, das so hieß wie eins dieser verlorenen Geschöpfe, die auf dem Meeresboden herumkrochen?

Wir passierten das Gatt und die See wurde rauer. Immer wieder hörte ich den Bärtigen seufzen und murren. Und eigentlich hatte er wohl recht mit seinem Unmut: Worauf wir uns hier eingelassen hatten, in einer Schnicke namens Tintenfisch, war nichts anderes als eine Höllenfahrt.

In der Ducht

Ein dünner Lichtstrahl, der durch einen Spalt im Holz fiel, weckte mich. Das Rauschen, das ewige Rauschen, das auf dem Gipfel der Wellen lauter und in den Tälern schwächer wurde, hatte mich in den Schlaf gewiegt und nun dämmerte schon der Morgen. Mir war kalt und mein ganzer Körper war steif und tat weh. Aber ich wagte es nicht, mich zu rühren. Das kleinste Knacken im Holz würde die Männer womöglich aufscheuchen und dazu bringen, einen Blick in die Achterducht zu werfen. Und was würden sie tun, wenn sie mich sahen?

Offenbar hatte sich der Bärtige auch eine Mütze Schlaf genehmigt, vielleicht hatten sie sich am Ruder abgewechselt. Jetzt hörte ich ihn jedenfalls gähnen und grunzen, so wie viele es tun, wenn sie gerade aufgewacht sind. Er fragte den Glatzkopf, wie der Wind gewesen war, und bekam die Antwort, dass er gar nicht mal übel gewesen sei. Sie waren viel mit Rückenwind gesegelt und hielten südwestlichen Kurs. Es klang, als hätten sie eine Seekarte dabei.

Ich lag in meinem Kasten wie festgenagelt. Als wäre mein Körper eins geworden mit der Tintenfisch, als hätte ich mich in gekrümmtes, graues Holz verwandelt. Ob es sich so anfühlte, ein Schiff zu sein? Ob jeder Schlag, jedes Neigen wie ein schmerzhafter Strahl durch den Bootskörper fuhr? Hatte ein Schiff womöglich nur einen einzigen Wunsch? Sehnte es sich danach, sich auszustrecken, sich von den Spanten loszureißen und dem ewigen Schaukeln zu entkommen? Ein Schiff zu sein, gefangen in seiner Form – ich hatte nicht geahnt, wie schrecklich das sein musste.

»Soll ich das Ruder übernehmen?«, fragte der Bärtige.

»Nö«, antwortete der Glatzkopf.

Dann war es still. Aber nach einer Weile hörte ich den Bärtigen leise seufzen. Er knurrte, dass diese Fahrt wahrhaftig bedeutete, das Schicksal herauszufordern. In See zu stechen, nachdem alle großen Schiffe ihre Fahrten eingestellt hatten.

»Was du wieder jammerst«, sagte der Glatzkopf. »Hat uns das Schicksal denn deiner Meinung nach auf den Wolfsinseln besser behandelt?«

Der Bärtige antwortete nicht.

»Sag schon«, knurrte der Glatzkopf. »Hatten wir da mehr Glück mit dem Schicksal?«

»Vielleicht nicht, aber wenigstens haben wir nicht so wahnsinnige Sachen unternommen wie das hier.«

»Ach nein? War das, was wir gemacht haben, etwa nicht wahnsinnig? Monat um Monat, ohne dass daraus irgendwas geworden ist?«

»Na ja, aller Anfang ist schwer …«

»Aller Anfang? Was redest du da, wir haben ein ganzes Jahr lang angefangen!«

Sie stritten sich weiter und aus ihrem Wortgefecht schloss ich, dass dieses Jahr, das der Bärtige und der Glatzkopf auf den Wolfsinseln verbracht hatten, ein einziges großes Missgeschick gewesen war. Kein einziges Tier hatten sie geschossen! Das war schon fast unheimlich, meinte der Glatzkopf. Wenn das Schicksal ihm so übel mitspielte, dass er nicht mal einen Wolf erwischte – dann war es an der Zeit, andere Saiten aufzuziehen. Ja, er würde dem Schicksal ordentlich eins aufs Maul geben und deshalb hatte er sich den Fischkönig besorgt.

Der Bärtige murmelte, dass man gegen das Schicksal nichts ausrichten konnte, denn das Schicksal war stärker als Menschen und Wölfe und alle Riemenfische zusammen. Aber da schnaubte der Glatzkopf nur und dann waren sie, glaube ich, weiter sauer aufeinander, denn sie redeten für ein paar Stunden kein Wort mehr miteinander. Die Einzigen, die sich lärmend bemerkbar machten, waren der Wind und das Meer. Ja, der Wind frischte immer weiter auf, die Wellen wurden zorniger und mehr und mehr Spritzer prasselten auf den Schiffsboden. Aber die Männer schwiegen und segelten so verbissen weiter, als wäre das Ganze ein Wettbewerb, in dem es darum ging, wer von beiden sich länger beherrschen konnte, ohne »Hui, ist das windig« zu sagen.

Dann endlich meinte der Bärtige, es wäre wohl besser, das Großsegel zu reffen.

Aber alles, was der Glatzkopf dazu zu sagen hatte, war nein, er habe nicht vor, irgendwas zu reffen.

Da jammerte der Bärtige und wollte, dass sie trotzdem reffen sollten, nur ein bisschen, er fand es dumm, die Schnicke so vorwärts zu treiben, wo sie das Schiff doch gar nicht kannten.

Der Glatzkopf weigerte sich, denn er wollte endlich vorankommen. Ja, viel zu lange hatte er das idiotische Schicksal über sich und sein Leben bestimmen lassen und er hatte keine Angst vor ein bisschen Geschwindigkeit.

Offenbar machte sich der Bärtige aber dennoch daran, das Großsegel einzuholen, denn auf einmal fluchte der Glatzkopf und schrie ihn an, er solle damit aufhören. Wieder fingen sie lautstark an zu streiten. Der Bärtige schrie, der Glatzkopf würde sie geradewegs in den Tod segeln, und der Glatzkopf schrie, wenn sie die Segel reffen würden, wie der Bärtige wollte, könnten sie es dem Schicksal auch gleich überlassen, sie dahin zu treiben, wohin es ihm gefiel. Der Wind wurde immer stärker und ich bekam langsam Angst, als ich dort im Dunklen lag und das ganze Gebrüll mit anhörte: das Brüllen der Männer, das Brüllen des Winds und das Brüllen der Wellen. Das Wasser schlug gegen den Rumpf, gerade so, als hämmerte es mit tausend Fäusten, als wollte es sagen: Lasst mich rein!

Und mitten in all dem Lärm hörte ich plötzlich ein Krachen und dann, wie etwas ins Wasser fiel. Die Tintenfisch, die sich so lang in dieselbe Richtung geneigt hatte, schien plötzlich fast zu kentern, ich rollte herum und schlug mir den Kopf an. Die Männer fluchten verzweifelt, der Glatzkopf schrie den Bärtigen an, er solle endlich was tun. Ich hörte Segeltuch im Wind knattern. Der Gaffelbaum war abgebrochen, die Querstrebe, an der das Segel an seiner Querseite befestigt war. Ja, genau das war passiert und jetzt rauschte das Segel ins Meer. Der Bärtige hatte sich offenbar gegen die Reling geworfen, um es zu bergen, während der Glatzkopf immerfort brüllte und immer mehr Wasser ins Boot klatschte.

»Wir werden absaufen!«, brüllte der Glatzkopf. »Beschaff uns einen Treibanker!«

Ein Treibanker ist ein Ding, das man ins Wasser schleudert, wenn man sein Boot möglichst schnell abbremsen muss. Am besten klappt das, wenn man einen Eimer und ein langes Tau dafür verwendet – und nachdem der Bärtige das Großsegel geborgen hatte, machte er sich auf die Suche nach einem Eimer. Ich lag wie auf Nadeln, kniff fest die Lippen zusammen und hoffte, dass er irgendwo im Vorschiff einen finden würde, vielleicht in einer anderen Ducht. Aber nach einer Weile hörte ich, wie er zum Glatzkopf sagte, er solle aufstehen.

Plötzlich fiel Licht in meine brennenden Augen und ich kniff sie zu. Jemand zerrte mich am Arm hoch, so leicht, als wäre ich aus Papier, und mein Körper, der so lange still und krumm dagelegen hatte, fühlte sich an, als wäre er an mindestens zehn Stellen gebrochen. Ich schrie und die Männer schrien zurück. Sie fragten, was zur Hölle ich hier zu suchen hätte, brüllten alle möglichen Flüche, brüllten, dass ich in den Wellen landen würde. Aber da kam ein neuer Schwall eisigen Wassers und die Männer sahen ein, dass sie jetzt zuerst an das Boot denken mussten, das sonst bald mit dem Bug voraus im Meeresgrund stecken würde.

Einen Eimer hatten sie nirgends gefunden und deshalb leerte der Bärtige einen der Säcke aus, die sie mit an Bord genommen hatten, er suchte ein Seil und knotete es an den Sack – und dann ab damit über Bord.

Sofort war es, als würde die Tintenfisch festgehalten, als würde ein großer, starker Reiter an den Zügeln ziehen und sie beruhigen. Der Wind brüllte und peitschte weiter, die Wellen tobten, aber sie machten nicht länger mit uns, was sie wollten. Wir waren nass und ich fror so sehr, dass die Luft in meiner Lunge stillzustehen schien, an das Licht musste ich mich erst gewöhnen und auch daran, dass ich mich wieder bewegen konnte. Aber was würde jetzt aus mir werden?

Ich kauerte auf dem Schiffsboden, und während der Glatzkopf mit eiserner Hand das Ruder hielt, ließ er mich keine Sekunde aus den Augen. Sein Blick war stechend und gemein. Das Boot stampfte weiter über das bleigraue, schäumende Meer. Der Bärtige hatte das geborgene Segel zusammengelegt und weggeräumt. Jetzt schöpfte er Wasser aus dem Rumpf und sah mich dabei immer wieder an, aber nicht so durchdringend wie der Glatzkopf.

»Du bist das Kind, das gestern Abend mit dem Alten aus dem Hafenkontor geredet hat«, sagte er.

Ich gab keine Antwort, sondern zitterte nur und versuchte, nicht in diese stechenden Augen zu schauen.

»Wann bist du in die Ducht gekrochen?«, fragte der Glatzkopf.

»Als ihr ... als ihr ihn gefesselt habt«, sagte ich leise. »Den Hafenmeister.«

Der Glatzkopf dachte nach.

»Weißt du überhaupt, wohin wir wollen?«, fragte er.

Ich nickte.

»Ihr wollt nach Segel. Ich habe gehört, wie ihr in der Gasse darüber gesprochen habt.«

Seine Augen wurden schmal.

»Und warum willst du dorthin? Was hat so eine Rotznase wie du in Segel zu suchen?«

Ich schluckte.

»Weißhaupt hat meine Schwester geraubt. I-ich will sie zurückholen.«

Die Männer sahen sich an. Eine Weile waren sie still, aber dann fingen sie an zu lachen. Es war aber nicht dieses schallende Gelächter, wenn etwas lustig ist. Nein, es war dieses prustende, keuchende Lachen, wenn man etwas Unglaubliches gehört hat.

So schnell, wie der Sturm gekommen war, so schnell legte er sich. Jetzt glitten wir durch die lange, graue Dünung. Der Glatzkopf holte den Treibanker ein und wir segelten mit der Fock weiter, dem kleinen, dreieckigen Vorsegel. Der Sturm hatte uns herumgeworfen, niemand wusste mehr, wo wir uns befanden. Nach und nach tauchten Inseln und Schären auf, manchmal gleich mehrere in einer Reihe, wie Perlen an einer Kette. Aber es waren öde Inseln und öde Schären, auf denen nichts anderes wohnte als Eis und Schnee.

Der Glatzkopf, der ein bisschen zum Nachdenken gekommen war, war mittlerweile gar nicht mehr böse darüber, mich an Bord zu haben. Denn schließlich könnten sie, wie er sagte, Weißhaupt kein schöneres Geschenk mitbringen als ein neues Kind für sein Bergwerk. Das würde ihnen bestimmt einen glanzvollen Empfang auf der Schneerabe bescheren.

»Allerdings nur, wenn wir ankommen, bevor uns das Trinkwasser ausgeht«, knurrte der Bärtige und starrte auf seine Karte.

Die Schollen und Eisberge, die auf dem Wasser vorübertrieben, waren groß. Manche prallten mit solcher Wucht gegen unseren Rumpf, dass ich überzeugt war, wir würden sinken. Aber jedes Mal schaffte wir es doch und die angeschlagene Tintenfisch setzte ihre Reise übers Meer vorsichtig fort.

Plötzlich stutzte der Bärtige.

»Ich hab was gesehen«, sagte er.

»Was denn?«, fragte der Glatzkopf.

Der Bärtige spähte weiter.

»Jetzt ist es weg«, sagte er.

»Was war es denn?«, fragte der Glatzkopf.

»Vielleicht eine Robbe«, antwortete der Bärtige, der noch immer zu der Stelle starrte, wo er etwas gesehen hatte. Dann sprang er auf. »Da ist es wieder!«

Beide reckten die Hälse, und als wir näher kamen, sahen wir es alle drei. Der Glatzkopf fluchte murmelnd, er klang fast ein bisschen ängstlich. Was dort in den Wellen schaukelte, war etwas Lebendiges, etwas, das verzweifelt mit den Armen zu rudern schien, etwas, das weinte, etwas mit rosaroter Haut. Hätte ich es nicht besser gewusst, ich hätte es für ein splitterfasernacktes Baby gehalten.

Das Baby im Wasser

Wir drehten nach Steuerbord, der Bärtige ließ das Segel fallen und die Tintenfisch wurde langsamer. Der Glatzkopf stützte die Ellenbogen auf die Reling, kniff die Augen zusammen und beobachtete das nackte Etwas, das im Wasser herumrollte. Ab und zu tauchte eine Schwanzflosse auf, die fast so aussah wie die einer Robbe.

»Was ist das?«, fragte der Bärtige.

Der Glatzkopf schüttelte nur den Kopf und starrte weiter, als glaubte er zu träumen.

»Weiß nicht«, murmelte er.

In den Schaumkronen konnte man einen runden, kleinen Kopf erahnen und das Weinen war immer noch zu hören, genau wie seine mutlosen Rufe. Zwei dicke Ärmchen patschten verzweifelt auf die Wasseroberfläche.

»Eine Meerjungfrau«, flüsterte ich.

»Was hast du gesagt?«, fragte der Glatzkopf.

»Was soll es denn sonst sein?«, fragte ich und starrte auf das kleine Geschöpf im Wasser. »Das ist das Baby einer Meerjungfrau.«

Der Bärtige und der Glatzkopf lachten. Fast so, als freuten sie sich, dass die Dummheit eines Kindes für eine Weile den Ernst vertrieben hatte. Sie wechselten einen vielsagenden Blick. Aber ich konnte ihnen trotzdem ansehen, dass sie sich gar nicht so sicher waren, ob ich wirklich etwas Dummes gesagt hatte. Denn wenn das, was da im Wasser lag – mit Kopf, Armen, Schwanzflosse und rosaroter Haut –, wenn das keine Meerjungfrau war, was war es dann?

Der Glatzkopf entschied sich in Sekundenschnelle.

»Hol den Kescher«, sagte er.

»Bist du sicher?«, antwortete der Bärtige. »Am Ende zerreißt es ihn noch?«

»Quatsch, das passiert schon nicht.«

»Ja, aber was, wenn doch? Es ist immer gut, einen Kescher dabei zu haben …«

»Kapierst du nicht, dass wir das Ding rausholen müssen? Es könnte ein Vermögen wert sein.«

Der Bärtige nickte, hob ein Knäuel aus Tauen an und zerrte den Kescher darunter hervor.

»Ich muss näher ran«, sagte er.

Der Glatzkopf sah mich an.

»Kannst du rudern?«, fragte er.

Weil ich mich nicht traute, etwas anderes zu sagen, nickte ich. Ich machte die Ruder los und schob sie in ihre Halterung. Dann ruderte ich auf Kommando des Glatzkopfs auf das Baby im Wasser zu.

Als wir schon ziemlich nah waren, bekam das Kleine Angst und tauchte ab. Zurück an der Wasseroberfläche blieb nur eine weiße Blume aus Schaum.

»Verdammt!«, fauchte der Glatzkopf. Er stand auf, riss den Bootshaken an sich und sah mich an. »Sorg dafür, dass wir genau hier stillstehen!«, schnauzte er mich an. Er kniete sich auf die Vorderducht, beugte sich über die Reling und spähte ins Wasser. Und während er Ausschau hielt, erzählte er, dass es in den großen Orten Doktoren gab, die eine ganze Menge für neue Fischarten bezahlten, um sie in Alkohol einzulegen und mit dem Messer zu untersuchen. Und wenn jemand schon für eine neue Fischart ordentlich Geld springen ließ, was würde man dann erst für so etwas bekommen, so ein …?

Ja, was hatten wir da gesehen? Der Bärtige, der offenbar wirklich ein ziemlich ängstlicher Kerl war, wand sich und sagte, *falls* es Meerjungfrauen doch geben sollte, waren sie dann nicht Geschöpfe der Hölle? Ja, das hatte er zumindest so gehört: Sie wogen manchmal mehrere Hundert Kilo, und wenn sie wollten, konnten sie einen Mann mit einem einzigen Hieb ihrer Schwanzflosse töten. Was, wenn da unten in der Tiefe noch eine ganze Horde lauerte …?

Aber der Glatzkopf hörte ihm gar nicht zu, sondern hielt verbissen Ausschau. Ab und zu wanderte seine Hand zu dem Fischkönig an seinem Hals, berührte ihn nur ganz leicht. Als würde er ihn um Hilfe bitten. Und dann plötzlich zuckte er zusammen.

»Da ist es!«, sagte er. Er drückte den Bootshaken mit der scharfen Spitze unter Wasser, streckte ihn so weit aus, wie er konnte – und zog, schnell und hart. Er hoffte natürlich, dass der Haken im Fleisch des Kleinen hängen bleiben würde.

»Hör auf!«, rief ich.

Der Glatzkopf, der beim ersten Versuch keinen Erfolg gehabt hatte, drückte den Haken ein zweites Mal nach unten, zielte und versuchte, ihn in die richtige Richtung zu lenken. Aber das war natürlich schwierig, denn der hölzerne Stiel des Hakens wollte ja viel lieber schwimmen.

Da fing ich mit aller Kraft an zu rudern, nur weg von dem Baby, und ich stampfte mit den Füßen auf den Schiffsboden, um es zu erschrecken, damit es tiefer nach unten schwamm und sich im Schatten der Eismassen versteckte.

»Was machst du da?«, fauchte der Glatzkopf. »Halt still!«

Aber ich stampfte und ruderte weiter und ich ruderte schnell, denn ich wusste, dass es für den Glatzkopf schwer werden würde, die richtige Stelle wiederzufinden, wenn wir erst mal ein Stück weggekommen waren. Er tobte vor Wut, schleuderte den Bootshaken auf den Schiffsboden und stürzte sich auf mich. Dann zerrte er mich an der Jacke hoch in die Luft und ließ mich über die Reling baumeln.

»Deinetwegen habe ich meine Beute verloren!«, schimpfte er und ich glaubte zu sehen, dass Tränen in seinen Augen standen. »Die erste gute Beute seit einem Jahr!«

»E-es ist noch so klein«, sagte ich und strampelte verzweifelt, um mit dem Fuß Halt zu finden, aber die Reling war nass und glitschig.

Der Glatzkopf schaute kurz auf die Wasseroberfläche, dann durchbohrte er mich wieder mit diesem hässlichen, stechenden Blick.

»Wenn ich länger darüber nachdenke, dann glaube ich eigentlich nicht, dass du die Sorte Kind bist, die Weißhaupt haben will«, sagte er. »Was soll er mit einem Quälgeist wie dir?«

Und mit diesen Worten ließ er meine Jacke los. Für einen seltsam langen Augenblick glaubte ich, in der Luft zu hängen. Vielleicht schwebte ich auch nur in meiner Vorstellung für ein paar Sekunden, in einem endlosen Traum von Zeit? Ich weiß nur, dass ich mit den Armen ruderte, dass ich irgendeinen Halt suchte, und dann fand meine Hand den Lederriemen mit dem Fischkönig. Der Glatzkopf, der nicht darauf vorbereitet war, wurde mitgerissen. Ja, für einen Moment war ich mir sicher, dass wir gemeinsam über Bord gehen würden, aber da kam ihm der Bärtige zu Hilfe. Er packte den Glatzkopf und hielt ihn fest. Das Lederband riss und ich fiel. Der Riemenfisch begleitete mich in die Tiefe.

Ich war schon früher ins Wasser gefallen, ein paarmal sogar. Das Gefühl ist irgendwie immer dasselbe. Wenn ich versuchen soll, es zu beschreiben, dann vielleicht so, dass man da plötzlich weiß, wer man ist. Ja, denn manchmal vergeht ja Tag um Tag, ohne dass man darüber nachdenkt. Man macht alles Mögliche aus alter Gewohnheit: schrubben, Fische putzen, Wäsche waschen, schlafen und aufstehen – und man kümmert sich nicht darum, wer dieser Mensch ist, der all diese Sachen erledigt. Aber wenn man ins Wasser fällt, dann weiß man es. Ja, das Erste, was man denkt, ist: Ich bin Siri. Ich bin dieser Mensch, der da eben ins Wasser gefallen ist.

Das Schwierigste ist, dass die Kleider so schwer werden. Wolle verwandelt sich im Wasser beinahe in Blei, es fühlt sich an, als würde man von einer starken Hand gepackt und nach unten gezogen.

Dann hatte ich den Grund erreicht und da kam die Angst – denn wenn ich so tief gesunken war, dann waren die Kerle mich wirklich los. Ohne etwas, an dem ich mich festhalten und hochklettern konnte, würde ich es niemals zurück an die Oberfläche schaffen.

Aber war das überhaupt der Meeresgrund?

Ich schaute mich um in all dem Blau und ich sah Dunkelheit in der einen, aber Licht in der anderen Richtung und da begriff ich, dass ich auf dem Sockel eines Eisbergs gelandet sein musste.

Der Fischkönig taumelte in die Dunkelheit und verschwand, als ich das Band losließ, um mich an den Unebenheiten des Eisbergs festzuhalten. Die Luft in meiner Lunge war schnell aufgebraucht. Papa hatte mir gesagt, dass ein Ertrinkender stirbt, weil der Mangel an Luft einen am Ende verrückt macht. Dann weiß man nicht mehr, was man tut, und irgendwann atmet man einfach ein, obwohl man unter Wasser ist – und wenn das Wasser dann in die Lungen rauscht, dann stirbt man.

Aber über mir war es hell. Ich sah kleine Eisschollen, die wie ein Schwarm Eismöwen herumschwammen. Ich stieß mich ab, das letzte Stück nach oben, bevor mir schwarz vor Augen wurde, und als ich an der Oberfläche war, atmete ich keuchend ein, sog die Luft ein, bis mein Hals schmerzte. Ich hangelte mich von Scholle zu Scholle bis zu einer Schäre ganz in der Nähe – und schon bald spürte ich Grund unter den Füßen, richtigen Grund. Ich watete an Land und fiel auf die Knie. Ich war so durchgefroren, dass meine Arme und Beine sich anfühlten, als würden sie jeden Moment abfallen.

Das Volk auf Schneerose

Das Erste, was ich tat, nachdem ich ein wenig verschnauft hatte, war aufzustehen und loszurennen. Das ist wichtig, um die Wärme im Körper zu halten. Als ich eine Weile den kleinen weißen Strand auf und ab gerannt war, da entdeckte ich Spuren. Keine gewöhnlichen Fußspuren, sondern andere. Waren dort womöglich Flachbodenboote an Land gezogen worden?

Ich sah mich um. Vielleicht war die Schäre ja gar nicht unbewohnt? Was, wenn auf der anderen Seite der Felsen Menschen waren? Was, wenn es dort ein richtiges kleines Dorf gab?

Ich wusste natürlich nicht, wie groß die Schäre war, aber bestimmt schaffte ich es, sie einmal zu umrunden, bevor es dunkel wurde. Ja, mir blieb nichts anderes übrig, als es zu versuchen.

Meine Kleider gefroren zu Eis und bildeten so einen Panzer gegen die Kälte. Ist das nicht komisch? Ich bekam eine Schale! Meine

Unterwäsche, die dem Körper schließlich am nächsten war, trocknete durch meine eigene Wärme.

Packeis türmte sich in Brocken, groß wie kleine Hütten, an den Felswänden auf. Ich kletterte hoch und runter, hoch und runter, bald kam ich tatsächlich ins Schwitzen, aber Schnee gab es ja reichlich, meinen Durst konnte ich also stillen.

Hier gibt es Leben, dachte ich. Ich finde Leben. Es kann nicht anders sein.

Langsam senkte sich die Dunkelheit über die Schäre. Erst so zaghaft, dass ich glaubte, sie wegblinzeln zu können, aber dann wurde sie immer dichter, das Himmelsdach kroch immer näher. Obwohl meine Beine sich ausruhen wollten, zwang ich sie vorwärts. Ich starrte mich fast blind, so sehr suchte ich nach neuen Spuren oder einem Platz, an dem Menschen ihre Boote an Land zogen, wo sie Häuser, Essen und Feuer hatten.

Und dann endlich sah ich sie und es war, als würde mein Herz einen Satz machen. Ich rannte das letzte Stück, voller Angst, es könnte Einbildung gewesen sein, aber da waren sie. Noch mehr Spuren solcher Boote!

»Hallo!«, rief ich. »Ist hier jemand?«

Ich rief und rief, rief mich heiser. Aber wie sehr ich auch rief, ich bekam keine Antwort.

Da entdeckte ich Fußspuren im Schnee. Nur waren es nicht die Spuren von Menschen, die in flachen Booten übers Meer ruderten. Es waren meine eigenen.

Ich sank auf den Boden. Ich hatte die ganze Insel umrundet. Es hatte Kraft gekostet, aber es war schneller gegangen, als ich erwartet hätte. Nirgendwo hatte ich Leben gefunden.

War diese Schäre vielleicht ein Jagdplatz für die Bewohner einer anderen Insel? Genau wie Miki und ich in unserem Kahn nach Eisenapfel gerudert waren, kamen diese Leute vielleicht ein paarmal im Jahr hierher? Hatten sie diesem Ort auch einen Namen gegeben? Vielleicht Schneerose?

Es war egal. Inzwischen waren am Himmel die Sterne angezündet worden und damit kam die Kälte der Nacht, rasch und zornig. Während meiner Wanderung hatte ich mich fast danach gesehnt, meine Jacke auszuziehen, aber jetzt spürte ich, wie ich am ganzen Körper Gänsehaut bekam. Ich rannte und hüpfte, stürmte zwischen den Packeiswänden hin und her, schlug die Arme um mich. Ich würde die ganze Nacht so weitermachen müssen, um die Wärme zu halten. Aber morgen würde die Sonne vielleicht aus den Wolken schauen? Für ein paar Stunden auf Schneerose hinunterscheinen, damit ich ein Weilchen in ihrer Wärme schlafen konnte? Ja, ich rannte unter den Sternen um mein Leben – aber ich rannte auch immer langsamer, es ging nicht anders. Meine Beine gehorchten nicht mehr, meine Füße rutschten in den seltsamen Spuren der Boote aus, ich fiel hin und rappelte mich wieder auf. Fiel und rappelte mich auf. Fiel, rappelte mich auf.

Aber irgendwann, als ich bäuchlings im Schnee gelandet war, da stand ich einfach nicht mehr auf. Ich konnte nicht mehr. Ich *wollte* nicht mehr! Es war mir egal, ob die Kälte mich holen würde, jetzt musste ich mich ausruhen. Die Augen zumachen, die Stirn auf das kalte Kissen legen, oh, das war schön. Ja, wenn es sich so anfühlte zu erfrieren, dann ging das schon in Ordnung. Ich dachte nicht mal mehr an Miki, Papa oder Fredrik. Ich dachte nur an eins: ein bisschen ausruhen. Dann sehen wir weiter.

Weinte ich? Vielleicht. Vielleicht war ich aber auch schon tot und saß weinend neben meinem leblosen Körper?

Ich setzte mich auf und lauschte. Nein, ich war nicht tot. Da weinte jemand anders!

Ich kam auf die Füße. Erst wusste ich nicht, woher das Weinen kam, aber dann hörte ich etwas platschen, so als strampelte jemand im Wasser, und das Weinen wurde zu einem verzweifelten Grunzen.

Ich stürmte zum Ufer. Schon von Weitem konnte ich im Mondlicht einen kleinen Körper erkennen und ich wusste sofort, wem er gehörte. Es war das Baby, das wir von der Schnicke aus gesehen hatten!

Es lag mit dem Gesicht nach unten, kämpfte sich mithilfe des Unterleibs, der keine Beine, sondern eine Schwanzflosse hatte, vorwärts. Es war schrecklich, den kleinen Kerl so nackt und hilflos dort im flachen Uferwasser zu sehen.

Ich schlich näher, ging neben ihm in die Hocke. Der Kleine wurde still. Er sah mich abwartend an, vielleicht war er schüchtern? Dann kämpfte er weiter. Der Boden war rutschig und er fing fast sofort an, wütend zu grunzen. Wieder sah er mich an, aber dieses Mal schien er zu wollen, dass ich ihm half. Da legte ich die Arme um seinen kleinen Körper und trug ihn ein Stück den Strand hoch.

Ich zog meine gefrorenen Handschuhe aus, um zu fühlen, ob er sehr unterkühlt war – aber seltsamerweise war er ganz und gar nicht kalt. Nein, er war richtig warm, schien sogar zu schwitzen.

Der Kleine drehte sich um und drückte sich ins Sitzen hoch. Seine blauen Augen glänzten im Mondlicht, sie lagen tief in dem hübschen, rosigen Gesicht. Seine Nase war ein bisschen klein und kurz geraten und im Mund blitzten ein paar ganz neue Zähnchen. Seine Haut war dick und rau und unten zwischen den behaarten Flossen baumelte etwas, kleiner als mein kleiner Finger. Sein Pimmelchen.

Der Kleine streckte die Arme aus. Er legte den Kopf in den Nacken und stieß einen langen, fauchenden Laut aus. Ich spähte zu den Felsen, aber ich verstand nicht, was er mir zeigen wollte.

Ein paarmal wiederholte er dasselbe, dann warf er sich auf den Bauch und robbte los – in die Richtung, die er gezeigt hatte. Er zog sich mit den Händen voran, und weil er so geschickt über den gespurten, harten Schnee glitt, musste ich fast schon rennen, um mit ihm Schritt zu halten.

In den Felsen war eine Öffnung, die ich bis dahin noch nicht bemerkt hatte. Der Kleine rutschte hinein und ich eilte hinterher.

Hier drinnen war es pechschwarz. Ich trat auf irgendwelche Sachen, die unter meinen Füßen knirschten, und hatte nicht die leiseste Ahnung, wohin der Kleine verschwunden war.

»Komm zurück!«, rief ich. »Vielleicht ist es gefährlich!«

Von dem Kleinen war nichts zu hören. Ich legte eine Hand an die Höhlenwand und tastete mich langsam durch die Dunkelheit.

Das Knirschen unter meinen Füßen wurde immer schlimmer. Was lag da bloß auf dem Boden? Keine Zweige, kein Eis. Waren es Knochen?

Da hörte ich den Kleinen rufen:

»Na-naa!«

Ich lief schneller, ahnte weiter vorne etwas Licht: Offenbar fiel Mondlicht durch einen Spalt in der Decke. Und dort war auch der Kleine. Es war warm in der Höhle, fast so warm wie bei uns zu Hause, allerdings hing ein ekelhaft fauliger Gestank in der Luft. Ich wagte mich in die Hocke, um herauszufinden, was da unter meinen Füßen knirschte. Es waren Muschelschalen! Bergeweise! Da wurde mir klar, wie alles zusammenhing: Meerjungfrauen aßen Muscheln. Der Kleine hatte mit seiner Mutter hier in dieser Höhle gewohnt. Oder vielleicht sogar mit einer ganzen Schar von Meerjungfrauen? Wahrscheinlich waren sie gestern ins Meer hinausgeschwommen und dann im Sturm voneinander getrennt worden. Der Kleine musste stundenlang gesucht haben, um nach Hause zu finden.

Da schrie er wieder, er schien zu wollen, dass ich zu ihm kam. Als ich mich zu ihm setzte, hatte er sich schon zurechtgekuschelt, und zwar in ein richtiges, großes Nest aus Zweigen und trockenem Seegras. Er summte leise. Ich zog meine vereisten Sachen aus, und als ich mich neben ihn in das Nest gelegt und seinen warmen kleinen Körper an mich gezogen hatte, da griff er nach meinen Haaren und fing an, an einer Strähne zu nuckeln. Die Spuren am Strand stammen gar nicht von Booten, war mein letzter Gedanke, bevor ich einschlief. Es sind die Spuren des Volkes, das auf Schneerose lebt.

Auf der Suche nach einem Boot

Ich wachte davon auf, dass der Kleine an meinen Haaren zog und nuckelte und darauf herumkaute. Er klang unzufrieden. Nach einer Weile fing er an, auf mir herumzuturnen. Er zerrte an mir herum und kratzte mich, wimmerte und fauchte. Er war furchtbar ungeschickt und noch immer so müde, dass er kaum den Kopf oben halten konnte. Wieder und wieder bekam ich seine harte Stirn zu spüren und wieder und wieder wimmerte er sein klägliches Nanaa! So hatte er wohl seine Mama genannt, vermutete ich.

»Hast du Hunger?«, fragte ich gähnend und setzte mich auf.

Der Kleine jammerte und wackelte mit dem ganzen Körper.

»Ich habe kein Essen für dich«, sagte ich. »Und für mich auch nicht.«

Er jammerte noch schlimmer, als hätte er ganz genau verstanden, was ich gesagt hatte, aber er konnte ja nicht antworten. Der kleine Mund verzog sich zu einer verzweifelten Grimasse, dann kamen die Tränen.

»Sch-sch«, sagte ich und zog meine klammen Sachen an. »Komm mit, dann schauen wir mal, was wir finden können.«

Ich schlang die Arme um seinen knubbeligen Bauch und trug ihn vorsichtig über all die stinkenden Muschelreste durch die dunkle Höhle nach draußen.

Das Licht traf meine Augen wie ein Faustschlag. Das Meer war grau, kleine Windwellen kräuselten die Oberfläche. Über Nacht war die Temperatur gefallen. Mein Atem verwandelte sich in dicke Wolken aus kristallenem Rauch. Ich setzte den Kleinen ab. Er stemmte sofort die Ärmchen auf den Boden und robbte zum Strand. Ich sah mich um. Was aß man auf Schneerose? Hier gab es keine Hühner, die man um Eier bitten konnte, keine Büsche, an denen Beeren hingen. Angelgerätschaft hatte ich auch keine, genauso wenig wie einen Kescher, um Papageientaucher zu fangen. Nein, es gab nur eine Antwort: Auf Schneerose aß man wie eine Meerjungfrau. Der Kleine lag schon im flachen Wasser und war mit der Muschelernte beschäftigt.

Ich ging zu ihm. Der Meeresgrund war voll mit schwarzblau glänzenden Muscheln, man musste sich nur bedienen. Als ich sechs, sieben aufgesammelt hatte, brannten meine Hände vor Kälte. Ich brach die Schalen auf, zog das kalte, glitschige Fleisch heraus, steckte es mir schnell in den Mund und zwang mich zu schlucken. Aber so übel schmeckte es gar nicht mal. Zu Hause hatten wir vergorenen Hering essen müssen, der schon Wochen auf dem

Buckel hatte, und das war viel schlimmer. Aber etwas mehr, um sich den Magen zu füllen, wäre schon schön gewesen. Das Leben auf Schneerose würde vermutlich recht eintönig und trostlos werden. Mit einer stinkenden Höhle zum Wohnen und nichts als Muscheln zum Essen.

Der Kleine aß mit gutem Appetit, zerbiss die Schalen, ohne sich zu schneiden, und schlürfte dann das Fleisch. Ab und zu sah er mich aus seinen kleinen blauen Augen an, er war wieder fröhlicher. In seinen Augen ließen wir es uns gerade ja auch richtig gut gehen, er und ich.

Als ich drei Handvoll Muscheln gegessen hatte, war ich erst mal satt. Ich wischte mir den Mund mit dem Jackenärmel ab und ließ dann den Blick übers Meer schweifen. Wenn ich doch nur ein Boot sehen würde. Wenn doch nur irgendjemand vorbeigesegelt käme, um Netze einzuholen oder Krebskörbe auszulegen. Und wenn dieser Jemand mich doch nur sehen würde, gestrandet und elend, wie ich war.

Stundenlang wanderte ich über Schneerose, ohne Plan und Ziel, aber den Blick immer fest aufs Meer geheftet. Der Kleine ließ mich nicht in Ruhe. Die ganze Zeit hatte ich ihn um die Füße. Er zog an meinem Stiefel, biss hinein – und alle paar Minuten streckte er seine Ärmchen aus und wollte getragen werden.

»Na-naa!«, war alles, was er sagte.

»Schon gut«, sagte ich schließlich, als meine Beine langsam müde wurden. »Willst du ein bisschen auf meinem Schoß sitzen?«

Inzwischen hatte sich die Sonne durch die grauen Wolken am

Himmel gekämpft und wärmte jetzt richtig gut. Ich nahm den Kleinen auf den Arm und ging zum Höhleneingang. Dort hatte ich einen Felsen gesehen, der bestens geeignet war, um sich ein Weilchen darauf auszuruhen. Aber noch bevor wir dort angekommen waren, stolperte ich über etwas, das unter der Schneedecke verborgen war. Ich stürzte und der Kleine fiel auf den Boden. Er weinte herzzerreißend und es brauchte eine ganze Menge Streicheln und Hätscheln, bis er sich wieder beruhigt hatte. Dann grub ich mit dem Fuß im Schnee, um herauszufinden, worüber ich da gefallen war. Es waren die Trümmer eines Ruderboots, das bestimmt schon seit Jahren hier gelegen hatte. Ich schauderte, denn irgendwie war es gruselig, dass ich den ganzen Tag herumgelaufen war und nach einem Schiff gesucht hatte, und als ich endlich eins fand, da war es eine Leiche. Und nützen konnte es mir natürlich auch nichts mehr.

Obwohl, vielleicht doch?

Ich setzte den Kleinen ab und dieses Mal kümmerte ich mich nicht weiter darum, dass er quengelte und weinte. In meinem Herzen war etwas erwacht – ein Funken Hoffnung. Ich trat kräftiger in den Schnee und nahm schließlich die Hände zu Hilfe. Ich entdeckte Teile von Spanten und Planken, grub Holzdübel und Nägel aus und sogar eine zerbrochene Bodenwrange. Aber was ich wirklich finden wollte, das war etwas anderes.

Ich hatte schon ziemlich lange gegraben und meine Handschuhe waren inzwischen so nass und schwer, dass sie mir fast von den Händen rutschten – da fand ich es endlich! Es lag zusammen mit der Takelage ein kleines Stück neben dem Boot: das Großsegel!

Es war unförmig und nahezu unmöglich aus dem Schnee zu zerren. Ich musste meine Handschuhe ausziehen, um es vernünftig zu fassen zu bekommen, und der Kleine kletterte die ganze Zeit über Tuch und Taue, sodass ich ihn irgendwann zur Seite setzen musste.

Als ich das Segel endlich aus dem Schnee geborgen hatte, breitete ich es aus und stellte mich davor, um es mir genauer anzusehen. Es war ein Sprietsegel, die Form war also ganz und gar viereckig, der Stoff war dick und noch ganz in Ordnung, es hatte keinen einzigen Riss. Es war zwar ein bisschen vermodert und an einigen Ecken ein wenig schwarz geworden, aber was machte das schon?

Ich buddelte auch noch den Mast aus und so viele Taue und Seile, wie ich nur finden konnte.

»So, mein Freund«, sagte ich und lächelte den Kleinen an. »Jetzt geht's auf den Gipfel von Schneerose.«

Der Kleine lachte. In seinen Ohren klang das bestimmt nach einem tollen Abenteuer. Ich faltete das steife Segeltuch zusammen, schulterte es – und dann marschierte ich los.

Oh, wie ich an diesem Tag kämpfte. Erst schleppte ich alles, Segel, Mast und Seile, zum höchsten Punkt der Schäre. Dabei gab der Schnee immer wieder unter meinen Füßen nach, sodass ich bis zur Taille einsank. Dann hieß es, das Segel so am Mast zu befestigen, dass der schwere Stoff auch wirklich oben blieb. Das Knifflige daran war, dass das Segel nicht mit der langen Seite am Mast sitzen sollte, so wie es eigentlich gedacht war, sondern mit der kurzen. Ich fluchte so laut vor mich hin, dass sich die Sonne bestimmt meinetwegen eine Weile hinter die Wolken verzog. Als ich endlich damit fertig war, kam das Schlimmste: das ganze Ding aufzurichten.

Aus großen Steinen, die ich aus dem Schnee gebuddelt hatte, schichtete ich einen Hügel auf. Je größer die Steine waren, umso besser, aber danach tat mir natürlich der Rücken weh. Der Kleine war lieb und versuchte, mir zu helfen, robbte hierhin und dorthin, mit Steinen in der Faust. Steinen, die kaum größer als Kartoffeln waren. Er legte sie auf den Haufen, aber schon in der nächsten Sekunde fand er es genauso spaßig, sie wieder wegzunehmen und woanders abzulegen. Ja, er war lustig, der kleine Kerl.

In der Abenddämmerung färbte sich das Meer ganz violett. Die fröhlichen, ungestümen Wellen hatten sich gelegt, die Wasserfläche war fast spiegelblank. Die Eisschollen bewegten sich kaum. Nass geschwitzt und mit zitternden Muskeln am ganzen Leib, manövrierte ich den Mast in den Steinhaufen, den ich kreisrund, mit einem passenden Loch in der Mitte, aufgeschichtet hatte. Mit letzter Kraft richtete ich den Mast auf, dann trat ich ein paar Schritte zurück, um mein Werk zu betrachten.

Ein Gefühl von Schwere überkam mich. War das wirklich das, was ich mir vorgestellt hatte? Den ganzen Tag hatte ich geschuftet, mit drei Handvoll Muschelfleisch im Magen, und alles, was ich zustande bekommen hatte, war das hier? Wozu sollte dieser armselige Stock mit Vorhang schon gut sein?

Gerade als ich den Gedanken zu Ende gedacht hatte, zog von irgendwoher eine Windböe über die Schäre und zerrte am Segeltuch. Mit einem Mal schlug mein Herz schneller. Jetzt sah es schon besser aus! Ja, genau so hatte ich mir das vorgestellt. Das Tuch flatterte und schlug im Wind und mein Blick wanderte wieder hinaus auf das große, stumme Meer. Die Wasserfläche kräuselte sich und Wellen trugen die Eisschollen ein Stück weiter. Nur ein Boot war nirgends zu sehen, nicht, so weit das Auge reichte.

Aber vielleicht. Vielleicht segelte eines Tages ja doch jemand vorbei und sah meine Fahne.

Das Spiel

Die Temperatur auf Schneerose fiel rasend schnell. Mit jedem Tag, der verging, wurde der Eisbrei am Ufer dicker. Draußen auf dem Meer knallte und krachte es. Aber in unserer Höhle blieb es warm. Dort herrschte immer derselbe schwarze, raue Frühling. Nicht ein einziges Boot segelte an der Schäre vorbei und es gab nichts Sinnvolles zu tun, außer zu warten.

Der Tag, von dem ich jetzt erzählen will, war der siebte Tag auf der Schäre. Wir hatten gerade gefrühstückt und standen wie gewöhnlich am Wasser, um aufs Meer zu starren und nach Zeichen von Leben Ausschau zu halten. Am Horizont zogen Eisberge vorbei, langsam, stumm und gewaltig. Wie üblich wuselte der Kleine mir um die Beine und wie üblich biss er mir in die Hose und den Stiefelschaft.

»Hör jetzt auf«, sagte ich und schob ihn ziemlich unsanft weg. »Du machst meine Stiefel kaputt, verstehst du das nicht?«

Er kippte um, rollte sich aber sofort wieder auf den Bauch, setzte sich hin und schlug mir so fest die Zähne ins Bein, dass ich laut aufschrie.

»Bald habe ich nur noch Fetzen am Leib«, sagte ich. »Du musst dir irgendwas anderes zum Spielen suchen.«

Aber der Kleine hatte natürlich keine Lust, sich alleine zu beschäftigen, und als er wieder anfing, an mir herumzukauen, wurde ich wirklich sauer, aber gleichzeitig musste ich lachen. Es war einfach aussichtslos, sich gegen dieses kleine, knubbelige Kerlchen zu wehren.

Ich bückte mich nach einem Stein und hielt ihn vor seine spitze Nase.

»Siehst du den?«, fragte ich. »Kannst du ihn Siri bringen? Na los!«

Ich schleuderte den Stein weg und er landete platschend im flachen Wasser.

Der Kleine stieß einen Jubelschrei aus und robbte los. Er fand den Stein sofort und brachte ihn zurück.

»Das hast du gut gemacht«, sagte ich. »Schaffst du das nochmal? Und los!«

Wieder landete der Stein im Wasser und genauso fröhlich wie eben stürmte der Kleine hinterher. Als er ihn gefunden hatte, kam er in Windeseile damit zurück und gab ihn mir mit leuchtenden Augen.

Ich fasste ihn am Kinn und lächelte.

»Das macht dir Spaß, was?«, fragte ich.

Der Kleine quietschte und wackelte mit dem ganzen Körper, wollte, dass ich wieder warf. Also tat ich ihm den Gefallen und schwups! hatten wir ein Spiel entdeckt, das man auf Schneerose spielen konnte!

Und hui, wie wir spielten. Ich warf und der Kleine holte, Stunde um Stunde. Er wurde gar nicht müde. Mir machte es auch Spaß. Ich kam auf die Idee, den Stein jedes Mal ein kleines Stück weiter zu werfen, denn auf die Weise übte er schwimmen. Ja, ich erinnerte mich nur noch zu gut an den Tag, als ich ihn von der Tintenfisch aus gesehen hatte, wie hilflos und kläglich er in den Wellen herumgerollt war. Es war gut, wenn er übte, und das Spiel sorgte dafür, dass das ganz nebenbei passierte.

»Du bist schon richtig schnell im Wasser, findest du nicht?«, sagte ich zu ihm und wog den Stein in der Hand.

Der Kleine lachte und machte sich bereit hinterherzuflitzen.

Ich beschloss, es ihm ein bisschen schwerer zu machen. Ich nahm ordentlich Schwung – und schleuderte den Stein, so weit ich nur konnte, aber im selben Augenblick, in dem er das Wasser berührte, bereute ich es schon. Er war viel zu weit draußen gelandet!

»Bleib!«, rief ich dem Kleinen zu, aber es war zu spät. Er war längst hinterher. Er machte ein paar schnelle Schwimmzüge an der Oberfläche, dann tauchte er.

Ich lief am Ufer auf und ab und wartete voller Sorge. Die Wellen spritzten meine Hose nass, aber das war mir gleichgültig. Alles, was ich wollte, war, den Kleinen gesund an Land zu wissen.

Als er endlich auftauchte, hatte er Wasser geschluckt. Er hustete und klapperte mit den Zähnen, rieb sich die Nase und schrie.

»Komm her!«, rief ich.

Er antwortete nicht.

»Ich will nicht, dass du so weit rausschwimmst!«, sagte ich. »Jetzt kommst du her, der Stein ist mir egal!«

Aber als er sich das kalte Wasser aus der Nase gerieben hatte, schlug er mit seiner dicken kleinen Schwanzflosse und tauchte wieder ab.

Die Zeit verging. Ich starrte auf den Punkt, wo er verschwunden war, sah zu, wie sich die Schaumblumen an der Oberfläche langsam auflösten. Ich wusste nicht, wie lange eine Meerjungfrau ohne zu atmen unter Wasser bleiben konnte. Wenn es ungefähr so lange ging wie bei einem Menschen, dann wurde es langsam wirklich Zeit für den Kleinen aufzutauchen. Aber was, wenn er zu unerfahren war, um das selbst zu begreifen? Was, wenn er ertrinken würde?

Ich wurde immer unruhiger, es kam mir schon vor, als würde mir selbst die Luft ausgehen. Irgendwann war ich kurz davor, ins Wasser zu springen, ganz gleich, wie dumm das gewesen wäre. Aber da endlich brodelte es ein Stück weiter draußen und der Kleine tauchte wieder auf. Er quietschte vor Glück, schlug mit der Schwanzflosse, dass das Wasser nur so schäumte. Unbeholfen und erschöpft schwamm er an Land.

Als er am Strand angekommen war, rannte ich zu ihm und nahm ihn so fest in den Arm, als wollte ich ihn nie wieder loslassen.

»Du hast mich erschreckt«, flüsterte ich.

Nach einer Weile glitt er aus meiner Umarmung. Er robbte ein kleines Stück weg, dann drückte er sich ins Sitzen hoch. Erst jetzt fiel mir auf, dass er etwas in den Händen hielt – und das war kein Stein. Es war ein kleines, glänzendes Ding an einer Schnur: der Fischkönig.

Der Kleine zupfte daran herum, versuchte hineinzubeißen.

»Ich zeige dir, wie man so etwas trägt«, sagte ich und setzte mich neben ihn. Ich nahm ihm den Fischkönig ab, machte einen neuen Knoten in den Lederriemen und dann hängte ich ihm den Schmuck um den Hals. Ich lachte, weil es so lustig und fein zugleich aussah. Eine Meerjungfrau mit Menschenschmuck.

Aber der Kleine mochte das Band wohl nicht. Er zog und zerrte daran, konnte sich irgendwann davon befreien und schleuderte den Fischkönig auf den Boden.

»Magst du ihn nicht?«, fragte ich und hängte ihn mir probehalber selbst um den Hals.

Der Kleine steckte sich ein Stück Eis in den Mund und zerbiss es mit seinen scharfen kleinen Zähnchen zu winzigen Splittern. Der Schmuck, für den er so viel Wasser geschluckt hatte, interessierte ihn nicht länger.

Stolz richtete ich mich auf. Was sagt man dazu – ein eigener Glücksbringer! So etwas besaßen bestimmt nicht viele Kinder. Zu Hause in Blauwiek gab es zwar einige, die sich so einen Fischkönig angeschafft hatten, aber das waren Leute, die mehr Geld hatten als wir.

Ich nahm den Kleinen an der Hand.

»Wollen wir spielen?«, fragte ich. »Ich suche dir einen neuen Stein, wenn du willst.«

Aber er war müde vom vielen Tauchen und so trug ich ihn zu unserem Nest und legte mich neben ihn. Sanft streichelte ich seinen Rücken und gab ihm einen Kuss auf die Stirn – und das machte ihn so froh, so froh, dass er sich an mich drückte und sein »Naaa!« sagte, als wäre ich seine Mama. So lagen wir lange da, bis wir einschliefen, und die ganze Zeit drückte ich meine Nase in seine feinen, blonden Haare. Er roch so gut. Nach Meer und Land zugleich.

In dieser Nacht träumte ich von einem Schiff. Ich stand auf der Schäre und sah, wie es merkwürdig langsam näher kam. Seine Segel waren gebläht, obwohl es ganz windstill war. Und als es stehen blieb, erkannte ich, dass die Segel nicht aus Tuch, sondern aus Eis und Schnee waren. Ja, der ganze Rumpf war aus gefrorenem Wasser gebaut. An Deck stand ein Mann mit langen, weißen Haaren. Er hielt mit festem Griff ein Mädchen am Arm, es war vielleicht ein Jahr alt, ein bisschen pummelig und ganz nackt. Ich sagte dem Mann, ich hätte einen Fischkönig und würde ihm das Mädchen damit abkaufen. Er nickte und hob das Mädchen hoch, warf sie in hohem Bogen über die Reling, aber sie landete im Wasser und versank. Da lachte der Mann und fragte, ob ich denn wirklich nicht wüsste, dass ein Fischkönig in Wahrheit Unglück brachte.

Die Fahne

Dieser kleine Kerl. Er erinnerte mich an Miki. Als sie klein war, war sie genauso pummelig und weich und herrlich gewesen. Mama war ja gestorben und konnte ihr keine Milch geben, deshalb fütterte Papa Miki mit Sahne und sie trank und trank und trank. Ich erinnere mich noch an das Gluckern, wenn man ein Ohr an ihren Bauch legte.

An Miki zu denken tat weh. Meine arme, kleine Schwester. Wahrscheinlich kroch sie gerade durch Weißhaupts Grube. Trug so viele Diamanten auf dem Rücken, dass er bald brechen würde. Hatte die Feuchtigkeit sie schon lungenkrank gemacht? Lag sie irgendwo in einem Stollen, röchelte und hustete so schlimm, dass ihr das Blut aus dem Mund spritzte? Oder war sie schon zugrunde gegangen? Hatte die Dunkelheit sie in den Wahnsinn getrieben und alles aus ihr herausgepresst, am Ende sogar das Leben? War sie tot?

Ja, es tat weh, an Miki zu denken, aber es tat auch weh, an den Kleinen zu denken. Denn ich wusste ja, dass ich nicht auf Schneerose bleiben konnte. Dass ich ihn eines Tages um Mikis willen verlassen musste.

»Es wird keine leichte Sache werden, von hier fortzugehen«, sagte ich eines Nachmittags zu ihm, als wir draußen saßen und den letzten Rest Wärme aufsaugten, den die Sonne zu bieten hatte. »Ich werde dich schrecklich vermissen.«

Der Kleine sah mich an. In seinem Blick war etwas erwacht. Etwas wie Erstaunen und Wut in einem, glaube ich.

»Ja, aber, das weißt du doch?«, sagte ich und streichelte ihm über die Haare, seine Haare, die vom Meersalz ganz starr waren. »Du weißt doch, dass ich nicht für immer bei dir bleiben kann? Dass ich irgendwann wieder aufbrechen muss?«

Er bückte sich unter meiner Hand weg, fauchte mich an.

»Du«, sagte ich und schluckte die Tränen herunter, die schon kommen wollten. »Ich kann nicht anders. Ich muss meine kleine Schwester aus den Klauen der Piraten retten. Ich weiß, dass du gut zurechtkommen wirst. Du hast einen ganzen Meeresgrund voller Muscheln, oder nicht? Und mittlerweile kannst du so gut schwimmen. Das habe ich dir doch beigebracht. Sei nicht wütend.«

Aber der Kleine wurde wütend, ja, richtig zornig. Er fing an, mit den Armen zu fuchteln, schlug in den Schnee, dass es nur so wirbelte, und als ich versuchte, ihn festzuhalten, riss er sich los. Ich war verzweifelt und fühlte mich schrecklich dumm. Ich war mir so sicher gewesen, dass er für all das Verständnis haben würde.

»Du hast mir doch selbst geholfen, die Fahne aufzustellen«, sagte ich.

Als ich merkte, dass er nicht begriff, was ich meinte, zeigte ich zu der Anhöhe, wo die Fahne stand, die von unserem Strand aus zwar nicht zu sehen war, aber von der er doch wusste, dass sie dort war.

»Die Fahne ist ein Signal für die Menschen, die in ihren Booten hier vorbeifahren«, sagte ich. »Damit sie merken, dass ich hier bin. Damit sie kommen und mich retten.«

Der Kleine schüttelte den Kopf, sein Mund verzog sich. Plötzlich weinte er so laut, dass es mir fast das Herz zerriss.

»Ich meinte nicht *retten*«, sagte ich. »Ich meinte … abholen. Du? Bitte, komm her, dann nehme ich dich in den Arm.«

Er warf sich zur Seite, starrte mich wütend an, sein Gesicht war rot und nass vom Weinen. Dann drehte er sich weg und robbte davon.

Ich saß bestimmt eine Stunde da und wartete auf ihn. Die Sonne wärmte nicht mehr, ich fing schon an zu zittern. Irgendwann drehte ich eine Runde über den Strand vor unserer Höhle, spähte nach links und nach rechts. Nirgends eine Spur von dem Kleinen.

Ich beschloss, ihn zu suchen.

»Du!«, rief ich, während ich auf und ab über das Packeis kletterte. »Wo bist du?«

Eine Prachteiderente mit ihren leuchtend bunten Wangen flog aus dem Meer auf, aufgeschreckt von meinen Rufen. Schon war sie in den Wolken verschwunden.

»Kleiner!«, rief ich. »Komm, dann essen wir zusammen! Wer weiß, vielleicht dauert es bis zum Frühjahr, bis jemand die Fahne sieht? Wir müssen uns doch jetzt nicht den Kopf darüber zerbrechen!«

Stille war alles, was ich zur Antwort bekam. Ich kehrte um, wollte in der anderen Richtung Ausschau halten – und schwups!, plötzlich war er da. Genau hinter meinem Rücken.

Er war außer Puste, hatte Schnee in den Haaren, aber er war nicht mehr wütend. Er sah mich aus seinen hübschen, kleinen Augen an und lächelte.

»Wo warst du nur?«, fragte ich. »Ich habe dich gesucht.«

»Na-naa!«, antwortete er und streckte seine Ärmchen nach mir aus.

Ich hob ihn hoch und gab ihm einen Kuss auf die Stirn.

»Ich bin nicht Na-naa«, flüsterte ich. »Aber jetzt essen wir.«

Ich trug ihn zu unserem Strand, die Arme fest um seinen Körper geschlungen. Dann aßen wir Muschelfleisch, bis wir satt waren. Weit in der Ferne erklangen die heiseren Rufe der Prachteiderenten. Dämmerung legte sich über die Insel, schimmerte leuchtend rot und lila und war doch so beißend und schonungslos kalt. Ja, so war sie, die Abenddämmerung auf Schneerose. Wunderschön und schrecklich, herrlich und gefährlich.

Wann immer es so weit sein wird, dachte ich. Wann immer ich aufbrechen werde, diese Abenddämmerungen mit dem Kleinen werde ich nie vergessen.

Vier Tage später wachte ich als Erste in unserer Behausung

auf. Ich blieb noch eine Weile liegen und betrachtete den Kleinen in dem matten grauen Licht, das durch das Dach der Höhle sickerte. Sah, wie sich sein Bauch hob und senkte, wie sich der kleine, offene Mund im Traum bewegte, wie seine Augen unruhig unter den Lidern hin und her wanderten. Er war so süß, dass es wehtat.

Ich beschloss, ihn damit zu überraschen, dass das Frühstück schon bereit stand, wenn er aufwachte. Ich schlich mich durch den langen, stinkenden Eingang, und als ich draußen war, lief ich schnell zum Strand. Es war ordentlich windig an diesem Tag. Der Eismatsch im Wasser war dick wie Brei, aber an Muscheln herrschte trotzdem kein Mangel, und nachdem ich mich mittlerweile daran gewöhnt hatte, sie vom steinigen Grund zu pflücken, hatte ich schon bald einen beträchtlichen Berg neben mir aufgehäuft.

Ich ruhte mich ein bisschen aus, nuckelte an meinen Fingern und ließ den Blick über das Meer schweifen. Ich folgte dem Horizont, blinzelte im Wind … und mit einem Mal rollte eine Welle der Bestürzung durch meinen Körper. Da war ein Schiff! Dem Segel nach eine Schnicke!

»Hier!«, schrie ich und sprang auf. Ich hüpfte und winkte verzweifelt. »Hier! Hier! Schau her!«

Der Mensch im Boot drehte sich nicht um. Er war wohl alt und bestimmt halb taub. Aber warum hatte er meine Fahne nicht bemerkt? So wie der Wind stand, musste er doch ganz in der Nähe vorbeigefahren sein?

Ich schrie und brüllte – und der Kleine stürmte völlig verängstigt aus der Höhle. Aber es dauerte nicht lange, da hatte er das ferne Boot auch entdeckt und verstand, warum ich so tobte.

Ja, mein Hals brannte schon vom Rufen, aber das Boot wurde immer kleiner. Schon bald war es in den Wellen nicht mehr zu sehen.

Wütend und aufgebracht rannte ich los, um nach meiner Fahne zu schauen. Sie war doch nicht etwa umgefallen? Der Kleine folgte mir jammernd.

Als ich den höchsten Punkt der Schäre erreicht hatte, stand ich für eine ganze Weile einfach nur da und starrte völlig verstört geradeaus. Da war keine Spur von einer Fahne. Ich drehte eine Runde um den Steinhaufen. Er sah immer noch gut aus, war nur an einer Seite ein bisschen abgerutscht. Aber wo war die Fahne?

Mein Blick fiel auf einen ziemlich langen und schmalen Schneehaufen, keine drei Meter von dem Steinkreis entfernt. Dieser Haufen war früher nicht da gewesen. Ich ging näher, schob mit dem Fuß ein bisschen Schnee beiseite und schon kam das Holz des Mastes zum Vorschein. Ich beugte mich hinunter, packte beherzt zu und stemmte das ganze lange Ding unter der weißen Decke hoch. Nein, die Fahne war nicht umgestürzt. Sie war heruntergerissen und begraben worden, von jemandem, der um keinen Preis alleine auf Schneerose zurückbleiben wollte.

Ich hörte ein leises Geräusch und drehte mich um. Der Kleine hatte mich eingeholt. Er saß im Schnee und sah mich abwartend an. Vorsichtig streckte er mir die Arme entgegen und sagte ganz leise:

»Na-naa?«

Da ließ ich die Fahne fallen, marschierte direkt auf ihn zu und schubste ihn mit aller Kraft. Er kippte um, landete mit dem Gesicht im Schnee, aber er setzte sich schnell wieder auf und sah mich erschrocken an. Tränen kullerten aus seinen kleinen, blauen Augen, seine Unterlippe kräuselte sich. Er weinte, aber ich bebte vor Zorn.

»Hast du überhaupt eine Ahnung, was du da getan hast?«, schrie ich. »Weißt du, was du angerichtet hast? Ich will dich nie wieder sehen!«

Er weinte und weinte, schluchzend und laut, dass man hätte glauben können, es würde ihn zerreißen. Da ließ ich mich auf den Boden fallen und nahm ihn in den Arm.

»Verzeih mir«, flüsterte ich. »Bitte, bitte, verzeih mir.«

Ich hielt seinen zitternden Körper und verabscheute mich selbst, weil ich ihn geschubst und böse Worte gesagt hatte, die mir noch immer in den Ohren klangen, bis ich es nicht mehr ertrug, und da sprang ich auf und stürmte zur Fahne. Mit Fingernägeln und Zähnen zerrte ich das Tuch vom Mast, und als ich es endlich unten hatte, schleppte ich es zur Klippe und warf es in die Tiefe. Dann holte ich den Mast und schickte ihn hinterher. Ich setzte mich vor den Kleinen, hielt seine Schultern und sah ihm in die Augen.

»Hör mir zu«, sagte ich. »Ich lasse dich nicht alleine. Ich verspreche dir, dass ich mich um dich kümmern werde. Als wärst du mein Kind.«

Besuch aus dem Meer

Nach jenem Tag, an dem ich den Kleinen umgeschubst hatte, nagte das schlechte Gewissen von morgens bis abends an mir. Ich konnte ihn nicht alleine lassen. Wie sollte das gehen, jetzt, wo ich ihm versprochen hatte, es nicht zu tun?

Aber wie sollte ich dann Miki retten? Ihn mit auf die Reise zu nehmen, daran war gar nicht zu denken. Denn was, wenn der Glatzkopf recht hatte? Wenn es in den größeren Orten wirklich Ärzte gab, die Meerjungfrauen in Alkohol einlegen und mit Messern untersuchen wollten … Dann wäre es viel zu gefährlich, den Kleinen nach Segel zu bringen!

Nein, ich saß in der Klemme. Gefangen zwischen zwei kleinen Leben, die mich beide brauchten. Es gab keine Lösung.

Das glaubte ich zumindest. Aber eine Lösung gab es doch, und die war so selbstverständlich wie enttäuschend. Sie kam eines

Nachts aus dem Meer, als der Mond wie eine Münze am Himmel leuchtete und tausend Sterne funkelten. In der Ferne knarrten die Eisberge, die ganze Welt schien in Aufruhr.

Ich lag zusammengerollt in unserem Nest aus Seegras und Zweigen. Innerhalb weniger Tage war es bestimmt zehn Grad kälter geworden und wir gingen immer seltener raus. In der behaglichen Wärme der Höhle schlief ich gut.

Aber plötzlich weckte mich ein Schrei. Er klang fern und im ersten Moment dachte ich, ich hätte vielleicht geträumt, doch als ich tastend neben mich griff, bemerkte ich, dass der Kleine nicht da war. Ich setzte mich auf und lauschte zum Höhleneingang – und da schrie er wieder. Was machte er denn mitten in der Nacht draußen?

Ich stand auf, um nachzusehen, was los war, aber da hörte ich etwas, das mich auf der Stelle erstarren ließ: Er war nicht alleine, unten am Strand schrie noch jemand. Jemand war gekommen! Jemand war auf unserer Schäre an Land gegangen und hatte den Kleinen gefunden!

Ich stürmte zum Höhleneingang, aber ich stolperte und fiel hin. Und als ich da mit der Nase in all den vielen stinkenden Muschelschalen lag, da hörte ich wieder diese andere Stimme. Sie jagte mir kalte Schauer über den Rücken. Es war eine dunkle, aufgebrachte Männerstimme. Und der Kleine schrie und schrie und die Männerstimme antwortete brüllend und ich hatte solche Angst, dass ich glaubte, ohnmächtig zu werden.

Was, wenn dieser Kerl, der hier aufgetaucht war, auch von den

Ärzten in den Dörfern wusste? Was, wenn er den Kleinen mitnehmen und verkaufen wollte? Nein, das durfte nicht sein!

Ich stand auf und rannte weiter, mir war furchtbar übel und meine Beine waren so weich, dass sie mich kaum tragen konnten.

Als ich den Höhleneingang erreicht hatte, blieb ich stehen. Es dauerte ein paar seltsam lange Sekunden, bis ich kapierte, was ich dort im Mondlicht am Strand sah. Da lag kein Boot am Ufer. Da war auch kein Mann. Nein, das Geschrei des Kleinen hatte einen ganz anderen Grund:

Ein riesiges Wesen, fleischig und unförmig, mit Brüsten, groß wie Säcke, und langen, wirren Haaren. Sie hatte ein bleiches Gesicht mit kräftigem Kinn und einer kleinen Nase. Ihre Schwanzflosse schlug hart auf den Boden, wirbelte Schnee und Eis auf.

Der Kleine warf sich ihr entgegen, boxte sie, biss ihr in die Haut und trommelte aufgeregt auf ihren dicken Bauch. Er versuchte, an ihr hochzuklettern, und sie hob ihn mit ihren riesigen Armen hoch, die vor Fett und faltiger Haut schwabbelten. Der Kleine streichelte ihre Wangen, ihre Nase, biss sie wieder, überall dort, wo er sie erreichen konnte. Er schrie und schrie und jetzt hörte ich heraus, wie glücklich er war, dass es keine Verzweiflungsschreie waren, die aus dem dicken, kleinen Hals drangen. Und als die Große sein Schreien brüllend beantwortete, da begriff ich, dass auch sie nicht böse war, sondern dass sie eben einfach so klang. Die Mama des Kleinen.

Ich stand da und sah ihnen zu, sah, wie sie lachten und sich gegenseitig berührten, sah, wie die Körperwärme der Mama eine Kuhle ins Eis schmolz, obwohl es so klirrend kalt war.

»Na-naa!«, sagte der Kleine. Er sagte es wieder und wieder, und schließlich tat es so weh, das zu hören, dass ich mir die Ohren zuhielt. Ich hasste sie. Ich hasste, dass sie gekommen war und dass er jetzt an ihren Haaren nuckelte statt an meinen. Warum hatte sie so lange auf sich warten lassen? Wusste sie nicht, dass der Kleine ohne mich vor Einsamkeit eingegangen wäre? Hatte sie eine Ahnung, dass jetzt *er und ich* in dem Nest schliefen?

Mit entschlossenen Schritten marschierte ich auf die beiden Meerjungfrauen zu und kickte einen festgefrorenen Stein vom Boden los.

»Willst du spielen?«, fragte ich den Kleinen. »Schau mal, was ich für dich habe!«

Ich schleuderte den Stein ins Wasser, aber der Kleine spurtete nicht hinterher, sondern sah mich nur aus schmalen Augen an und legte die Stirn an die Brust seiner Mama.

Aber da setzte die Mama ihn hinter sich und stieß ein bedrohliches Brüllen aus. Sie warf den Kopf hin und her, sodass ihr fetter Hals ins Schwingen kam. Sie war hässlich und furchterregend und sie wog bestimmt Hunderte von Kilos. Sie rollte sich auf den Bauch, richtete den Oberkörper auf, kam näher, spuckte vor Zorn.

»I-ich bin eine Freundin von deinem Kleinen!«, sagte ich. »Tu mir nichts!«

Sie walzte weiter auf mich zu, schlug mit den Armen in die Luft, als wollte sie mich umwerfen. Ja, jetzt war mir klar, dass mit ihr nicht zu reden war, und auch, dass ich sie wohl genauso erschreckt hatte wie sie mich.

Hastig machte ich ein paar Schritte rückwärts, wollte mich umdrehen und wegrennen, aber da rutschte ich aus und mit einem Mal war sie über mir. Ihr Mund stank widerwärtig nach Muschelfleisch und ungeputzten Zähnen, sie zog an meiner Jacke, knuffte und schubste mich, als wollte sie ausprobieren, wie viel Widerstand ich leisten konnte.

Da ertönte hinter ihr ein Platschen und sie drehte sich um. Der Kleine hatte endlich Lust bekommen, nach dem Stein zu tauchen. Sofort machte die Mama kehrt und folgte ihm ins Wasser. Sie hatte wohl Angst, ihn wieder zu verlieren, und es dauerte höchstens ein paar Sekunden, bis sie ihn eingeholt hatte. Mit einem festen Griff um seinen kleinen Arm schwamm sie an den Strand zurück. Wohlbehalten angekommen, setzte sie sich mit ihm hin, nahm ihn auf den Schoß und drückte ihn an sich. Sie streichelte seinen nassen Kopf, schnüffelte an ihm. Ich interessierte sie gar nicht mehr. Und dem Kleinen ging es offenbar genauso.

Wenn ich mich einfach ruhig verhielt, dann würden die beiden mich vielleicht weiter in der Höhle wohnen lassen? Ich konnte mir ja auch einen eigenen Schlafplatz herrichten, damit sie ihre Ruhe hatten.

Aber bestimmt beanspruchte die Mama ihre Höhle für sich alleine. Es würde ihr wohl kaum gefallen, wenn ich auch dort wohnte. Nur: Wenn sie mich rauswarf, würde ich ja erfrieren. War das dem Kleinen überhaupt klar?

Doch dann wurde mir sehr schnell bewusst, dass ich um meinen Platz in der Höhle gar nicht kämpfen musste. Denn als Mama und Kind sich eine Weile gedrückt hatten, umarmt, gelacht und ein bisschen gerangelt, da wälzte die Mama sich wieder auf den Bauch. Sie warf sich den Kleinen auf den Rücken, er griff nach ihren Haaren und quietschte dabei vor Aufregung. Für einen kurzen Augenblick drehte er sich um und sah mich an. So glücklich hatte ich ihn kein einziges Mal gesehen, seit er mein Kleiner geworden war. Die Mama stemmte die Handflächen auf den eisigen Boden und schob sich mit Schwung ins Wasser. Ein Schlag mit der Schwanzflosse, dann waren die beiden verschwunden.

Eine Weile blieb ich stehen und wartete, aber ich wusste, dass sie nicht zurückkommen würden. Sie hatten schon vor langer Zeit beschlossen fortzugehen und waren nur ein wenig aufgehalten worden.

Schnee

Ich wollte nicht zurück in die Höhle. Ich wollte mich nicht bewegen. Ich wollte gar nichts. Der Kleine war noch nicht lange weg, aber ich vermisste ihn so sehr, dass es wehtat. Die Luft war beißend kalt. Eine solche Kälte hatte ich noch nie in meinem Leben erlebt. Als würden die Muskeln in meinem Gesicht einfrieren, sogar meine Augen saßen unbeweglich in den Augenhöhlen fest. Aber ich wollte nicht reingehen, wollte das Nest nicht sehen, in dem wir zusammen gelegen hatten, in dem wir nie wieder zusammen liegen würden.

Draußen auf dem Meer bewegten sich die Eisberge immer langsamer, es krachte und knallte, als würde jemand schießen, und das alles, weil die Temperaturen immer weiter fielen. Sogar die Sterne am Himmel schienen in der Kälte zu schrumpfen. Als die Morgendämmerung kam, ging ich ans Wasser. Das Meer war gefroren, es hatte sich in einen Fußboden verwandelt. Da marschierte ich geradewegs hinaus aufs Eis und wanderte davon.

Es war ein seltsames Gefühl, über Wasser zu gehen. Eine Weile machte ich mir Sorgen, das Meer könnte nur rund um Schneerose gefroren sein. Ich fürchtete, auf offenes Wasser zu stoßen, wenn ich erst ein Stück gegangen war, aber meine Wanderung wurde länger und länger und keine Kante hielt mich auf. Schier endlos lag das Eis vor mir. Vielleicht würde ich schon bald eine Insel erreichen, auf der Menschen lebten? Die Schären, an denen ich vorbeikam, dienten mir als Landmarken, damit ich nicht unbemerkt im Kreis lief.

Ja, jetzt war es wirklich kalt. Ich hob den Blick zum Himmel, um nachzusehen, ob ein Vogel mit vereisten Flügeln herabstürzte, aber dort oben war nichts als ein leeres, hellgraues Dach.

Ich schaute nach unten auf die glänzende, harte Tiefe. Weit unter meinen Füßen, da, wo das Eis endete und das Wasser begann, konnte ich kleine Blasen sehen, die sich bewegten, langsam und kriechend, wie Schnecken aus Luft. Wie konnten der Kleine und seine hässliche Mama jetzt atmen? Was, wenn sie gerade dort unten auf dem Grund nach Muscheln gesucht hatten, als das Wasser über ihnen gefror? Was, wenn sie noch dort unten waren?

Ich rannte ein Stück, ich weiß nicht, warum. Doch, vielleicht wollte ich einfach vor diesen Gedanken davonlaufen. Die Mama wusste wahrscheinlich, wo sie nach oben kommen konnte, wo es offenes Wasser gab. Bestimmt war das der Grund, warum die Meerjungfrauen Schneerose ursprünglich verlassen hatten. Weil sie spürten, dass es bald frieren würde. Vielleicht gab es andere Inseln, auf denen sie ihre Winter verbrachten.

Als ich einige Stunden unterwegs gewesen war, begann das graue Dach über mir, kleine, weiche, segelnde Schnipsel herunterrieseln zu lassen. Zunächst war das lustig – die Flocken wurden eins mit dem Eis und ich konnte leichtfüßig vorwärtsgleiten. Schon bald war überall Schnee: in meinen Haaren und Wimpern, auf der Nase – und ich streckte die Zunge raus und fing die Flocken mit der Zunge. Dann frischte der Wind auf und immer härter peitschte mir der Schnee ins Gesicht. Ich zog mir die Mütze tiefer über die Ohren und kämpfte mich weiter voran. Nachdem es angefangen hatte zu schneien, war es zwar nicht mehr so kalt, aber der Wind hatte offenbar beschlossen, mir genau von vorne entgegenzuwehen, und mit jedem Schritt, den ich machte, schien der Schneefall dichter zu werden. Die Schären, an denen ich mich orientiert hatte, waren schon bald unter der weißen Decke verschwunden. Jetzt konnte ich nur noch ohne Plan weitergehen und darauf hoffen, dass ich auf irgendeinen Unterschlupf zumarschierte. Ja, ich musste eine Insel erreichen, Felsen, hinter denen ich mich verstecken konnte, einen Platz, an dem ich bleiben konnte, bis das Unwetter vorüber war.

Aber wohin ich auch ging, ich kam nirgends an. Was, wenn ich unbemerkt auf der Stelle trat? Wenn der Wind mich zurückhielt? Wenn ich einfach nur Furchen ins Eis lief?

Ich fing wieder an zu rennen, aufgeschreckt von meinen Gedanken. Der Schnee machte mich blind, es war unmöglich, die nassen Flocken aus den Wimpern zu blinzeln. Also rannte ich im Dunkeln, rannte und rannte und wünschte, meine Füße würden über Steine stolpern.

Irgendwann blieb ich stehen, wischte mir das Gesicht mit dem Jackenärmel ab, blinzelte, versuchte, mich umzusehen. Sah ich da die Umrisse von etwas Großem? Felsen?

Ich wusste nicht, ob ich es wagen durfte, daran zu glauben, aber ich rannte trotzdem wieder los. Schweiß rann mir den Nacken hinunter. Die ganze Zeit kam es mir vor, als würde das Bild dieser Felsen vor mir auftauchen, aber genauso schnell, wie es erschien, war es auch schon wieder verschwunden. Wurde ich langsam verrückt?

Nein, sie waren wirklich da, jetzt konnte ich sie sehen, es war keine Einbildung! Felsen! Schwarze Riffe, die sich vom Weiß abhoben, sie waren schon näher, als ich gedacht hatte. Ich lachte, als ich das letzte Stück rannte, lachte über meinen herrlichen Fund, der mir das Leben retten würde.

Ich hielt mir schützend die Hand vor die Augen, spähte an der Felswand hoch, suchte nach einer Nische – oder vielleicht sogar einer kleinen Höhle, wie der Kleine und ich sie gehabt hatten, vielleicht gab es so etwas auch hier!

Das Klettern war schwierig. Die Schneeschichten waren unterschiedlich fest und immer wieder gaben sie unter mir nach, sodass meine Beine tief einsanken. Aber ich konnte keine Höhle finden und schließlich musste ich mich mit einem Felsvorsprung begnügen. Ich buddelte so viel Schnee beiseite, wie ich konnte, drückte mich unter meinem steinernen Dach eng an die Wand und wartete.

Der Schnee fiel, dicht und ohne Unterlass. Ab und zu schob ich mit den Füßen die Schneewehen weg, die sich um mich herum auftürmten, sah, wie sie einstürzten und kleine Lawinen bildeten, die auf unterschiedlichen Wegen die Felswand hinunterrollten, bis sie langsamer wurden und am Strand liegen blieben.

Als es endlich aufgehört hatte zu schneien und ich von meinem Platz aus etwas sehen konnte, da fühlte ich mich wie ein Tier, das nach dem Winterschlaf, nach Monaten in Dunkelheit und Stille, den Kopf aus seinem Bau streckte und die Luft witterte, die es umgab.

Die Sicht war jetzt gut, ich konnte sogar andere Inseln in der Ferne erahnen. Eine weiche, weiße Decke hatte sich über das Eis gelegt. Das sah schön aus. Ich hatte mich gerade an den Abstieg gemacht, als ein Geräusch die Stille durchbrach. Hätte ich es nicht besser gewusst, dann hätte ich es für einen ... Furz gehalten! War das möglich?

Ich reckte den Hals, schaute in alle Richtungen und versuchte herauszufinden, woher das Geräusch gekommen war. Vielleicht von der anderen Seite des Felsens?

Ich machte kehrt und kletterte zurück, merkte, wie meine Ungeduld wuchs. Und als ich die Felskante erreicht hatte, als ich sah, was dort unten in der Bucht lag, da glaubte ich zu spüren, wie sich alle Muskeln meines Körpers auflösten und alle Kraft mich verließ.

Da war ein Schiff. Ein weißes, rundes, grässliches Schiff mit drei Masten und einem Vogelkopf am Bug. Die Schneerabe.

Ja, wirklich! Dort im Eis lauerte Weißhaupts Rabe, eingefroren und schneebedeckt, kaum noch lebendig, wie es schien. An Deck war eine Luke geöffnet. Der Pirat, der an der Reling stand und pinkelte, trug nichts als lange Unterhosen und einen Strickpullover – und jetzt furzte er wieder.

Ich reckte den Hals. Die Insel war größer, als ich sie mir vorgestellt hatte. Im Inselinneren stieg Rauch in den Himmel. Natürlich! Dort musste Weißhaupts Diamantengrube sein! Dort war Miki!

Ich stand wie angewurzelt da und starrte nach unten, konnte kaum glauben, was ich da sah. Mein Mund war so trocken, dass mir die Zunge am Gaumen kleben blieb, als ich versuchte zu schlucken. Der Pirat fröstelte offenbar und gähnte ein paarmal. Als er fertig gepinkelt hatte, ging er zur Luke und kletterte zurück in den Schiffsbauch. Er hatte mich nicht gesehen.

Hastig drehte ich mich um und stürmte den Fels hinunter. Es war Wochen her, dass ich Blauwiek verlassen hatte, fest entschlossen, Weißhaupts Insel zu finden. Ich war mit einem Schiff gereist, auf einer Schnicke und zu Fuß, und jetzt, wo ich endlich am Ziel war, hatte ich solche Angst, dass mein Herz besinnungslos in meinem Brustkorb raste. Ja, ich hatte Angst vor Weißhaupt, dem Mann, der die Haare in einem Knoten trug wie eine Dame und der Kinder benutzte, als wären sie Tiere. Ich wollte weg, mich verstecken, mich in Sicherheit bringen.

Da gab der Schnee unter mir nach. Ich brach ein, blieb mit dem Fuß tief unten zwischen Steinen stecken und kippte kopfüber nach vorne, aber mein Fuß kam wieder frei und ich kullerte den Hang hinunter. Ganz gleich, wie sehr ich auch versuchte, mich irgendwo festzuhalten, ich rollte und rutschte einfach immer weiter. Ich wusste nicht mehr, was Kopf und was Füße waren, und als ich endlich ganz unten angekommen war, schlug ich mit der Stirn gegen etwas Hartes. Dann wurde es schwarz vor meinen Augen.

Ich weiß nicht, wie lange ich so dalag, und ich weiß nicht, ob ich träumte, als ein paar Hände meine Jacke griffen. Und ich weiß nicht, ob ich träumte, als ich das Gefühl hatte, vom Boden hochgehoben zu werden, und ich weiß nicht, ob ich träumte, als ich hörte, wie jemand unbegreifliche Dinge in mein Ohr flüsterte. Aber als ich spürte, wie ich über das Eis schwebte, schnell wie ein Alk und ohne dass meine Beine sich bewegten, da muss es, da kann es gar nichts anderes als ein Traum gewesen sein.

Der Junge auf dem Schemel

Ich wachte in einem Bett auf. Ein dickes Polster unter mir, eine warme Decke über mir. Ich atmete den Geruch von Wolle ein, der sich mit dem Gestank von Unrat vermischte. Mein Kopf tat weh, ich hatte ihn mir wohl ordentlich angeschlagen. Im Zimmer war es schummrig. Ich sah Balken unter der Decke und eine kleine Fensterluke in der Wand. Ich hörte Stimmen und Lärm von draußen, Lärm wie in einem Dorf. Ein Junge saß auf einem Schemel und sah mich an. Er hatte schwarze Haare und blaue Augen, ein hübsches Gesicht. Eine Schnittwunde klaffte auf seiner Wange.

»Wo bin ich?«, fragte ich.

»In Segel«, sagte der Junge.

Ich schluckte. Segel. Der Ort, an dem sich Pack und Piraten tummelten wie Fliegen auf einem Teller mit Heringsgräten. Der Ort, an den man ging, wenn man Weißhaupt finden wollte.

Aber ich hatte ihn schon gefunden. Ich war selbst auf seiner Insel gewesen, hatte die Schneerabe vor meinen Füßen liegen sehen. Und ich hatte kehrtgemacht und war weggelaufen. Weil ich feige war, war ich gerannt und gestürzt.

Bei dem Gedanken stiegen mir Tränen in die Augen, aber ich wischte sie schnell weg, denn ich hatte keine Lust, vor diesem Jungen, den ich nicht mal kannte, im Bett zu liegen und zu heulen.

»Wie bin ich hierhergekommen?«, fragte ich.

»Du bist vor die Tür gelegt geworden.«

»Von wem?«

»Das weiß keiner, außer dem, der dich dort abgelegt hat«, sagte der Junge. Er hob die Stimme. »Sie ist aufgewacht!«

Es dauerte noch einen Moment, aber dann kam jemand die Treppe hoch. Es war eine Frau, sehnig und mit großen Händen, mit eingefallenen Wangen und grauen Augen. Sie stellte einen Becher auf den Nachttisch und einen Teller mit einer Scheibe Schmalzbrot auf meinen Bauch. Das Schmalz roch ranzig.

»Bist du von hier?«, fragte sie.

Ich schüttelte den Kopf und biss in das Brot. Es schmeckte gar nicht mal übel.

Die Frau musterte mich lange mit ihren grauen Augen.

»Wie bist du nach Segel gekommen?«, fragte sie.

»Ich weiß es nicht, jemand hat mich über das Eis hierhergetragen«, antwortete ich. Es war schon merkwürdig. Fast gruselig. Irgendjemand, ein Fremder, hatte mich den ganzen Weg bis zu diesem Haus getragen. Warum? Und *wer*?

»In Segel erlauben wir unseren Kindern nicht, alleine aufs Meer zu fahren. Oder übers Eis zu gehen«, sagte die Frau. »Und weißt du, warum?«

Ich nickte.

»Piraten«, antwortete die Frau selbst. »Hier wimmelt es nur so von ihnen. Die meisten begnügen sich damit, Felle und Eisen zu stehlen. Aber es gibt einen Kapitän, der es auf etwas anderes abgesehen hat.«

»Ja«, flüsterte ich. Dann zögerte ich einen Moment, ehe ich fortfuhr. »Seine Insel … ist sie weit weg von hier?«

Die Frau lachte auf, aber es war ein kaltes, ängstliches Lachen.

»Kaum jemand weiß, wo diese Insel liegt«, sagte sie, »und am allerwenigsten eine Fischerswitwe und ihr Sohn. Mit dieser Insel wollen wir auch gar nichts zu schaffen haben.« Sie blickte auf die schwieligen Hände in ihrem Schoß, dann sah sie wieder zu mir. »Du liegst nun schon seit drei Tagen hier bei uns. So blass und übel zugerichtet, wie du warst, hätte ich nie gedacht, dass du es überstehen würdest. Iss und trink, sieh zu, dass du wieder auf die Beine kommst.« Sie stand auf und warf dem Jungen einen Blick zu. »Ich bringe noch ein paar Sachen weg.«

Sie verschwand nach unten. Kurz darauf hörte ich, wie die Haustür aufging und wieder zuschlug.

Langsam und mühselig setzte ich mich auf, aß das Brot und trank Wasser aus dem Becher. Die ganze Zeit schaute der Junge mich an, fast so als wäre ich ein Rätsel, das er allein mit seinem Blick zu lösen versuchte.

»Was wolltest du da?«, fragte er.

»Hä?«, antwortete ich, noch immer den letzten Brotbissen im Mund.

»Draußen auf dem Eis«, sagte er.

Während ich mit der Zunge versuchte, ein paar Roggenkörner zwischen den Zähnen herauszupulen, dachte ich nach. Sollte ich es ihm erzählen? Dass Weißhaupt meine Schwester geraubt hatte und ich auf dem Eismeer war, um sie zurückzuholen?

Nein. Er würde es bestimmt seiner Mutter verraten und die würde das viel zu gefährlich finden und mich daran hindern weiterzusuchen.

»Das kann ich dir nicht sagen«, antwortete ich.

Seine Augen wurden schmal, als wäre das Rätsel, das hier vor ihm saß, mit einem Mal nicht nur schwerer zu lösen, sondern als müsste er es noch dringlicher knacken.

Ich sah mich weiter um. Jede Bewegung der Augen schmerzte in den Augenhöhlen. Am anderen Ende des Zimmers hingen allerlei Gegenstände und Plunder an der Wand: Stiefel, ein Kaffeekessel, ein paar Mäntel, ein Schlittengeschirr, ein Brotschieber, eine Spanschachtel, ein Schöpflöffel, ein Kescher, eine tote Eiderente. Ein Schemel mit blank gescheuerter Sitzfläche stand auf dem Boden.

Plötzlich fiel mir mein Fischkönig ein. Hatte ich ihn noch oder hatte ihn jemand … Ich schob die Hand unter mein Hemd und zog das Band hoch. Doch, der Anhänger war noch da. Er war ganz warm, weil er auf meiner Haut gelegen hatte, eingebettet unter der Wolldecke.

Der Junge sah den Schmuck an, aber ich konnte nicht erkennen, was er davon hielt. Dachte er vielleicht, ich wollte damit angeben? Ich schob die Kette wieder zurück.

Eine seltsame Stille machte sich breit. Weder er noch ich wussten, was wir sagen sollten. Als sein Blick durch die kleine, schmutzige Fensterscheibe nach draußen wanderte, nutzte ich die Gelegenheit, um mir sein schönes Gesicht ganz genau anzusehen. Seine Augen sahen aus wie zwei eiskalte Meere. Die Wunde an seiner Wange war rot und frisch, tief und ganz gleichmäßig.

Hatte ihn ein Pirat geschnitten? War das in Segel vielleicht so? Sprangen einem die Piraten einfach entgegen und verletzten einen mit dem Messer, wenn man nur die Nase aus der Tür streckte? Hatte der Junge vielleicht noch viel mehr Narben unter seinen Kleidern?

Meine Neugier wurde immer größer, ich räusperte mich und fragte:

»Wie ist das passiert?«

Er drehte den Kopf vom Fenster zu mir, fast wie auf ein Zeichen, als hätte er nur auf meine Frage gewartet.

»Was?«, fragte er ruhig.

»Die Verletzung da«, antwortete ich. »Bist du … Ich meine, hat dich jemand geschnitten?«

Gedankenverloren tastete er nach seiner Wange, dann lächelte er.

»Das kann ich dir nicht sagen«, sagte er. »Aber … wenn du mir erzählst, was du auf dem Eis gemacht hast, dann erzähle ich es dir vielleicht doch.«

»Nee, nee, du!«, sagte ich lachend.

»Wir könnten uns gegenseitig versprechen, nichts weiterzusagen«, sagte der Junge. »Was hältst du davon?«

»Ist mir doch egal, wie du dir den Kratzer zugezogen hast«, sagte ich.

»Ach ja?«, entgegnete der Junge. »Ich wäre dabei fast gestorben, wenn du es genau wissen willst.«

»Gestorben?«, wiederholte ich misstrauisch.

Er nagelte mich mit dem Blick fest.

»Wenn du erzählst, erzähle ich auch«, sagte er. »Aber wir müssen uns beeilen. Meine Mutter kommt bestimmt bald zurück. Kannst du aufstehen?«

»Na klar kann ich aufstehen«, sagte ich und schlug die Decke zurück. Schwungvoll richtete ich mich auf, um ihm zu beweisen, wie klar ich das konnte, aber im selben Augenblick gaben meine Beine nach, und wäre der Junge nicht da gewesen und hätte mich aufgefangen, wäre ich auf den Boden gesackt.

»Sei vorsichtig«, sagte er. »Vielleicht ist es besser, wenn wir noch ein bisschen warten?«

»Sei nicht albern«, sagte ich und blinzelte das Schwindelgefühl weg. »Wollen wir?«

»Dann sind wir uns einig?«, fragte der Junge.

»Ja, ja, sind wir«, antwortete ich, denn langsam wurde ich verrückt vor Neugier. »Hauptsache, du erzählst deiner Mutter nichts.«

»Meine Mutter ist der letzte Mensch, der erfahren darf, woher ich diese Verletzung habe«, sagte er. »Sie glaubt, es wäre mir mit einem von Papas alten Aalstechern passiert.« Er lachte. »Ich habe behauptet, ich hätte Fischer gespielt und wäre dabei gestolpert und hätte mir den Aalstecher ins Gesicht gerammt. Du hättest ihr Gezeter hören sollen. Sie meint, um ein Haar wäre ich unter die Einäugigen gegangen. Wenn die wüsste.«

Er lächelte und seine Augen funkelten. Dann wurde er ernst. Er klang schon fast wie ein Erwachsener.

»Ich zeige dir jetzt was, aber dafür musst du mit raus in den Schuppen kommen. Soll ich dir auf der Treppe helfen?«

»Nein danke«, murmelte ich und achtete darauf, mich ordentlich am Geländer festzuhalten.

Das Bündel

Mir war so schwindelig, dass um mich herum alles zu schwanken schien. Ganz langsam stieg ich die Treppe hinunter. Wir zogen uns Jacken und Stiefel an. Neben der Tür hingen lauter kaputte Sachen. Der Junge erklärte mir, dass seine Mutter ihr Geld damit verdiente, dies und das für andere zu reparieren. Mal einen verbrannten Topf, einen ramponierten Lockvogel, einen verbogenen Büchsenlauf, löchrige Sohlen: Ganz egal was es war, sie konnte es wieder heil machen, flicken, leimen. Mädchen mit angeknackstem Schädel offenbar auch. Ich nahm an, dass ich vermutlich deshalb ausgerechnet hier abgelegt worden war. Der Junge erzählte, dass seine Mutter von allen Eisen-Anna genannt wurde, weil sie so stark war, dass sie einen Schürhaken mit bloßen Händen biegen konnte. Er selbst hieß Einar. Sein Vater war vor vielen Jahren ertrunken.

Schräg hinter Einars und Eisen-Annas Haus stand der Schuppen. Draußen an der Wand lehnte ein Tretschlitten. Einar machte die Tür auf und wir gingen rein. Drinnen lagen eine Menge Fischereigerätschaften herum, aber alles sah aus, als wäre es schon lange nicht mehr benutzt worden. Die Netze waren staubig.

»Mama kommt nie hierher«, sagte Einar. »Der Schuppen erinnert sie zu sehr an Papa.«

Neben einem Bündel ging er in die Hocke. Vorsichtig schlug er den geflickten Stoff beiseite und hob dann etwas hoch, das ungefähr so groß wie eine Rübe war: ein Hühnerei.

»Ist da ein Küken drin?«, fragte ich, denn ich wusste ja, dass Walhühner im Winter brüteten.

Einar nickte. Er legte ein Ohr an das Ei.

»Bald wird es schlüpfen. Ich kann hören, wie es sich bewegt.« Wieder wanderte seine Hand an die Wunde. »So ein Ei habe ich mir schon lange gewünscht. Ich schwöre, die Henne wollte mich umbringen, als ich es geholt habe.«

Vorsichtig berührte ich die schwarz gefleckte Schale. Natürlich hatte ich schon oft solche Eier angefasst, aber noch nie eins mit einem Küken darin.

»Wenn das Küken geschlüpft ist, wird es mir gehören«, sagte Einar. »Nur mir alleine. Na, was sagst du jetzt?«

Ich lächelte, als müsste ich zugeben, dass das wirklich nicht übel war. Ein eigenes Walhuhn! Ein kleines zahngeschnäbeltes Leben, um das man sich kümmern, dem man einen Namen und einen Schlafplatz geben musste. Ein Büschel Halme in einer Holzkiste vielleicht? Ja, ein eigenes Walhuhn hätte ich auch gerne gehabt.

Vorsichtig wickelte Einar das Ei wieder in die Wolldecke ein. Dann stand er auf und sah mich an.

»Du bist dran«, sagte er. »Was hast du auf dem Eis gemacht?«

Ich zögerte ein bisschen, aber nun hatten wir uns ja geeinigt, uns unsere Geheimnisse zu erzählen. Also gab es wohl kein Zurück mehr.

»Ich habe Weißhaupt gesucht«, sagte ich.

Einars Stirn legte sich in Falten.

»Wen?«

»Weißhaupt«, sagte ich noch mal. »Den Piratenkapitän, der sich nicht damit begnügt, Felle und Eisen zu stehlen, sondern Kinder raubt.«

»Warum um alles in der Welt hast du nach dem gesucht?«, fragte Einar.

»Weil seine Männer vor ein paar Wochen meine Schwester entführt haben und ich sie zurückholen will«, antwortete ich. »Aber das ist noch nicht alles. Ich habe seine Insel nämlich schon gefunden. Ganz zufällig. Aber dann bin ich gestolpert und gestürzt und dann … dann erinnere ich mich an nichts mehr. Bis ich bei euch aufgewacht bin.«

Einars Augen waren groß und blank, sie schienen vor Schreck fast zu leuchten.

»Du hast seine Insel gefunden?«, flüsterte er.

»Es ist eine Insel mit einer großen Bucht und einem schmalen Seegatt«, sagte ich. »Die Bucht ist von hohen Felsen umgeben. Dort lässt er die Rabe ankern, denn so ist sie vom Meer aus nicht zu sehen. Und … ich habe gesehen, dass in der Mitte der Insel Rauch aufgestiegen ist.«

»Seine Grube«, sagte Einar und schluckte. Er dachte kurz nach und dann sagte er: »Wissen deine Eltern, worauf du dich da eingelassen hast?«

»Meine Mutter ist tot«, antwortete ich. »Und mein Vater … der konnte mich nicht davon abhalten.«

Bei diesen Worten rutschte mir ein Seufzer heraus. Kleiner Papa, wie mochte es ihm jetzt zu Hause in unserer Hütte gehen? Kein Hering mehr, das Beerenkörbchen leer. Der Ofen kalt am Morgen. Und dann noch ganz alleine. Ja, das war das Schlimmste, dass die beiden Lichter, die ihm die Dunkelheit erhellten und ihn immer zum Lächeln brachten, dass die nicht mehr bei ihm waren.

»Ich muss diese Insel wiederfinden«, sagte ich. »Wer auch immer mich dort auf dem Eis gefunden hat, er könnte uns erzählen, wo sie ist. Wenn ich nur wüsste, wer es war.«

In diesem Augenblick ertönte ein leises Knacken, ungefähr so, als würde man ganz, ganz dünnes Eis mit der Stiefelspitze zertreten. Das Knacken vermischte sich mit einem zornigen Piepsen.

»Es schlüpft!«

Einar ließ sich auf die Knie fallen und schob die Decke beiseite. Das Ei war schon an mehreren Stellen gesprungen. Vorsichtig knibbelte er ein Stückchen der dicken, gefleckten Schale weg, um dem Küken auf die Sprünge zu helfen. Ein kleiner, fast durchsichtiger Schnabel mit Zähnen zwängte sich durch das winzige Loch und schrie so durchdringend, dass ich mich nicht erinnern konnte, je etwas Vergleichbares gehört zu haben. Dann fiel das ganze Ei auseinander und das Küken stand auf wackeligen Beinen da und ruderte mit den Flügeln. Wenn es erst sein Erwachsenen-Gefieder hatte, würde es schwarz-gefleckt sein, das wusste ich ja, aber jetzt war es braun. Wunderbar braun, flaumig und klein. Seine Augen schimmerten gelb wie Gold. Immer wieder fiel es hin, aber es kam jedes Mal schnell wieder auf die Füße und schrie, als wäre es stinkwütend auf alles in seiner Umgebung.

Einar beugte sich hinunter, um es zu streicheln, aber da hackte es nach ihm.

»Oh, Hilfe«, sagte Einar. »Ich hätte nicht gedacht, dass es so wild ist.«

»Haha, gescheckte Kühe bekommen gescheckte Kälber!«, sagte ich. »Wenn du dich mit Walhühnern nicht auskennst, dann wird es mit dem Zwerg da schwer für dich werden.«

Einar sah mich an. Nicht erbost, sondern eher mit einer Spur Bewunderung im Blick.

»Kennst *du* dich mit Walhühnern aus?«, fragte er.

»Na ja, so einigermaßen«, antwortete ich.

Einars Augen funkelten.

»Zeig mal«, sagte er.

Mit Walhuhnküken hatte ich bis dahin natürlich noch nie etwas zu tun gehabt, aber mit ausgewachsenen Hühner kannte ich mich gut aus. Und ich wusste, was das Allerwichtigste war, wenn man nicht mit ihren scharfen Zähnen und Klauen Bekanntschaft schließen wollte: niemals Angst zu zeigen.

Ich kniete mich neben das kleine schreiende Federknäuel und legte entschlossen meine Hand über seinen Rücken, sodass es die Flügel nicht bewegen konnte. Das Küken wand sich, versuchte, mich zu beißen, aber es kam nicht an meine Hand. Als es merkte, dass ich mich von seinen kleinen Angriffen nicht beeindrucken ließ, wurde es ruhig.

»Denkst du, deine Mutter hat ein bisschen Fisch?«, fragte ich.

Einar, der meiner Vorführung mit großen Augen zugesehen hatte, nickte hastig und rannte aus dem Schuppen. Kurz darauf kam er mit einem gepökelten Hering zurück.

»Frischer Fisch wäre bestimmt besser«, sagte ich.

»Gepökelter Hering schmeckt aber gut«, sagte Einar und zerteilte den grauen Fisch mit den Fingernägeln in kleine Stücke, die er mir reichte, damit ich das Küken füttern konnte. Es schluckte Happen für Happen und schrie, wenn ich zu langsam wurde.

»Das klappt ja toll!«, sagte Einar zufrieden.

»Ja, was hast denn du gedacht«, antwortete ich und lachte.

Als der ganze Hering aufgegessen war, setzte ich das Küken ab, um aufzustehen. Ich hatte kaum die Beine ausgestreckt, als mir wieder schwarz vor Augen wurde, und kaum dass ich mich versah, hing ich schon wieder in Einars Armen. Er sah mich an und sagte:

»Wenn du meine Meinung wissen willst, dann sei froh, dass du lebend von dieser Insel weggekommen bist. Das ein zweites Mal zu schaffen … solches Glück wirst du nicht haben.«

Blut im Schnee

In den folgenden Tagen half ich Einar, so gut ich konnte, mit seinem Küken. Sobald Eisen-Anna mit irgendeiner Sache, die sie repariert hatte, fortgegangen war, schlichen wir mit Hering in den Taschen in den Schuppen. Es war unheimlich wichtig, sagte Einar, dass seine Mama nie erfuhr, dass er das Küken hatte, aber er wollte mir nicht sagen, warum. Wenn ich ihn fragte, dann sagte er nur: »Du und ich, wir haben eine Abmachung, oder nicht?«

Inzwischen war das Küken fast eine Woche alt. Der Schnabel, der beim Schlüpfen noch ziemlich durchsichtig gewesen war, war mittlerweile rabenschwarz und seine Zähne nadelspitz.

»Wenn du ihm nicht langsam Manieren beibringst, beißt es dir noch irgendwann die Nase ab«, sagte ich zu Einar.

»Ich glaube, es mag dich lieber als mich«, seufzte er und zuckte vor dem Küken zurück, das mal wieder nach ihm hackte.

»Du musst nur entschlossen wirken. Und wirf um Himmels willen keinen Hering mehr auf den Boden, sonst hat es keinen Grund, sich dir anzuschließen. Es soll aus deiner Hand fressen.«

Einar hob ein Stück Hering auf, das er hatte fallen lassen. Er hielt es dem Küken hin und machte ein strenges Gesicht.

»Na, wie sieht's aus?«, sagte er. »Kommst du her und frisst aus Einars Hand oder verzichtest du aufs Mittagessen?«

Ich lachte.

»Es versteht nicht, was du sagst«, sagte ich.

Aber tatsächlich schien das Küken es doch begriffen zu haben. Es bog den Hals nach hinten und stieß einen Schrei aus, der ungefähr so klang wie Katzenschnupfen. Dann flitzte es zu Einar, der immer noch den Fisch in der Hand hielt, und happs! war das Heringsstück aufgegessen.

»Es hat geklappt!«, jubelte Einar, aber vor lauter Glück passte er nicht auf seine Hand auf. Und das Küken, das noch längst nicht satt und zufrieden war, schoss nach vorne und schnappte nach noch mehr Fisch. Einar stöhnte laut und sprang auf.

»Autsch, verflixt …«, fluchte er. Krampfhaft hielt er sich die rechte Hand fest.

»Lass mich mal sehen«, sagte ich.

Er ließ los und zeigte mir die Wunde auf dem Handrücken. Mir wurde ganz flau, als ich das viele helle Blut sah, das nur so sprudelte und auf den Boden tropfte.

»Das muss verbunden werden«, sagte ich.

Wir ließen das Küken alleine, das seinem Instinkt gefolgt war und schon nach den Blutflecken auf dem Boden pickte. Sorgfältig verriegelte ich den Schuppen und dann gingen wir schnell zum Haus.

Eisen-Anna war noch unterwegs. Ich nahm einen Lappen vom Haken neben der Waschschüssel und tunkte ihn in den Eimer mit Wasser.

»Setz dich«, sagte ich.

Einar gehorchte. In der Feuerstelle brannte noch Feuer, es warf sein freundliches, flackerndes Licht an die Decke. Die Gardine vor dem undichten Fenster bewegte sich im Luftzug. Das schummrige Licht und der Geruch von Fischabfällen ließen Eisen-Annas Küche vertraut und gemütlich wirken. Ich wusch die Wunde und Einar folgte jeder meiner Bewegungen mit dem Blick. Dann sah er mir in die Augen.

»Findest du nicht, dass wir uns ähnlich sind?«, fragte er.

»Wie meinst du das?«, fragte ich.

»Na ja … Wir haben dieselbe Haarfarbe und dieselbe Augenfarbe. Wir kommen beide aus einer Fischerfamilie. Deine Mama ist tot, genau wie mein Papa. Und ich habe auch einen Schmuck, schau!«

Mit seiner unverletzten Hand angelte er das kleine Amulett hoch, das er um den Hals trug. Es stellte einen Angelhaken dar. Ja, ich hatte es schon bemerkt, aber so wie jetzt aus der Nähe hatte ich es noch nicht gesehen. Einar erzählte, dass er es von seiner Mutter bekommen hatte, kurz nachdem sein Vater bei dem Unglück ertrunken war.

Er drehte den Anhänger ein paarmal in der Hand, dann sah er mich an und lachte.

»Fast so, als wären wir Geschwister oder so.«

»Vielleicht sind wir das ja«, sagte ich lachend. »Aber deine Augen sind viel blauer als meine.«

»Finde ich nicht«, murrte Einar, als hätte ich etwas Gemeines gesagt.

Als die Wunde trocken war, holte ich ein zweites Tuch, um seine Hand damit zu verbinden. Dann wusch ich den blutigen Lappen in der Waschschüssel aus und kippte das rote Wasser in den Eimer mit den Abfällen.

»Wollen wir wieder rüber?«, fragte ich.

Einar, der stumm und fast ein bisschen mutlos dagesessen hatte, nickte und stand auf.

»Ich nehme mehr Fisch mit«, sagte er. Er nahm das Tuch vom Krug, in dem Eisen-Anna den Hering aufbewahrte, und fischte ein großes, prächtiges Weibchen raus, das den Bauch voller Laich hatte.

»Glaubst du nicht, deine Mutter merkt irgendwann, dass wir uns an ihrem Hering bedienen?«, fragte ich.

»Ach nö«, sagte Einar. Er schlug die Tür auf – und da machten wir beide fast einen Satz rückwärts: Eisen-Anna stand vor dem Haus und musterte das Blut auf der Treppe, folgte der Spur mit den Augen durch den Schnee bis zur verschlossenen Schuppentür. Dann fiel ihr Blick auf Einars Verband. Sie stemmte die Hände in die Seiten, ihr Gesicht verzog sich verärgert.

»Hast du etwa wieder mit dem Aalstecher gespielt?«, fragte sie.

Einar war so überrumpelt, dass er kein Wort herausbrachte.

»Ich habe dir doch gesagt, dass du dich von dem rostigen Zeug fernhalten sollst«, schimpfte Eisen-Anna und zeigte auf seine Wange. »Kaum ist eins abgeheilt, machst du denselben Blödsinn wieder! Begreifst du nicht, dass du Wundfieber bekommen kannst, wenn du dich so schneidest?«

»Doch, schon«, murmelte Einar.

»Und als wäre das nicht schlimm genug, nimmst du auch noch Siri mit«, fuhr Eisen-Anna fort. »Denkst du nicht, dass sie lange genug bettlägerig war? Ich hätte große Lust, in den Schuppen zu gehen und das ganze Gerümpel wegzuwerfen.«

»Nein!«, rief Einar.

»Was bleibt mir denn anderes übrig, wenn du nicht auf mich hörst!«, sagte Eisen-Anna.

Er hielt sie am Kleid fest.

»Bitte«, sagte er. »Bitte, bitte nicht!«

Eisen-Anna zögerte. Sie sah ihn an und ihr Gesicht war immer noch angespannt und böse. Aber plötzlich wurde es weich. Sie strich ihm über die Haare.

»Mein kleiner Junge«, sagte sie fast flüsternd. »Wirst du wie dein Vater, wenn du groß bist? Rennst du deshalb immer wieder raus und spielst alle naselang Fischer?«

Einar sagte nichts, schaute nur zu Boden und nickte leicht.

»Kommt ihr mit rein?«, fragte Eisen-Anna. »Ich glaube, es ist Essenszeit.«

Wir wollten gerade umdrehen und mit Einars Mutter ins Haus gehen, als sie den Hering in seiner Hand bemerkte.

»Was um alles in der Welt willst du denn mit dem Fisch?«, fragte sie.

Wieder stand Einar ohne Antwort da, aber da eilte ich ihm zur Hilfe.

»Das war meine Idee«, sagte ich schnell. »Ich dachte, es wäre irgendwie echter, wenn wir einen Fisch zum Spielen hätten. Das war dumm von mir.«

Eisen-Anna lächelte. Sie nahm Einar den Hering ab, und als wir drinnen waren und unsere Jacken aufgehängt hatten, sagte sie:

»Ich möchte, dass ihr beiden mir jetzt versprecht, dass ihr nie mehr mit scharfen Gegenständen spielt. Wenn ihr euch nicht daran haltet, dann bleibt mir nichts anderes übrig, als alles fortzuschaffen.«

»Versprochen«, sagten Einar und ich wie aus einem Mund.

Kein Fischer von höherem Rang

So vergingen die Tage in Segel. Mein Schwindel, der am Anfang recht schlimm gewesen war, ließ langsam nach. Das fiel auch Einar auf, denn immer seltener brauchte ich seine Stütze, wenn ich aufstehen oder die Treppe runtergehen wollte. Ihm war natürlich klar, dass mein Abschied näher rückte, je seltener mir schwindelig wurde. Ich glaube, das machte ihn traurig.

Eines Abends saßen wir zu dritt am Tisch und aßen. Es gab Fischsuppe. Ich mochte Eisen-Anna, die mir Essen und einen Schlafplatz gab und nicht ein einziges Mal fragte, wer ich war, woher ich kam – oder was ich auf dem Eis zu suchen gehabt hatte.

Als hätte sie mir angesehen, worüber ich gerade nachdachte, sagte sie:

»Du darfst bleiben, solange du möchtest.«

Ich starrte auf meinen Teller, auf die kleinen Fischstückchen, die zwischen den Graupen schaukelten. Ich mochte Eisen-Annas Fischsuppe. Sie war mit Liebstöckel und anderen Kräutern gewürzt.

»So langsam fühle ich mich schon wieder ganz gut«, sagte ich. »Es wird nicht mehr lange dauern, bis ich wieder aufbrechen kann.«

Eisen-Anna legte eine Hand auf meine und sah mir lange in die Augen. Sie sah ein bisschen traurig aus.

»Wohin auch immer du gehst und was auch immer du vorhast«, sagte sie, »so hoffe ich, dass es das wert ist.« Ihre Augen wurden schmal, während sie mich unverändert ansah. »In Segel erlauben wir unseren Kindern nicht, alleine aufs Meer hinauszufahren«, sagte sie.

»Ich weiß«, murmelte ich.

»Und wärst du mein Kind, würde ich dich an der Tür festbinden«, fuhr Eisen-Anna fort. »Nun bist du zwar nicht mein Kind, aber … aber trotzdem wird es wohl das Beste sein, dass ich nicht alles weiß.«

Ich nickte wieder. Ja, das war wohl das Beste. Zumindest für ihren Seelenfrieden. Ich hatte sie mehr als ein Mal davon reden hören, dass Kinder sich vor dem Meer in Acht nehmen sollten. Es würde ihr nicht gefallen, mich gehen zu lassen, wenn sie wüsste, wohin.

»Bald seid ihr mich los«, sagte ich. »Versprochen.«

Eisen-Anna antwortete nicht, sondern stand auf, um sich mehr Suppe zu holen, und als sie zurückkam, sah sie Einar an, der aufgehört hatte zu essen und stumm auf den Tisch starrte.

»Was ist los, warum siehst du so böse aus?«, fragte sie.

»Ich sehe nicht böse aus«, antwortete er und fing wieder an, seine Suppe zu löffeln.

Am nächsten Tag ging Eisen-Anna mit einem Paar Hosen fort, die sie für einen alten Mann gestopft hatte. Ich saß am Fenster und blickte die holprige Straße hinunter, an deren Ende sie verschwunden war. Ich spürte ein Ziehen im Magen, wenn ich an den Ort dort draußen dachte. Der Ort, von dem ich Miki so oft erzählt hatte. Den ich mir so oft ausgemalt hatte. Ich fuhr mit dem Finger über den verschimmelten Fensterrahmen. Hier im Haus merkte man kaum, dass man in Segel war. Hier fühlte sich alles an wie bei uns zu Hause, es roch auch genauso. Aber bald, dachte ich. Bald werde ich über diese Straßen laufen, die mit Steinen gepflastert sind … Und da war es wieder, dieses Ziehen im Magen.

Plötzlich merkte ich, dass Einar hinter mir stand. Er beobachtete meinen Finger, der vorsichtig über den weichen Schimmel fuhr. Dann sah er mich an und sagte:

»Du findest vielleicht, dass wir arm sind?«

Er kam mir auf einmal so fremd vor. Die Art, wie er gefragt hatte, klang irgendwie hart. Ich zog meinen Finger zurück und sagte:

»Nein.«

Ich wusste nicht, ob das gelogen war. Einar und Eisen-Anna mochten vielleicht arm sein, aber wenn sie arm waren, dann galt das für mich doch auch? Ja, waren dann nicht fast alle Menschen arm?

»Willst du deshalb fortgehen?«, fragte Einar.

»Hä?«, sagte ich.

»Vielleicht ist dir unser Haus nicht gut genug?«

»Was für einen Blödsinn du da redest«, sagte ich. »Du weißt ganz genau, warum ich nicht bleiben kann.«

Einar nickte.

»Weil du dich lieber dem Tod in die Arme wirfst.«

»Weil ich meine Schwester retten muss! Wieso sagst du solche Sachen, ich will mich nicht mit dir streiten, bevor ich gehe.«

»Du wirst nicht gehen!« Er klang wütend, aber dann lächelte er und legte seine Hände auf meine Schultern. »Wenn du hörst, was ich mir ausgedacht habe, dann wirst du nicht gehen«, sagte er. »Warte!«

Er rannte die Treppe hoch und verschwand, aber Sekunden später kam er schon wieder zurück. Er hielt ein Papier in der Hand.

»Schau mal«, sagte er.

Er faltete das Blatt auseinander. Es sah aus, als wäre es irgendwann mal ganz zerknüllt gewesen. Einar erzählte, dass er es vor ein paar Jahren entdeckt hatte, als seine Mutter einen Lockvogel reparierte, der mit Papier ausgestopft gewesen war.

Es war wohl eine Seite aus einem Buch über Vögel. Jedenfalls erkannte ich den Vogel auf dem Bild, denn es war ein Walhuhn, wenn auch ein ausgewachsenes. Daneben standen eine Menge Sachen, von denen Einar erzählte: wie viel so ein Walhuhn wog, wie sie ihre Nester bauten und wie tief sie tauchen konnten. Einen ganz bestimmten Satz hatte er unterstrichen: *Auf dem Eismeer gibt es keinen Fischer von höherem Rang als das Walhuhn.*

Ich wusste, was das bedeutete. Es bedeutete, dass Walhühner von allen Tieren die geschicktesten Fischer waren. Ich sah Einar an.

»Was willst du mir damit sagen?«, fragte ich.

»Hier ist mein Plan«, sagte Einar und lächelte wieder. »Ich habe ihn geheim gehalten, weil es allein meiner sein sollte. Aber ich habe beschlossen, dir davon zu erzählen. Ich verspreche dir, wenn du ihn erst gehört hast, dann kommst du auch auf bessere Gedanken.«

Und dann berichtete Einar von seinem Plan. Er hatte sich alles selbst ausgedacht:

Wenn sein kleines Küken ein erwachsenes Huhn geworden war, dann würde er ihm einen Strick ans Bein binden und einen zweiten um den Hals, den er gerade nur so fest zuziehen würde, dass das Huhn noch Luft bekam. Dann konnte die Arbeit beginnen. Von dem alten Bootsanleger seines Vaters aus würde Einar das Huhn ins Meer schicken, um Fische zu fangen. Sobald es einen Fang gemacht hatte, würde es versuchen, die Beute zu schlucken, aber das ging natürlich nicht, weil der Strick um seinen Hals im Weg war. Um nicht zu ersticken, bräuchte das Huhn dann Einars Hilfe, weil nur er den Fisch aus seinem Schlund entfernen konnte. Und wenn Einar dann Unmengen von Fischen beisammen hatte, würde er das Seil vom Hals lockern und seinem Huhn ein oder zwei Heringe zur Belohnung geben. Aber es war wichtig, dass das Huhn nie zu satt wurde, denn sonst würde es aufhören, Fische zu jagen. Auf diese Weise, sagte Einar, würde er zur reichsten Person in Segel werden. Vielleicht sogar im ganzen westlichen Eismeer.

»Und du«, sagte er, » du kannst mir dabei helfen. Wir können es zusammen machen.«

Ich sah ihn an, sein blasses Gesicht mit den blauen Augen. Plötzlich war es überhaupt nicht mehr schön. Ich schüttelte den Kopf.

»Nein«, sagte ich.

»Doch!«, sagte Einar. »Ich bin mir sicher, mit deiner Hilfe würde es funktionieren! Verstehst du nicht, wie gut wir es haben könnten? Mama müsste nicht länger für irgendwelche Kerle schuften, die ihre Hosen für kaum einen Groschen geflickt haben wollen! Wir könnten deinen Vater einladen, er könnte hier bei uns wohnen!«

»Und meine Schwester?«, rief ich. »Was soll denn aus Miki werden?«

Einar seufzte, als wäre ich furchtbar anstrengend.

»Hier im Ort sind die Leute klug genug, sich vor Weißhaupt in Acht zu nehmen und ihm aus dem Weg zu gehen«, sagte er. »Wen Weißhaupt einmal in den Fingern hat, den …«

»Sieht man nie wieder. Danke, das sagt man da, wo ich herkomme, auch«, sagte ich.

»Aber warum musst ausgerechnet *du* ihm hinterherziehen?«, rief Einar.

»Weil … weil ich finde, dass es einfach nicht richtig ist«, antwortete ich.

»Was meinst du?«

»Andere für sich schuften zu lassen, nur weil man gerne reich sein will.«

Bei diesen Worten wurde Einars Gesicht mit einem Mal wieder ganz hart. Hart und verschlossen.

»Wenn du so auch über mich denkst«, sagte er, »dann ist es wohl wirklich besser, wenn du gehst.«

»Ich muss ja nicht sofort aufbrechen«, sagte ich.

»Doch, jetzt!«, fauchte Einar und schubste mich. »Jetzt, auf der Stelle!«

»Was fällt dir ein?«, protestierte ich, aber Einar schubste mich wieder, Tränen standen ihm in den Augen.

»Raus, habe ich gesagt! Du bist nicht mehr meine Freundin! Du hast hier nichts verloren!«

Ich war so traurig und bestürzt, dass ich nichts anderes tun konnte, als zu gehorchen. Ich zog mich an, rannte aus dem Haus und die Straße hinunter, aber ich hörte sofort, dass Einar mir nachlief.

»Siri! Warte!«, schrie er. »Warte, habe ich gesagt!«

Er holte mich ein, bekam meine Jacke zu fassen.

»Es tut mir leid!«, sagte er. »Das hätte ich nicht tun dürfen.«

»Das spielt keine Rolle«, sagte ich und riss mich los. »Ich gehe sowieso. Ich war schon viel zu lange hier.«

»Siri!«, sagte er und hielt mich wieder fest.

»Was ist?«

»Ich wollte dir sagen, dass ...«

Einar sah mich verzweifelt an, Tränen standen ihm in den Augen. Der weiße Atem vor seinem Mund knisterte. Ich hätte schwören können, dass er innerlich mit sich rang. Dann schluckte er und schaute zu Boden. Als unsere Blicke sich das nächste Mal trafen, sagte er:

»... dass du dich setzen solltest. Falls dir wieder schwindelig wird, meine ich.«

Ich nickte.

»Ich muss mich bei dir bedanken«, sagte ich. »Und bei deiner Mama auch. Richtest du ihr das von mir aus, bitte?«

Die Marktbuden in Segel

Mein Herz tat noch lange weh, nachdem ich Einar zurückgelassen hatte. Er war nicht mehr derselbe Junge wie an diesen Tagen im Schuppen, als wir uns gemeinsam bemüht hatten, sein Küken zu zähmen. Nein, jetzt, wo ich seine Pläne und das alles kannte, war er ein anderer für mich. Aber trotzdem. Trotzdem war ich traurig, weil wir im Zorn auseinandergegangen waren.

Der Boden war rutschig, es war ungewohnt, auf diesen steinigen Straßen zu laufen. Wohin sollte ich jetzt gehen? Ich hatte keine Ahnung, wo ich bleiben oder wen ich um Rat fragen könnte – ich wusste ja nicht mal, in welche Richtung meine Nase zeigte. Alles war neu und fremd.

Ja, die Häuschen sahen wohl aus, wie Häuschen für gewöhnlich aussehen. Geduckt und grau und mit morschen Fensterstöcken. Mit kleinen Gardinenfetzen an den Fenstern und dahinter kleinen grauen Frauen mit Haaren am Kinn. An den Häuserecken strolchten Schweine herum und leckten an den grauen, vereisten Matschpfützen auf dem Boden. Auch der Himmel war grau, genau wie die Augen der Kinder, die mir begegneten.

Aber je näher ich dem Hafen kam, desto weniger grau erschien mir alles. Hier waren die Buden aufgeklappt und beinahe überall konnte man Kugeln für seine Büchse kaufen. An einem Stand hingen reihenweise Silberfüchse, mit aufgeschlitzten, leeren Bäuchen. Der Mann, dem die Bude gehörte, verkaufte Mützen aus diesen Fuchsfellen. Daneben gab es Kämme und Kästchen aus Walknochen und sogar einen Gehstock, geschnitzt aus dem langen, spitzen Stoßzahn des Narwals. Dann sah ich eine Bude, an der lebendige Tintenfische verkauft wurden. Sie lagen zusammen in einem Holzbottich, mindestens fünf oder sechs, die sich wanden und umeinanderschlängelten, um Platz zu finden.

Außerdem gab es Kupferkannen und Silberkannen, Schuhe aus Lachsleder und Stiefel aus Seehundleder, Schmuck aus Zähnen und Schmuck aus Gold und Schneeeulen-Eier, die einfach nur hübsch aussahen. Ja, in Segel gab es alles, was man wollte oder sich nur wünschen konnte.

Da begegnete mir auf einmal ein Mann in einem weißen Wolfspelz, der zwei Pistolen am Gürtel trug. Ich starrte so erschrocken die Waffen an, dass ich schon glaubte, meine Augen würden daran kleben bleiben. Als wir aneinander vorbeigingen, hielt ich vor lauter Angst die Luft an, aber der Mann beachtete mich gar nicht.

Kurze Zeit später traf ich auf eine Frau, die ganz fürchterlich nach Aas stank. Ich hielt mir schnell die Nase zu, und als ich mir ihren Rock genauer ansah, erkannte ich, dass er aus dem Leder von Riesenalken genäht und über und über mit schwarzen, krummen Riesenalkenschnäbeln behängt war. Anders als ihre Verwandten, die Papageientaucher, waren Riesenalke leichte Beute, weil ihre Flügel nicht zum Fliegen taugten. Die schlimmste Sorte Mensch machte sich noch nicht mal die Mühe, Riesenalke zu erschlagen, bevor sie die Vögel rupften. Ich hatte sogar schon gehört, dass es Leute gab, die sie bei lebendigem Leib kochten, um schnell an eine Mahlzeit zu kommen. Man stopfte die freundlichen, flugunfähigen Geschöpfe einfach in einen Topf und machte Feuer darunter.

Als die Frau am Ende der Straße verschwunden war, fiel mir schon die nächste auf. Sie trug zwei Gurte mit Schlaufen schräg über ihrer Jacke, in denen jede Menge Messer steckten. Sie hatte Warzen unter den Augen und einen Hut auf dem Kopf.

Aber woran erkannte man eigentlich, ob jemand ein Pirat war? Sahen Piraten boshafter aus als andere Menschen? Oder stimmte vielleicht genau das Gegenteil? Die gewitztesten Piraten waren womöglich die, die einem vorgaukeln konnten, besonders nett zu sein. Womöglich hatten sie hübsche Gesichter und schicke Mäntel, gekämmtes glattes Haar? Und wenn man gerade glaubte, einen Freund gefunden zu haben, klaute er einem einfach alle Kostbarkeiten, die man besaß, und machte sich aus dem Staub?

Ziemlich lange strich ich so herum, auf diesen seltsamen gepflasterten Straßen, und beobachtete die Menschen. Wie sollte ich mich verhalten? Sollte ich einfach irgendjemanden vertraulich am Ärmel zupfen und ihn fragen: Sind Sie zufälligerweise vielleicht Pirat? Und wären Sie vielleicht so freundlich, mich zu Weißhaupts Insel zu bringen, gerne jetzt gleich?

Während ich so herumlief und grübelte, kam ich an einer weiteren Bude vorbei, die aufgeklappt war. Sie sah ziemlich leer aus. Der Mann, der drinnen saß, schien vor allem ein paar ausgediente Harpunen verkaufen zu wollen und in einem Bottich lagen noch ein paar einsame Flunderköpfe in Aspik. Aber direkt neben dem Bottich fiel mein Blick auf ein paar kleine Beutel aus einem hellen Leder, das mir vertraut und fremdartig zugleich vorkam. Vorsichtig fasste ich einen davon an. Er war weich. Der Mann leckte sich die Lippen und grinste mich verschmitzt an. An seinem Gesichtsausdruck konnte man sehen, dass ich da etwas ganz Besonderes in der Hand hielt.

»Interessiert?«, fragte er.

»Ich wollte eigentlich nur … Woraus ist das?«, murmelte ich. »Also, ich meine, das Leder.«

Da beugte er sich zu mir und bleckte alle seine ekelhaften, braunen Zähne.

»Das ist etwas sehr Seltenes«, sagte er. »Ich glaube nicht, dass du so ein Leder schon mal angefasst hast, und das gilt wohl für die meisten Menschen. Gratis bekommt man so etwas aber nicht, falls du das gehofft habe solltest.«

Genau in diesem Moment entdeckte ich etwas und Übelkeit schwappte wie eine Flutwelle durch meinen Magen. An den Enden des Bändchens, mit dem die Börse zugezogen wurde, saß etwas, das ich erst für Muschelstücke gehalten hatte. Es waren Fingernägel. Da wurde mir schlagartig klar, woraus die Börse gemacht war, und ich schleuderte sie von mir und stürzte davon, nur weg von diesem widerlichen Kerl, und die ganze Zeit hörte ich in meinem Kopf eine dünne, leise Stimme, die »Na-naa!« sagte.

Das war nicht mein Kleiner, zwang ich mich zu denken, wieder und wieder. Es war nicht mein Kleiner, der zu einem Beutel geworden war. Es war ein anderer.

Mir wurde schwindelig, alles drehte sich und ich hatte Angst zu fallen, aber dann fand ich ein paar Lastkisten, auf die ich mich sinken ließ. Dort blieb ich sitzen und ich weinte über alles zugleich. Über die Kästchen und Mützen und Würfel. Über Menschen, die aus Meerjungfrauen Beutel nähten. Darüber, dass alle mehr nahmen, als sie selbst brauchten.

Als ich endlich aufhören konnte zu weinen, wischte ich mir die Wangen mit dem Jackenärmel ab und sah mich um. Ich war im Hafen angekommen. Vor den Bootsschuppen waren Netze zum Flicken aufgespannt, aber sie waren gefroren und erinnerten eher an dünne, zierliche Eisskelette. Daneben stand eine Gruppe von Männern und Frauen, die sich unterhielten. Es waren Fischer. Die Ärmsten hatten es jetzt natürlich nicht leicht, solange sie sich nicht versorgen konnten.

Ja, es war schon eine seltsame Sache mit diesem großen, zugefrorenen Meer. An den Brücken lagen die Schiffe fest wie in einem Schraubstock. Gespenstisch still waren sie, kein Schaukeln, kein

Knarren. Ein Einmaster hatte eine schöne Galionsfigur aus Holz, eine Frau, die eine Meerschaumpfeife rauchte. Wasserspritzer waren auf ihren Wangen gefroren und sahen aus wie Tränen.

Direkt neben den Schiffsanlegern stand eine Reihe von Speichern und natürlich gab es ein Hafenkontor und ein winziges Lotsenhäuschen mit einer Laterne vor der Tür.

Plötzlich blieb mein Blick an einem Mann hängen und dieser Mann, dachte ich auf einmal, *dieser* Mann, der war bestimmt ein Pirat! Ich weiß nicht, warum ich das dachte, vielleicht weil alles an ihm irgendwie hässlich und unangenehm war. Der Blick stechend und bedrohlich. Der Mund wie zugeschnürt und boshaft. Und der Gang – geduckt und eilig, ohne für irgendetwas oder irgendjemanden stehen zu bleiben. Als wollte er mit seiner ganzen Erscheinung sagen: Lasst mich in Ruhe!

Der Mann überquerte den windgepeitschten Hafenplatz und strebte auf eine schmucklose Tür zu, die nur einen Steinwurf von der blank geputzten Treppe des Lotsen entfernt lag. Er machte auf und ging rein. Bevor die Tür hinter ihm zufiel, hörte ich das Klappern von Blechtellern und lautes Fluchen.

Ich stand auf und ging langsam näher. Was hatte Fredrik noch gesagt ...? Das loseste Mundwerk haben Piraten, die gerne Bier trinken, und im Hafen gibt es jede Menge finstere Spelunken.

Über der Tür hing ein Schild. Es war rostig und ich konnte nicht besonders gut lesen. Aber nach einer Weile hatte ich mich doch durch die undeutlichen, verschnörkelten Buchstaben gekämpft: *Segels Wappen.*

Ich blieb lange stehen und starrte die Tür an. Ich hatte Angst vor diesem Ort, wollte am liebsten weglaufen. Aber jetzt durfte ich keine Angst habe. Vielleicht würde ich genau hier herausfinden, wie ich weiterkommen konnte?

Ich holte tief Luft. Dann trat ich ein.

In Segels Wappen

Ich musste ein paarmal blinzeln, bis sich meine Augen an die Dunkelheit gewöhnt hatten. An den Wänden hingen ein paar Öllampen, aber sie spendeten nicht viel Licht. Die Luft roch sauer und der Boden war nass und dreckig vom Schnee, den die Gäste hereintrugen. Wasser tropfte von den Wänden. An der riesigen Schanktheke stand ein Mann mit schmuddeliger Schürze und trocknete einen Becher ab. Hinter ihm waren Fässer aufgestapelt, in denen bestimmt Bier war, das konnte ich mir ja denken. Außerdem gab es eine Feuerstelle, sogar eine ziemlich große, gleich mehrere Kessel hingen an unterschiedlich langen Ketten darüber. Von der Decke baumelten bündelweise getrocknete Dorschköpfe und mit Holzstäben zum Trocknen aufgespannte Lengfische.

Die Männer und Frauen, die dicht gedrängt an den Tischen saßen, waren schmutzig und heruntergekommen, sie trugen geflickte

Kleider und hatten geflickte Gesichter. Fast jeder Stuhl war besetzt, ja, denn solange das Meer gefroren war, hatten die Piraten natürlich genauso wenig zu tun wie die Fischer. Schicke Mäntel und gekämmte Haare waren weit und breit nicht zu sehen. Das hier waren Leute, die sich nicht herausputzten. Einige von ihnen hoben die Köpfe und musterten mich.

Auf einmal hatte ich es mir anders überlegt. Nein, hier wollte ich nicht sein und ich wollte auch mit keinem dieser Menschen reden. Ich drehte mich um und wollte gerade gehen, aber da stieß ich mit einem Kerl zusammen, der hinter meinem Rücken aufgetaucht war. Oh, er war so schrecklich und hässlich, dass ich es kaum wagte, ihn anzusehen. Sein Gesicht war übersät mit Beulen. Er trug einen ekligen, haarigen Mantel, der so verlaust war, dass man es überall krabbeln sehen konnte. An seinen Händen fehlten mehrere Finger, seine Augen tränten und sahen krank aus und jetzt verzog er seinen Mund zu einem breiten, zahnlosen Grinsen.

»Was machst du denn hier?«

Ich schluckte.

»Suchen«, sagte ich.

»Suchen?«, antwortete der Mann. »Wonach denn?«

Erst wusste ich nicht, ob ich das einfach so geradeheraus sagen konnte. Aber dann dachte ich, dass es bestimmt das Beste war, wenn dieser verlotterte Schurke gleich kapierte, dass man ein wirklich wichtiges, gefährliches Anliegen hatte, hier, in Segels Wappen. Das beeindruckte ihn vielleicht. Ja, es war bestimmt klug, sich mutig zu zeigen.

»Ich suche jemanden, der mir sagen kann, wo ich Weißhaupt finde«, sagte ich und blickte ihm dabei fest in die triefenden Augen.

Der Mann sah mich lange an, sein Blick war nicht zu deuten. Dann nickte er langsam.

»Was du nicht sagst«, sagte er. »Ja, man bekommt wahrlich viel zu hören, bevor man in einen Sack gesteckt und ins Meer geworfen wird.«

»Ist hier jemand, der sich richtig gut auf dem Meer auskennt?«, fragte ich. »Jemand, der weiß, wo seine Insel liegt?«

Die Augen des Mannes wurden schmal.

»Tja …«, sagte er und leckte sich die Lippen. »Wenn du dafür bezahlen kannst …?«

»Ich habe kein Geld«, murmelte ich.

»Dann hast du vielleicht was anderes?«

»Was denn?«

Sein Blick war an dem Lederband an meinem Hals hängen geblieben.

»Zeig doch mal, was das da ist«, sagte er.

Ich wollte Nein sagen, aber ich traute mich nicht. Also zog ich den Fischkönig hoch, den ich unter dem Hemd trug. Die Augen des Mannes fingen an zu funkeln. Er streckte die Hand danach aus, aber ich fuhr zurück, denn, nein, diese widerliche, entstellte Pranke durfte mir nicht zu nahe kommen.

»He!«, schimpfte der Mann. »Ich will nur mal anfassen. Also halt still.«

Inzwischen waren zwei weitere Männer aufgestanden. Einer

hatte einen langen, struppigen Schnauzbart und trug eine Ledermütze mit Ohrenklappen auf dem Kopf – der andere hatte ein zugenähtes Auge, das aussah wie ein Strich. Seine Nasenspitze war so platt, als hätte sie ihm jemand abgeschnitten.

»Was hat sie da?«, fragte der mit dem Schnurrbart.

»Das geht dich gar nichts an!«, fauchte der mit den Beulen. »Also verschwinde und setz dich wieder hin!«

»Wieso sollst ausgerechnet du dir irgendwelche Schätze unter den Nagel reißen dürfen?«, sagte der Einäugige. Er beugte sich zu mir und ich bekam zu spüren, wie schlimm er aus dem Mund stank. Er schnappte sich das Lederband. »Gib her«, zischte er.

»Lass mich! Ich bin hier, weil ich etwas herausfinden muss!«, sagte ich und duckte mich weg, damit er losließ.

»Du musst was herausfinden?«, sagte der Einäugige. » Und was soll das sein?«

»Sie sagt, sie sucht nach Weißhaupt«, sagte der Mann mit dem beuligen Gesicht.

»Ach ja? Als ob du wüsstest, wo er steckt!«, knurrte der Einäugige.

»Du doch auch nicht, du Wurm!«, erwiderte der mit den Beulen.

Der Schnauzbart streckte mir seine Fratze entgegen.

»Ich verrate dir jetzt, wo du Weißhaupts Insel findest«, sagte er. »Im Meer! Also, her mit dem Schmuck.«

»Nein!«, schrie ich und schlug seine Hand weg.

Das machte den Mann rasend. Er packte mich an der Jacke. Ich schaute den Wirt an, in der Hoffnung, er würde mir helfen, aber es schien ihn gar nicht zu interessieren, was hier los war.

»Du willst dich mit mir anlegen, du Zwerg?«, fauchte der Schnauzbart. »Von mir aus gerne!«

»Lass mich los!«, rief ich. »Du darfst mich nicht schlagen!«

»Ich schlage, wen ich will!«, sagte der Mann. »Als ich mich das letzte Mal umgehört habe, war es übrigens Weißhaupt, der nach Kindern gesucht hat, und nicht andersrum. Was willst du von ihm?«

»Nichts!«, sagte ich und merkte, wie mir die Tränen kamen. »Ich suche nach meinem Papa, versteht ihr denn überhaupt keinen Spaß?«

»Deinen Papa?«, sagte der Einäugige und schnaubte. »Und du meinst, dass du den hier drinnen findest?«

Tränen liefen mir übers Gesicht, aber ich wischte meine Wangen ab.

»Genauso ist es!«, fauchte ich. »Und ihr solltet euch lieber in Acht nehmt, denn sonst sage ich ihm, dass ihr mich entführen wollt. Er hat ein Messer!«

Die Männer lachten.

»Huiuiui«, sagte der mit den Beulen und aus seinem Tonfall hörte ich heraus, dass jeder hier ein Messer bei sich hatte. »Na, dann zeig uns mal deinen Papa, dann lassen wir dich auch in Ruhe.«

Sie schoben mich weiter in den Raum hinein, zwischen die Tische, an denen sich widerlich stinkende Leute drängten, einer hässlicher als der andere. Alle sahen mich an, aber niemand scherte sich darum, dass die Kerle mir hart in den Rücken knufften, niemand dachte daran, mir zu Hilfe zu kommen.

Was sollte ich jetzt nur tun? Die Tür würde ich niemals erreichen, nicht mal, wenn ich losrannte, und einen Papa, dem ich mich in die Arme werfen konnte, gab es ja auch nicht. Ich kannte keine Menschenseele hier.

Oder doch? Erst traute ich meinen Augen kaum, glaubte, ich hätte von der schnapsgeschwängerten Luft im Raum schon Visionen. Aber ganz hinten im Raum, alleine an einem Tisch, da saß wahrhaftig einer, den ich kannte! Er schlief. Ein Arm lag ausgestreckt auf der Tischplatte, auf dem anderen hatte er seine Wange abgelegt. Ein dünner Spuckefaden rann aus seinem Mundwinkel.

Mit raschen Schritten ging ich zu ihm, packte seinen ausgestreckten Arm und schüttelte ihn.

»Wach auf!«, sagte ich. »Lieg hier nicht schlafend rum, ich habe dich gesucht.«

Der Mann setzte sich ruckartig auf, keuchte, weil er so unsanft geweckt worden war. Er starrte mich an und traute seinen Augen offenbar genauso wenig wie ich gerade noch.

»Na?«, sagte ich und schaute die drei an, die mich geschubst hatten. »Hier ist er, ihr könnte mich jetzt also in Ruhe lassen!«

Der mit den Beulen, der Einäugige und der Mann mit dem Schnauzbart gehorchten auf der Stelle. Zwar trug der Kerl am Tisch womöglich gar kein Messer am Gürtel, aber zumindest hatte er einen schicken Kapitänsmantel an und fette goldene Ohrringe. Man musste nicht besonders scharfsinnig sein, um zu kapieren, dass mein Papa kein dahergelaufener Lump war.

Schiffbruch

Sturmbart sah erschöpft aus, sein Kapitänsmantel war schmutzig geworden, er hatte Tränensäcke und dunkle Ränder unter den Augen. Verwirrt schaute er den drei Männern nach, die gerade gegangen waren.

»Wer war das?«, fragte er.

»Ach, niemand«, sagte ich kurz.

Er richtete sich auf und trank einen Schluck aus seinem Becher. Eine ganze Weile saßen wir schweigend da. Dann sagte er:

»Soso, jetzt bist du also hier.«

»Ja, das bin ich wohl«, sagte ich.

Er nickte.

»Wie bist du hergekommen?«

Ja, das fragte er sich natürlich – und das durfte er auch gerne weiterhin tun! Ich war froh, dass ich mich an seinen Tisch hatte retten können, aber gleichzeitig machte es mich schrecklich wütend, ihn zu sehen. Dieses Scheusal, das mich reingelegt hatte. Das mich auf den Wolfsinseln zurückgelassen, mich dem Schnee und der Kälte ausgeliefert hatte.

Als Sturmbart begriff, dass er keine Antwort bekommen würde, starrte er wieder auf den Tisch. Nach einer Weile hob er den Kopf.

»Nun, jedenfalls siehst du hier einen Kapitän ohne Schiff vor dir. Vielleicht findest du, dass mir das recht geschieht?«

»Was meinst du?«, fragte ich.

Sturmbart lächelte, aber es war ein bitteres, unechtes Lächeln. Die Polarstern gab es nicht mehr, erzählte er. Das Eis hatte sie zermalmt.

Ich schauderte. Es war ein grässlicher Gedanke, dass von diesem großen, schönen Schiff nichts als Kleinholz übrig geblieben sein sollte.

»Wie ist das passiert?«, fragte ich.

Sturmbart trank noch einen Schluck und wischte sich den Mund mit dem Mantelärmel ab. Es lag etwas Düsteres über ihm wie ein Schatten, er wirkte müde und kaputt. Offenbar war nicht nur das Schiff, sondern auch sein Kapitän zertrümmert worden.

»Wir hatten Flaute«, sagte er. »Der Wind hatte sich komplett gelegt, und während wir nichts anderes tun konnten, als auszuharren, da kam sie. Die Kälte. Wir froren ein. Erst dachte ich, es würde schon irgendwie gut gehen, dass wir die Minusgrade einfach aussitzen könnten und irgendwann schon freikommen würden. Aber diese Kälte … sie ließ nicht von uns ab.« Er trank, dann erzählte er weiter: »Tagelang saßen wir im Eis fest. Aber eines Nachts, da war es plötzlich zu viel für sie. Der Rumpf gab nach. Am Ende war sie nur noch ein Haufen Gerümpel.« Er schluckte, und als er weiterredete, zitterte seine Stimme: »Die gesamte Besatzung ist abgesoffen. Ich habe es als Einziger geschafft, mich zu retten.«

Bei diesen Worten hatte ich plötzlich das Gefühl, keine Luft mehr zu bekommen. Ein schmerzhafter Kloß wuchs in meinem Hals. Die ganze Besatzung? Jeder Schiffsjunge, jeder Matrose – und der Koch? Meine lieber, guter Freund mit dem warmen Lächeln und den großen Armen? Es war so schrecklich, dass ich es nicht glauben wollte – Fredrik war tot?

Ich saß da, mit diesem Kloß im Hals, und Sturmbart erzählte die Geschichte zu Ende. Wie er über das nachtschwarze Eis geeilt war, steif gefroren und ohne jede Hoffnung. Wie er plötzlich die Lichter von Segel in der Ferne erblickt hatte und wie er sich schließlich doch an Land hatte retten können. Er lachte bitter, als er sagte, dass sie es vielleicht noch rechtzeitig vor der großen Kälte in den Hafen geschafft hätten, wenn die Polarstern auf ihrem Weg von den Wolfsinseln nach Segel nur einen jämmerlichen Knoten mehr pro Stunde gemacht hätte.

Unbehagen machte sich in meinem Bauch breit. War es am Ende Sturmbarts Verdienst, dass ich jetzt nicht wie die anderen mit bleichen Wangen auf dem Meeresgrund lag, während mir die Haare wie tausend dünne Tentakel um den Kopf schwebten?

Ich sah ihn an. Wie er da saß, geduckt und niedergeschlagen.

Vielleicht spielte das, was gewesen war, jetzt keine Rolle mehr. Vielleicht konnte ich die Sache auf sich beruhen lassen. Aber eines musste ich doch noch fragen, musste selbst hören, wie er es zu mir sagte.

»Wieso hast du mich einfach abgesetzt?«, fragte ich.

Sturmbart hob den Blick. Er zögerte ein bisschen, als würde er überlegen, ob ich wohl wütend werden würde, aber dann legte sich wieder dieser Schatten über ihn. Er zuckte mit den Schultern und sagte:

»Ich hatte Angst. Angst, dass Weißhaupt wütend auf mich werden würde, wenn ihm zu Ohren kam, dass du und Fredrik auf meinem Schiff nach Segel gekommen wart. Ich wollte das Leben meiner Besatzung nicht riskieren.«

Er schüttelte den Kopf. »Und jetzt, verdammt, sind alle Mann mausetot. Und ich bin ein armer Schlucker, weil alles, was ich besessen habe, im Meer versunken ist. Fredriks Geld auch, falls du es wissen willst.«

»Du hast ja noch die Ringe«, sagte ich. »Die sind doch bestimmt kostbar, oder nicht?«

Sturmbart zupfte an einem seiner dicken, goldenen Ohrringe.

»Die hier, die habe ich dem Kerl versprochen, dem das Wirtshaus gehört, damit er mir Essen und eine Bleibe gibt.«

Er seufzte tief. In diesem Moment tat er mir tatsächlich leid. War das nicht komisch? Nach allem, was er mir angetan hatte?

»Aber es war wirklich mies von dir«, sagte ich, »dass du Fredrik weisgemacht hast, ich hätte sein Geld gestohlen.«

Sturmbart schnaubte.

»Das hat er mir sowieso nicht abgekauft. Nach den Wolfsinseln hat er nur noch schmollend in seiner Hängematte gelegen. Wenn man ihm zu nahe kam, dann hat er eine ganze Kanonade von Flüchen abgefeuert, geschrien und gebrüllt, dass ihm der Gestank von Verlogenheit in der Nase stechen würde. Je eher er von Bord kam, umso besser, sagte er.«

Oh, was er da sagte, machte mich so froh! Dass Fredrik seine Lügen nicht geschluckt hatte, dass er mich nicht für eine Diebin hielt, dass er die Wahrheit erkannt hatte! Aber dass er tot war … Dass das Meer ihn mit Haut und Haar verschlungen hatte, so groß und lieb und nett, wie er gewesen war, das würde ich nie verwinden können.

»Hast du gesehen …«, sagte ich und schluckte, denn jetzt war dieser Kloß in meinem Hals wieder da. »Hast du gesehen, wie er ertrunken ist? Hat er sehr gelitten?«

Sturmbart zog seine Wangen ein, sodass sie noch eingefallener aussahen, als sie ohnehin schon waren. Er sah mich ganz seltsam an, fast schon böse und zugleich irgendwie belustigt.

»Ich habe nie behauptet, dass Fredrik ertrunken ist«, sagte er.

Ich blinzelte die Tränen in meinen Augen weg.

»Du hast gesagt, die ganze Besatzung …«

»An dem Tag, an dem die Polarstern sank, gehörte Fredrik nicht mehr zur Besatzung«, fiel Sturmbart mir ins Wort. »Er hatte nämlich schon ein paar Tage vorher abgemustert.«

»Abgemustert? Wie denn?«

»Als wir entdeckten, dass wir eingefroren waren, da ist er schnurstracks zu seiner Hängematte marschiert, hat seine Sachen gepackt und ist von Bord gegangen. Einfach über die Reling geklettert. Ich habe versucht, ihn abzuhalten, habe ihm gesagt, dass das Wahnsinn wäre. Dass er nicht wissen könne, ob das Eis ihn den ganzen Weg bis an Land tragen würde. Aber du kennst ihn ja. Er ist ein Dickkopf und ... je eher er von Bord kam, desto besser, das hatte er gesagt. Und auch buchstäblich so gemeint.«

»Ja, aber wie ist es mit ihm weitergegangen?«, sagte ich. »Hat er Land erreicht?«

»Keine Ahnung«, antwortete Sturmbart gleichgültig. Aber dann trank er noch einen Schluck, wischte sich den Schaum von den Lippen und sagte:

»Ich weiß nur, dass sich angeblich irgend so ein rothaariger Spinner außerhalb von Segel einen Lagerplatz eingerichtet haben soll. Man sagt, er wäre den ganzen Tag damit beschäftigt, Papageientaucher im Flug zu schießen. Ich habe gehört, wie darüber geredet wurde, aber niemand weiß, wie der Kerl heißt oder woher er kommt. Es hatte nämlich noch niemand so richtig Lust, zu ihm zu gehen. Er scheint ziemlich treffsicher zu sein.«

Ich sprang so hastig auf, dass mein Stuhl fast umkippte, und ich spürte mein Herz wie wahnsinnig gegen meine Rippen klopfen.

»Wo?«, sagte ich. »Wo ist dieser Lagerplatz?«

»Geh einfach vom Hafen aus immer nach Osten, bis die Häuser weniger werden«, antwortete Sturmbart. »Dann wirst du auf dem Hügel schon das Feuer sehen.«

Der Mann am Lagerfeuer

Als hätten meine Füße Flügel bekommen, rannte ich den Weg entlang, den Sturmbart mir beschrieben hatte. Konnte das wirklich wahr sein? War Fredrik hier in Segel? Würde ich ihn schon ganz bald wiedersehen?

Aber wenn es nun doch nicht stimmte? Wenn es irgendein anderer rothaariger Kerl war, der zufällig auch gut Papageientaucher schießen konnte? Und was, wenn es wirklich ein Spinner war? Einer, der auch auf mich schoss, sobald ich näher kam?

Ich lief immer weiter, bald lagen die letzten Häuschen hinter mir und ich sah den Hügel. Aber war es auch der richtige? Hatte Sturmbart nicht von einem Lagerfeuer gesprochen?

Doch! Da war Rauch, so dünn und schmal wie eine Schnur. Mein Herz klopfte laut, als ich langsamer lief. Es war trotz allem besser, vorsichtig zu sein.

Ich folgte dem Trampelpfad im Schnee. Die Abdrücke der Stiefel, die vor mir dort entlanggegangen waren, waren groß. Genauso groß wie ...

Nein, ich wollte mich nicht zu sicher fühlen. Noch nicht. Es wäre dumm, sich zu sicher zu sein. Die Enttäuschung hätte ich nicht ausgehalten.

Aber warum hörte ich keine Schüsse? Hatte Sturmbart nicht gesagt, der Mann würde den lieben langen Tag nichts anderes tun, als auf dem Hügel herumzustehen und in die Luft zu schießen? Oder hatte er sein Lager womöglich aufgegeben und war weitergezogen? War das Feuer gerade im Begriff auszugehen? Kam ich vielleicht zu spät?

Vielleicht, vielleicht nicht. Genug gegrübelt, sagte ich zu mir selbst. Ich gehe jetzt einfach hin und sehe nach.

Und das tat ich. Auf dem allerletzten Stück hielt ein Teil von mir die Luft an. Als gäbe es nichts auf der Welt als mich und diese Spur im Schnee und den, den ich dort, wo die Spur endete, zu finden hoffte. Endlich erreichte ich den höchsten Punkt des Hügels. Und ich sah das Feuer. Und den Unterschlupf, der aus Treibholz gebaut worden war. Den kleinen Kaffeekessel auf dem Boden und die Büchse. Ich sah die toten Vögel, die an einem Stock hingen, der im Schnee steckte. Und dann sah ich ihn, seine roten Haare und die breiten Schultern. Er saß vor der Feuerstelle und starrte in die verlöschenden Flammen, hatte die Beine hochgezogen und die Arme um die Knie geschlungen. Er sah einsam aus.

»Fredrik«, sagte ich mit dünner Stimme. Viel zu dünn, er hörte mich nicht. Ich räusperte mich und wiederholte seinen Namen. Da hob er den Blick.

Erst sah er überhaupt nicht erstaunt aus. Vielleicht glaubte er, seine Fantasie würde ihm einen Streich spielen. Aber als ihm langsam dämmerte, dass ich keine Einbildung war, dass ich wirklich echt war, da runzelte er die Stirn und stand auf. Ich ging auf ihn zu, bis ich vor ihm stand, und um ihm ein bisschen auf die Sprünge zu helfen, sagte ich:

»Da bin ich.«

Er schüttelte den Kopf.

»Ist das wirklich wahr?«, flüsterte er. »Bist du es wirklich, Knopf?«

Er hob mich hoch und hielt mich mit ausgestreckten Armen vor sich und da konnte ich plötzlich nicht mehr anders und lachte los.

Ja, da platzte es auch aus Fredrik heraus:

»Na so was, da bist du ja!«

Und dann lachte er mit. Und ich lachte noch mehr und Fredrik lachte auch noch mehr. Und als wir uns umarmt hatten, da lachten wir weiter, es war nämlich so lustig und komisch und schön, dass wir plötzlich hier zusammen standen, er und ich. Wenn in diesem Moment irgendjemand vorbeigekommen wäre, so heimlich, in der Ferne, um herumzuschnüffeln, dann hätte er sicher gedacht, dass da offenbar mehr als nur ein Spinner auf dem Hügel hauste.

Ein bisschen später hatte Fredrik das Feuer wieder angeschürt. Wir saßen auf seinem Fell, es war ein bisschen zerschlissen und ziemlich alt, aber trotzdem schön. Fredrik holte eine der Decken, die er auf den Wolfsinseln gekauft hatte, und legte sie mir über die Beine.

»Hast du Hunger?«, fragte er. Und das hatte ich!

Ich wusste ja schon von früher, dass Fredrik Papageientaucher braten konnte, und ich wusste, wie gut sie schmeckten. Ihm selbst, sagte er, kam das Fleisch so langsam zu den Ohren raus, weil er, seit er nicht mehr auf der Polarstern war, kaum etwas anderes zu essen bekommen hatte.

»Kannst du mir nicht mehr erzählen?«, fragte ich. »Ich will wissen, was du alles erlebt hast, seit wir uns das letzte Mal gesehen haben.«

Doch, das könne er gerne tun, sagte Fredrik, aber zuerst wollte er hören, was *ich* in der Zeit gemacht hatte. Wir kabbelten uns eine Weile, wer als Erster erzählen sollte, aber das war natürlich nur zum Spaß und schließlich gab ich nach. Während Fredrik zwei große Vögel rupfte und ausnahm, schilderte ich ihm alles von Anfang bis Ende. Von Sturmbart und dem Hafenmeister, die mich eingelagert hatten, von Nanni und ihrem Wolfsalarm, von den Männern, die eine Schnicke gestohlen und in See gestochen waren, vom Kleinen, meinem Kleinen, mit dem ich in einer Höhle gelebt hatte, vom Schneesturm und der Rabe, von Einar und seiner Mutter und schließlich wieder von Sturmbart und wie ich ihm in Segels Wappen begegnet war.

»Wusstest du, dass die Polarstern gesunken ist?«, fragte ich.

Für einen Augenblick hörte Fredrik auf zu rupfen. Er nickte.

»Ja. Im Ort gibt es einen Vogelhändler, dem ich ab und zu meine

Beute verkaufe, um mir von dem Geld Kaffee und noch ein paar andere Sachen kaufen zu können. Er kennt den Wirt aus dem Wappen. So habe ich davon erfahren.«

Er seufzte schwer und rupfte dann weiter.

»An Bord dieses Schiffs haben nicht nur nette Kerle gearbeitet«, sagte er, »aber keiner von ihnen hatte es verdient zu sterben. Und der Einzige, der überlebt hat, der sitzt jetzt Tag um Tag herum und säuft und bemitleidet sich selbst.«

Danach schwiegen wir beide eine Weile. Fredrik füllte die Vögel mit Rosinen, die er aus der Kombüse mitgenommen hatte, als er von Bord gegangen war, und briet sie an einem Stock. Fett tropfte vom Fleisch und die Tropfen fielen zischend in das tanzende Feuer. Als die Vögel fertig gebraten waren, zog er sie vom Stock und gab mir einen. Er war glühend heiß, kaum festzuhalten, aber es dauerte nicht lang und ich konnte den ersten knusprigen Bissen kauen.

Auch Fredrik schien das Essen gutzutun, obwohl er es leid war, und als er den halben Vogel gegessen hatte, ergriff er das Wort. Jetzt war es an ihm, alles von Anfang an zu erzählen. Wie er an jenem Tag von seinem Mittagsschlaf aufgewacht war und gemerkt hatte, dass ich nicht mehr an Bord war. Da konnte ich nicht anders und musste ihn einfach unterbrechen.

»Woher wusstest du, dass ich dein Geld nicht gestohlen hatte?«, fragte ich.

Fredrik sah mich mit funkelnd blauen Augen an.

»Du, Knopf«, sagte er. »Wärst du von der Sorte Mensch, die an sich selbst zuerst denkt, dann wärst du doch gar nicht erst aufs Eismeer hinausgezogen. Nicht wahr?«

»Vielleicht nicht«, antwortete ich und fühlte mich wieder ganz himmlisch froh. Froh, weil Fredrik Sturmbarts Lügen nicht geschluckt, sondern die Wahrheit erkannt hatte.

Fredrik biss wieder ein paarmal ab, dann erzählte er weiter:

Natürlich wollte Sturmbart nicht zugeben, dass er das Geld heimlich weggeschafft hatte. Aber seine Hoffnung, dass Fredrik sich unser Abenteuer deshalb aus dem Kopf schlagen würde, die erfüllte sich nicht. Nein, als sich das Eis um die Polarstern geschlossen hatte, machte Fredrik sich auf den Weg nach Segel. Er hatte keine Ahnung, was aus mir geworden war, ja, er wusste noch nicht einmal, ob ich noch am Leben war. Und genau deshalb hatte er beschlossen, Weißhaupt auf eigene Faust aufzuspüren und Miki zu retten. Das hatte er mir schließlich versprochen. Nur ein Gasthaus, das konnte er sich nicht leisten, dafür hatte Sturmbart ja gesorgt.

»Aber …«, sagte er und lächelte mich an, »weiß der Teufel, ob ich es hier nicht eigentlich viel besser habe.«

»Das hast du«, sagte ich. »In Segels Wappen würde ich nicht mal für alle Heringe des Meeres einziehen wollen. Kannst du dir vorstellen, dass es nicht weniger als drei Schurken waren, die mir erzählen wollten, wo ich Weißhaupt finde – ohne es überhaupt zu wissen?«

»Dieser Kapitän …«, sagte Fredrik und nickte. »Er ist so berüchtigt, dass er auf jeder Schäre in der Gegend zu wohnen scheint. Egal wen man fragt, man bekommt immer eine andere Antwort.«

Er rieb sich die Hände an der Hose ab. Dann ging er zu seinem Seesack, zog die Seekarte heraus und zeigte mit dem Finger auf verschiedene Inseln.

»Einer, den ich im Hafen getroffen habe, behauptet, man würde Weißhaupt hier antreffen, ein paar Seemeilen südlich von Kantum. Ein anderer meint, er wäre auf Aalum im Osten. Der Mann, dem ich die Papageientaucher verkaufe, sagt, sein Versteck wäre irgendwo nördlich von Speckum, aber das klingt nicht sehr wahrscheinlich, denn die Schären dort sind kaum größer als die Innenseite meiner Tasche.«

Er seufzte und faltete die Karte wieder zusammen. Während wir weiteraßen, redeten wir darüber, was wir unternehmen konnten, um herauszufinden, wo Weißhaupts Insel war. Ach, wie dumm und ärgerlich, dachte ich, dass ich schon dort gewesen war und dennoch keine Ahnung hatte.

Nach dem Essen fühlte mein Bauch sich so satt und wohlig an, dass ich ein bisschen schläfrig wurde.

»Das war das beste Essen seit … seit du das letzte Mal Papageientaucher für mich gebraten hast«, sagte ich.

»Eigentlich gehören auch noch Eier rein«, sagte Fredrik. »Aber ich habe leider keine. Na ja, ohne Ei schmeckt es ja fast genauso gut.«

»Wenn ich mich ein bisschen ausgeruht habe, schaue ich, ob ich ein Walhuhnnest finde, das ich plündern kann«, sagte ich. »Du sollst Eier im Vogel haben, wenn dir das besser schmeckt.«

»Hier gibt es keine Walhühner«, sagte Fredrik und machte sich daran, den Kaffeekessel mit einer Bürste zu reinigen, die er aus kleinen Zweigen zusammengebunden hatte.

»Hä?«

»Es gibt keine Walhühner auf Kantum«, sagte Fredrik.

»Wieso denkst du das?«, fragte ich.

»Ich weiß es«, sagte Fredrik. »Das letzte Walhuhn ist hier vor über fünfzig Jahren geschossen worden, das hat mir der Vogelhändler erzählt. Also, wenn du Eier finden willst, dann musst du ziemlich weit raus, zu den kleinen Schären im offenen Meer.«

Er maß gemahlenen Kaffee ab und schüttete ihn in den Kessel, packte Schnee obendrauf und murmelte dabei vor sich hin:

»Aber abgesehen davon sind zu dieser Jahreszeit sowieso Küken in den Eiern.«

Ich sprang auf.

»Was ist los?«, fragte Fredrik.

»Mir ist gerade etwas klar geworden«, sagte ich. »Darf ich mir mal deine Karte leihen?«

»Was hast du damit vor?«, fragte er, als er sie mir reichte.

»Ich weiß, wer mir zeigen kann, wo Weißhaupts Insel liegt«, sagte ich. »Ich bin bald zurück!«

Wer mich auf dem Eis gefunden hatte

Als ich das graue Häuschen erreicht hatte, blieb ich zögernd auf der anderen Straßenseite stehen. Eisen-Annas gebückte Gestalt war nirgends zu sehen. War sie vielleicht noch unterwegs? Ich ging die Stufen hoch und klopfte. Es fühlte sich komisch an, das zu tun. Ich hatte diese Tür ja schon fast als meine eigene betrachtet.

Niemand öffnete. Da ging ich die Treppe wieder hinunter und lief rüber zum Schuppen. An der Wand lehnte der Tretschlitten. Mit einem Tretschlitten, dachte ich, kommt man auf dem Eis schnell voran. Schwebend, so wie ein Alk.

Ich legte ein Ohr an die Schuppentür. Ich hörte Einar pfeifen und reden, mit lockenden Tönen, hörte jemanden mit zornigem Fauchen antworten.

Ich öffnete. Einar kniete auf dem Boden. Zu Tode erschrocken drehte er sich um.

»Ich dachte, es wäre meine Mutter«, sagte er und stand auf.

»Entschuldige, ich wollte dich nicht erschrecken«, sagte ich, trat ein und machte die Tür hinter mir zu. »Was machst du da?«

Einar seufzte und schüttelte den Kopf.

»Es will nicht kommen«, sagte er. Er nickte zu einem Haufen Krempel, der auf dem Boden herumlag: ein Schöpflöffel, ein verknotetes Netz, ein kaputter Fischkasten und noch ein paar andere Dinge. »Es hat sich schon den ganzen Tag so aufgeführt. Ich sag ja, es mag dich lieber als mich.«

Wir schwiegen eine Weile, standen herum und blickten zu Boden. Na ja, vielleicht schauten wir uns auch ein bisschen an.

»Wieso bist du zurückgekommen?«, fragte Einar.

»Weil du es warst.«

»Hä?«

»Du warst es«, sagte ich. »Du hast mich auf dem Eis gefunden.« Einar stieß einen Laut aus, der wohl nach Verwunderung klingen sollte.

»Nein, hab ich nicht.«

»Ich weiß jetzt, warum es so wichtig ist, dass deine Mutter nichts von dem Küken erfährt«, sagte ich. »Sie würde unglaublich wütend werden, wenn sie davon wüsste. Vielleicht würde sie dich sogar zwingen, es wegzuschaffen?«

Er seufzte, überlegte wohl, was er darauf antworten konnte, aber ihm fiel nichts ein.

»Denn wenn es etwas gibt, das Eisen-Anna niemals zulassen würde«, fuhr ich fort, »dann, dass du dich alleine aufs Meer begibst, nicht wahr? Und ich habe heute etwas über Walhühner erfahren, das ich noch nicht wusste. Es gibt nämlich keine auf Kantum.«

»Schon gut, du hast recht«, sagte Einar widerwillig. »Ich war's.«

Er machte die Tür auf, um nachzusehen, ob Eisen-Anna schon zurück war. Dann setzte er sich auf den Boden und sah mich an. Er war ernst.

»Du redest ziemlich viel, du«, sagte er. »Du wohnst in unserem Häuschen und isst unsere Suppe. Und du sagst mir, es wäre nicht richtig, meinem Huhn beizubringen, für mich zu arbeiten. Dass ich mir meinen Hering selbst aus dem Wasser holen soll. Weißt du, was Notjahre sind?«

»Ja, natürlich weiß ich das«, sagte ich.

Er zögerte, betrachtete das Gerümpel, hinter dem sich sein Küken verschanzt hatte.

»Walhühner finden immer Fische. Für sie gibt es keine Notjahre.«

»Mag sein.«

Er zog die Kette hoch, die er um den Hals trug, die Kette, die er von Eisen-Anna bekommen hatte, als sein Vater gestorben war.

»Sie hat gesagt, dass ich die hier tragen soll, damit ich nie vergesse, dass mein Vater für einen Hering gestorben ist«, sagte er.

»Einen Hering?«

»Ja«, sagte Einar. »Einen Hering.«

Er tastete nach dem Amulett, dem kleinen Angelhaken, der genauso aussah wie ein richtiger Angelhaken, befühlte mit dem Zeigefinger die Spitze.

»Ich war vier Jahre alt. In diesem Jahr gab es nicht viel Fisch auf Kantum, das ging allen Familien so. Papa hatte Angst. Wenn man nichts anderes hat als Fisch und der Fisch einen im Stich lässt, dann bekommt man wohl Angst, nehme ich an. Wieder und wieder zog er nichts als Blasentang aus dem Meer. Aber eines Tages, als ich ihn begleitet hatte, um die Netze zu leeren, da zappelte ein Hering in den Maschen. Ein mickriger, armseliger Kerl, aber Papa war glücklich und er sagte, dieser Fisch wäre für mich. Nur für mich. Aber der Hering zuckte und schaffte es, sich zu befreien. Als Papa ihn auffangen wollte, fiel er über Bord. Ich war zu klein, um ihm zu helfen.« Einar schluckte. »Und meine Mama denkt, ich bräuchte etwas, das mich immer daran erinnert.«

Ich stand schweigend vor ihm, wusste nicht, was ich sagen sollte. Es musste schrecklich sein, seinen Vater so sterben zu sehen. Ja, ich konnte mich auch noch ein bisschen daran erinnern, wie Mama gestorben war, aber das war ja etwas ganz anderes, sie war ja krank gewesen. Es war damals mehr ein Verlöschen, so könnte man es wohl beschreiben. Aber Einars Papa hatte bestimmt geschrien, als er unterging. Geschrien und um sein Leben gekämpft. Wie schrecklich, das mit ansehen zu müssen.

Einar schüttelte den Kopf.

»Ich will niemals so hungrig werden, dass ich mein Leben für einen Hering aufs Spiel setze«, sagte er. Sein Blick wanderte zurück zu dem Gerümpel. Dahinter war nur ein boshaftes, unzufriedenes

Knurren zu hören. »Als ich diese Buchseite entdeckte, da wusste ich, dass ich es tun würde. Ein Walhuhn finden, das mir helfen würde, den Hunger fernzuhalten. Sehr, sehr fern.«

»Aber du hast kein Boot«, sagte ich.

»Nein. Seit Papa gestorben ist, haben wir kein Boot mehr«, antwortete Einar. »Und wie du jetzt weißt, gibt es keine Walhühner auf Kantum. Ein paarmal war ich kurz davor, mir heimlich ein fremdes Boot zu borgen, aber ich habe mich nicht getraut. Als ich dann an diesem Morgen wach wurde und das Meer zugefroren war, da ... war das wie ein Zeichen.«

»Und da hast du den Tretschlitten genommen?«

Er nickte.

»Mama hatte es eilig, sie musste einer Familie helfen, deren Anleger vom Eis zermalmt worden war. Sie meinte, dass sie bestimmt den ganzen Tag dort sein würde. Sobald sie aus dem Haus war, bin ich aufgebrochen. Auf Senkum habe ich es gefunden. Das Nest.« Er lächelte bei dem Gedanken daran, legte seinen Finger auf die Wange, wo inzwischen nur noch eine weiße Narbe zu sehen war. »Es war nicht leicht, mich mit der Henne herumzuschlagen«, sagte er. »Sie hat mich noch lange verfolgt, als ich weggefahren bin, hat richtig gekeift. Ich war so froh. Ja, zum ersten Mal, seit Papa gestorben ist, war ich richtig froh. Dann kam der Schneesturm.«

Der Schneesturm, der war mir natürlich auch noch gut in Erinnerung. Schließlich hatte genau dieser Schneesturm dafür gesorgt, dass ich an den Felsen Schutz gesucht hatte.

»Als es endlich aufhörte zu schneien, hatte ich mich verirrt«, fuhr Einar fort. »Stundenlang bin ich herumgefahren, was mit dem ganzen Schnee natürlich mühsam war. Und plötzlich sah ich dich da liegen. Erst dachte ich, du wärst tot, aber …« Er sah mich mit diesen Augen an, die dieselbe Farbe hatten wie das Meer. »Du hast gelebt. Ich habe dich auf den Tretschlitten gelegt und mit meinem Gürtel festgebunden. Es war schon Nachmittag, als ich endlich nach Hause fand. Mama war noch im Hafen. Als sie nach Hause kam, habe ich ihr weisgemacht, ich hätte dich auf der Treppe gefunden.«

Wir schwiegen. Außer dem unheilvollen Knurren von Einars Küken war nichts zu hören.

»Wieso hast du mir das nicht schon früher erzählt?«, fragte ich. »Du wusstest doch, wie wichtig das für mich ist.«

Er schnaubte, aber nicht böse, sondern eher müde.

»Du willst zu Weißhaupt und mit ihm kämpfen«, sagte er. »Ein Kind, alleine gegen den kältesten und bösesten Mann des Eismeers. Verstehst du nicht, was das heißt? Ich will nicht schuld daran sein, dass du stirbst.«

Ich lächelte ihn an, denn es war ja nett von ihm, so zu denken. Vielleicht hätte ich dasselbe getan, wenn jemand anders aufgebrochen wäre, um sich mit Weißhaupt anzulegen. Aber es gab da etwas, das ich Einar noch nicht erzählt hatte, und das war so herrlich und schön, dass mein Herz vor Glück sang.

»Ich bin nicht länger alleine«, sagte ich. »Ich habe einen Freund, der mich begleitet. Er heißt Fredrik. Wir sind vor einer Weile getrennt worden, aber jetzt habe ich ihn wiedergefunden. Wir werden gemeinsam zu Weißhaupts Insel aufbrechen.«

Ich faltete Fredriks Karte auf dem Boden auf.

»Denkst du, du kannst mir den Ort auf der Karte zeigen?«, fragte ich. »Wo du mich gefunden hast?«

Einar ging in die Hocke und sah sich alle Inseln an.

»Hier ist Segel«, sagte er. »Als ich rausgefahren bin, habe ich diesen Weg hier genommen, schau, hier ist Senkum. Aber im Sturm habe ich mich wirklich richtig verirrt, denn auf dem Heimweg bin ich an Wassum und den Katzenschären vorbeigekommen und ...« Er legte den Finger auf eine Insel nördlich von Wassum. »Die hier muss es sein, da ist eine große Bucht mit einem schmalen Seegatt. Hier kann man mit einem Schiff vor Anker gehen, ohne dass es vom Meer aus zu sehen ist.« Er dachte eine Weile nach, dann sagte er:

»Habt ihr Waffen?«

»Ich nicht«, antwortete ich. »Aber Fredrik hat eine Büchse.«

Da sagte Einar, das wäre schon mal nicht schlecht, aber ich müsste auch eine Waffe haben, sonst wäre es ungerecht. Er sah sich im Schuppen um. Da gab es den rostigen Aalstecher und ein paar Haken, einen Kescher und dann noch das Netz. Aber Einar nahm einen Stein vom Regal an der Wand. Der Stein war kantig und scharf, ungefähr so groß wie ein Dorschkopf.

»Mit dem hier hat mein Vater die Fische erschlagen«, sagte er. »Sie waren immer sofort tot. Nimm ihn mit.«

Ich lachte.

»Meinst du, ich sollte den kältesten und bösesten Mann des Eismeers mit einem Stein erschlagen?«

Einar lächelte und zuckte mit den Schultern:

»Taugt er für einen Seewolf, dann taugt er auch für einen Köter.«

»Ja, da hast du wohl recht«, sagte ich lachend und steckte den Stein ein.

Dann ging ich, und als ich die Schuppentür hinter mir zugezogen hatte, hörte ich, wie Einar wieder anfing, das Küken zu locken und zu betteln, dass es aus seinem Versteck kommen sollte. Man konnte von Einar halten, was man wollte, weil er vorhatte, diesem kleinen Leben eine Schlinge um den Hals zu legen, aber ich war dennoch froh, dass wir miteinander gelacht hatten, bevor wir endgültig Abschied nahmen.

Ein toter Tintenfisch

Der nächste Tag war hell und wunderschön. Fredrik und ich waren von unserem Lager auf dem Hügel aufgebrochen, als Segel noch im Tiefschlaf lag.

Mein Fredrik. Es war kaum zu glauben, dass er jetzt mit mir zu Weißhaupts Insel wanderte. Er, der eine Büchse hatte und so groß und stark war, dass er drei Kornsäcke am ausgestreckten Arm halten konnte – denk nur, dass wir nun doch gemeinsam auf dem Weg waren!

Die Papageientaucher flogen in hungrigen Schwärmen über unsere Köpfe hinweg und schrien nach Fisch. Aber Fisch war nicht zu bekommen, solange die Kälte einen Deckel auf das Meer gelegt hatte. Fredrik hatte ziemlich viele Papageientaucher geschossen, als wir noch in Segel waren, denn hier draußen auf dem Eis war es besser, wenn wir nicht zu viel Aufmerksamkeit auf uns zogen, sagte er.

Gegen Mittag machten wir Pause und aßen Brot mit Schmalz, dann setzten wir unsere Wanderung fort. Langsam sank die Sonne. Das Eis glänzte nicht länger weiß, es färbte sich ein bisschen blau oder violett oder in irgendeiner Farbe dazwischen und der Himmel leuchtete rosa oder gelb oder vielleicht war es eine Mischung aus beidem. Die Papageientaucher-Schwärme wurden immer seltener und immer eisiger biss die Kälte in meine Nasenspitze.

Fredrik blieb stehen, setzte seinen Sack ab und nahm die Karte heraus. Die Strecke zwischen Segel und Weißhaupts Insel war für Einar mit seinem Tretschlitten natürlich viel schneller zu schaffen gewesen. Dicke, weiße Wolken bildeten sich vor Fredriks Mund, als er sagte:

»Wenn wir im Stockdunkeln ankommen, macht uns das zur leichten Beute, denn die Piraten kennen ihre Insel und wir nicht. Deshalb übernachten wir heute auf dem Eis.«

Er faltete die Karte auf.

»Jetzt müssen wir nur noch einen geeigneten Schlafplatz finden«, sagte er.

Wir sahen uns um, aber ringsum gab es nichts als kleine Felsen und unbedeutende Schären. Kein guter Platz für jemanden, der Schutz vor Kälte und Wind suchte.

Doch als wir noch ein Weilchen weiter in den brennenden Sonnenuntergang gewandert waren, hielt sich Fredrik schützend eine Hand über die Augen und sagte, er würde einen Kutter sehen.

Mein Herz machte einen Satz, denn für ein paar Sekunden glaubte ich wirklich, er würde vom Schiff der Piraten sprechen. Als wäre die Rabe so hungrig gewesen, dass sie das Eis durchbrochen und sich aus der Bucht befreit hatte, um neue Kinder zu verschlingen.

Aber dann begriff ich, dass es hier um ein Fischerboot ging und nicht um ein riesiges Schiff. Und als wir näher kamen, da erkannte ich sogar, welches Fischerboot es war. Ich packte Fredrik am Ärmel und versuchte, ihn in eine andere Richtung zu ziehen.

»Das ist die Schnicke, in der ich gekommen bin«, sagte ich. »Die Tintenfisch. Wir müssen schnell hier weg.«

Aber Fredrik blieb, wo er war, spähte zur Schnicke und ließ den Blick übers Eis wandern.

»Du musst keine Angst haben«, sagte er. »Das Boot ist verlassen. Siehst du nicht, dass der Rumpf gebrochen ist?«

Widerwillig sah ich genauer hin. Er hatte recht, die Tintenfisch war kaputt, stand als schiefe, traurige Winterleiche im Eis. Der Gaffelbaum ragte gebrochen in den Himmel.

Fredrik lenkte seine Schritte zum Boot, er meinte, es wäre doch zumindest eine Untersuchung wert. Ich folgte ihm, auch wenn ich die Tintenfisch am allerliebsten einfach links liegen gelassen hätte. Schon die Erinnerung an den Glatzkopf und diesen bärtigen Kerl machte mir Gänsehaut.

Ja, es war unangenehm, die Tintenfisch wiederzusehen – das gebogene, graue Holz, die Ducht, unter der mein schmerzender Körper so lange gelegen hatte. Es war unangenehm, die Ruder zu sehen, mit denen ich für sie rudern musste, und den Bootshaken, mit dem der Glatzkopf meinen Kleinen aus dem Meer ziehen wollte.

Fredrik entdeckte Essbesteck, das auf dem Schiffsboden zurückgeblieben war. Vermutlich hatten sie das Boot in aller Eile verlassen.

»Schwer zu sagen, ob sie sich über das Eis retten konnten oder ob sie ertrunken sind«, murmelte er.

Ich schauderte. Es war eine gruselige Vorstellung, dass die beiden mit starren Augen unter uns auf dem Meeresgrund schaukelten. Womöglich direkt unter unseren Füßen! Aber es war genauso gruselig, sich vorzustellen, dass sie es geschafft hatten und vielleicht gerade in diesem Augenblick an Bord der Rabe saßen und mit Weißhaupt Bier tranken. Vielleicht ließen die Piraten sie gerade hochleben, weil sie gekommen waren, weil sie sich diesem abscheulichen Pack angeschlossen hatten und von nun an mit auf Raubzug gehen würden.

Fredrik stellte seinen Sack ab und fing an, das Großsegel, das der Bärtige aus dem Wasser geborgen hatte, aus dem Schnee auszugraben.

»Wir werden heute Nacht hier schlafen«, sagte er.

Der Gedanke, die Nacht auf der Tintenfisch verbringen zu müssen, gefiel mir gar nicht, aber ich sah ein, dass es die beste Lösung war, schließlich brauchten wir Schutz. Und als Fredrik den Schnee weggeschaufelt und das Segel als Dach über den Schiffsrumpf gespannt hatte, da erschien es mir sogar richtig gemütlich auf der Schnicke.

Wir breiteten das große Fell auf den gebrochenen Planken aus und Fredrik schälte mit seinem Messer Späne aus dem gesplitterten Bootsholz, sorgte für einen Rauchabzug im Segeltuch und legte die Späne dann in seine Blechschale. Schon bald loderte ein kleines Lagerfeuer in unserem Unterschlupf.

Wir lagen im Schein des Feuers und aßen Papageientaucher, teilten das letzte Stück Brot und unterhielten uns über den nächsten Tag. Es kam mir vor wie ein Märchen, so unwirklich war es: dass ein einzelner Mann zusammen mit einem kleinen Knopf Kapitän Weißhaupt herausfordern wollte, den kältesten und bösesten Mann auf dem ganzen Eismeer.

Und ganz plötzlich fing ich an zu weinen. Die Traurigkeit war so groß und stark, dass meine Brust spannte und mein ganzer Körper bebte. Ja, ich weinte und weinte und ich versuchte nicht einmal, die Tränen zurückzuhalten.

»Hab keine Angst«, sagte Fredrik.

»Aber ich habe Angst«, antwortete ich. »Was, wenn sie schon tot ist? Was, wenn wir zu spät kommen? Die Grubenkinder, sie zerbrechen … schneller, als man denkt!«

»Sie ist nicht tot«, sagte Fredrik. »Wir schaffen es rechtzeitig. So musst du denken. Das tue ich auch.«

Ich wischte mir die Tränen aus dem Gesicht und zog ein paarmal die Nase hoch. Mit einem Mal kam ich mir dumm vor. Denn auch Fredriks kleine Schwester war schließlich von Weißhaupt entführt worden. Für Miki gab es ja zumindest noch Hoffnung, aber Hanna, die vor zwölf Jahren verschwunden war, die war natürlich schon lange tot. Und obwohl seine Schwester nicht mehr zu retten war, begleitete Fredrik mich. Denk doch nur!

Da wusste ich, was ich Fredrik schenken wollte. Ich nahm den Fischkönig ab, den ich um den Hals trug, und gab ihn ihm.

»Hier«, sagte ich. »Du sollst ihn haben.«

Fredrik schüttelte den Kopf.

»Ein echter Fischkönig«, sagte er, »den würde ich dir niemals wegnehmen.«

»Ja, aber ich will, dass er dir gehört«, sagte ich. »Er bringt Glück, das weißt du doch.«

Ich hängte ihm das Amulett um den Hals. Fredrik sah beinahe verlegen aus, aber seine Finger wanderten trotzdem zu dem glänzenden Anhänger und er bedankte sich.

»Glück«, sagte er. »Das werden wir wohl beide brauchen.«

»Ich nicht«, sagte ich. »Weil du bei mir bist.«

Dann kuschelte ich mich ganz dicht an ihn und zog die Decke hoch. Das Feuer knisterte so heimelig und mein Körper war so erschöpft von dem langen Marsch, und ehe ich mich versah, war ich schon eingeschlafen.

In dieser Nacht träumte ich, dass ich einem Mann mit langen, weißen Haaren und einer Schlinge um den Hals begegnete. Als ich in seinen Rachen blickte, entdeckte ich, dass dort ein kleines Mädchen feststeckte. Ich griff nach ihren Füßen, um sie herauszuziehen, aber wie sehr ich auch zog, sie rutschte nur immer tiefer nach unten. Der Mann schrie mich an, ich solle fester ziehen, er würde sonst gleich ersticken, aber ich bekam sie einfach nicht hoch. Irgendwann war sie verschwunden und da wurde ich wach und setzte mich mit einem Ruck auf.

Das Feuer in der Blechschale war schon fast erloschen, es war dunkel und schrecklich kalt. Ich legte neues Holz in die Schale und wartete, bis das Feuer sich erholt hatte. Dann rutschte ich wieder ganz nah an Fredrik heran. Noch konnte ich ein bisschen schlafen. Noch war er nicht gekommen. Noch strich er in sicherem Abstand um unseren kleinen Unterschlupf und es würde bestimmt noch ein paar Stunden dauern, bis er da war. Der nächste Tag.

Das Wettschießen

Als der Morgen gekommen war, brachen wir hastig auf. Wir leerten die Asche aus der Blechschale, rollten das Fell auf und packten das wenige ein, das wir dabei hatten. Dann ließen wir die Tintenfisch im Eis zurück, wo sie auf den Frühling warten würde, um endlich zum Meeresgrund sinken zu dürfen, sich zu verkriechen und irgendwo in einer Höhle zu sterben.

Es war jetzt nicht mehr weit. Kaum eine Stunde später konnten wir die Insel in der Ferne erahnen. Ja, ich wusste schon, dass es die richtige war, als sie noch ein winziger Punkt in der Ferne war. Sie verströmte so einen Dunst, den Geruch von Gefahr, von Hass, von etwas unfassbar Bösem. Je näher wir kamen, je größer dieser Punkt wurde, desto schlimmer wurde der Gestank.

Als wir am Fuß der hohen Felsen standen, der letzten Hürde, die uns noch vom Bösen trennte, da raste mein Herz so schnell wie ein Pferd und die Panik klingelte wie Glocken in meinen Ohren. Das Gefühl, dass die Piraten uns sehen, hören, riechen konnten und dass sie *wussten*, dass wir hier waren, dieses Gefühl konnte ich einfach nicht abschütteln.

Fredrik faltete die Karte auf. Er studierte sie lange und gründlich, dann sagte er:

»Wir müssen uns einen vernünftigen Überblick über die Insel verschaffen. Jetzt heißt es klettern.«

Er packte die Karte wieder ein und schulterte seinen Seesack. Dann marschierte er los und ich lief schnell hinterher.

Es ging ziemlich steil nach oben. Ja, das wusste ich natürlich schon, ich hatte es schließlich schon mal gemacht. Immer wieder mussten wir Umwege suchen, weil die Füße keinen Halt fanden oder weil der Schnee zu tief war. Einmal brach Fredrik bis zur Hüfte ein. Es dauerte lange, bis er sich wieder befreit hatte.

Aber schließlich waren wir oben angekommen und da verschnauften wir eine Weile. Fredrik sah mich an. Dieser blaue, freundliche Blick, daran klammerte ich mich wie ein Junges ans Fell der Mama. Er rieb sich Wasser und Eis aus dem Gesicht.

»Niemand kann vorhersehen, wie es laufen wird«, sagte er. »Hast du dich entschieden? Bist du sicher, dass du das wirklich willst?«

Ich schluckte und nickte.

»Ja«, sagte ich. »Ich bin mir sicher.«

In diesem Augenblick hallte ein Schuss durch die Luft und wir duckten uns. Der Schuss war von der anderen Seite der Felsen gekommen. Erschrocken sahen wir uns an, hatte er etwa uns gegolten? Nein, denn jetzt hörten wir johlende Stimmen, Männer, die lachten und allerlei Sachen riefen, und schon ertönte der nächste Knall.

»Was denkst du, worauf schießen sie?«, flüsterte ich.

»Keine Ahnung«, antwortete Fredrik.

Wir hörten noch mehr Schüsse und Jubelrufe und nach einer Weile flüsterte Fredrik:

»Lass uns nachsehen.«

Langsam, ganz langsam krochen wir das letzte Stück nach vorne und schoben die Nasen über die Felskante. Die Schneerabe war das Erste, was wir sahen. Sie hatte den Kälteeinbruch unbeschadet überstanden, ihr Rumpf war nicht geborsten, was bestimmt daran lag, dass sie so geschützt ankerte. In der Tiefe waren Wasserströme, die das Eis in Bewegung hielten, aber hier, in einer Bucht wie dieser, war das Wasser recht still.

Ich zeigte Fredrik den Rauch, die schmalen, kleinen Fahnen, die vom Inneren der Insel in den Himmel stiegen. Wenn man die Augen ein bisschen zukniff, konnte man an derselben Stelle einen merkwürdigen Turm erahnen und daneben eine Ansammlung kleinerer Häuser.

Auf dem Eis waren ein paar Piraten zu sehen, zwölf Mann zählten wir. Sie übten Zielschießen. In etwas Abstand hatten sie eine kleine Figur aus Schnee gebaut, die natürlich einen Menschen darstellen sollte. Sie wetteiferten darum, die Figur mit ihren Schüssen zu treffen. Wenn jemand traf, wurde der Schneemensch in Fetzen gerissen, alle jubelten und dann bauten sie ihn gemeinsam wieder auf. Ja, die meisten waren gute Schützen, aber zwei von ihnen hatten noch einiges zu lernen, das konnten wir sehen. Und diese beiden waren keine anderen als der Glatzkopf und der Bärtige, das Gesindel, mit dem ich auf der Schnicke gesegelt war. Ja, sie hatten den Weg hierher gefunden und waren nun Teil der Besatzung. Kein Wunder, dass sie auf den Wolfsinseln keinen einzigen Wolf erlegt hatten: Ihre Schüsse schlugen meterweit entfernt vom Schneemenschen ein. Das war natürlich der Moment, in dem alle anderen so laut lachten.

Als der Glatzkopf und der Bärtige geschossen hatten, kam ein anderer Pirat an die Reihe und der traf sofort den Kopf des Schneemenschen. So ging es immer weiter, einer nach dem anderen, ein Schuss, ein Treffer, und jedes Mal mussten sie ihr Ziel von Neuem aufbauen. Dann war wieder der Bärtige dran.

Er stampfte ein paarmal auf den Boden, schob den Kopf vor und zurück, ließ den rechten Arm kreisen, wie um sich aufzuwärmen. Die anderen Piraten hatten schon angefangen zu lachen, so sicher waren sie, dass er sein Ziel wieder verfehlen würde.

Als der Bärtige die Büchse anlegte, kam einem der Männer eine Idee. Er schlich sich von hinten an und schleuderte dem Bärtigen einen Schneeball in den Rücken. Der Bärtige wurde wütend und fuhr zornig herum, aber er hatte vergessen, den Finger vom Abzug zu nehmen, und seine Büchse ging los. Erschrocken drehten sich alle um, hielten Ausschau nach der Stelle, wo die Kugel eingeschlagen war – der Bärtige hatte die Rabe getroffen!

Aber das war noch nicht alles, denn an Deck stand jemand, jemand, der kurz vorher noch nicht da gestanden hatte. Ein dicker, riesiger Mann in Lederkleidung. Er trug eine Mütze mit einer Spange unter dem Kinn und bei seinem Anblick nahmen die Piraten eingeschüchtert ihre eigenen Mützen ab und verbeugten sich – ja, der Mann, der dort an Deck stand, konnte kein anderer sein als Weißhaupt! Die langen, weißen Haare steckten natürlich unter der Mütze, damit sie nicht einfroren und abbrachen.

Weißhaupt zog seinen Handschuh aus und befühlte das Einschussloch in der Reling. Vor lauter Angst ließ der Bärtige seine Büchse in den Schnee fallen. Um Haaresbreite hätte er den Piratenkapitän erschossen! Wie würde es jetzt für ihn weitergehen?

Aber Weißhaupt zog einfach nur seinen Handschuh wieder an, als wäre nichts geschehen. Er nickte seinen Männern kurz zu und sagte irgendetwas. Vermutlich gab er ihnen Befehl, weiterzuschießen, denn die Männer luden sofort ihre Büchsen nach. Jetzt war der Glatzkopf an der Reihe. Er schoss so schlecht, dass man nicht mal mehr sagen konnte, wohin die Kugel geflogen war, aber dieses Mal lachte niemand. Nein, alle blickten verstohlen zu Weißhaupt und warteten auf seine Reaktion. Aber der Kapitän blieb reglos stehen und schwieg. Da legte einer der zielsicheren Piraten die Büchse an.

»Wir haben genug gesehen«, flüsterte Fredrik und zog den Kopf zurück.

Aber ich blieb liegen, den Blick fest auf den Mann an Deck gerichtet. Ich hätte dort liegen können, bis der Schnee schmolz. Der

Mann, über den ich so viele Geschichten gehört hatte, der Mann, der Tag und Nacht in meiner Seele gelebt hatte, seit ich von zu Hause aufgebrochen war – da stand er und sah belustigt dem Schießen zu. Jeder hätte so dastehen und belustigt zusehen können, aber dass er das tat, hier und jetzt, vor meinen Augen, das war so fesselnd, dass ich mich nicht losreißen konnte.

»Knopf!«

Ich wurde aus meinen Gedanken gerissen, machte sofort kehrt und wollte den Hang hinunterkriechen. Aber da passierte etwas. Etwas, das nicht hätte passieren dürfen. Als ich mich umdrehte, löste sich ein großes Stück aus dem Schnee und schlitterte den Fels hinunter. Für einen Augenblick blieb es liegen, als wollte es dort bleiben, aber nein, schon war der Schnee darunter zum Leben erwacht und das Stück rutschte weiter. Auf seiner Fahrt zur Bucht weckte es immer mehr Schnee auf. Ja, immer mehr Stücke lösten sich und kamen ins Rutschen, Rollen, Stürzen. Schnee wirbelte durch die Luft, die Lawine wurde immer größer und Fredrik, der gesehen hatte, was passiert war, zerrte mich verzweifelt in Deckung. Wir sahen uns an und wussten, dass es nur noch eine Frage von Sekunden war, bis die Piraten den Schneerutsch bemerken würden.

Ja, schon fingen sie an zu brüllen, jemand schoss und ich nahm an, dass sie dieses Mal auf unseren Felsen zielten. Wir hörten, wie einer von ihnen »Dorthin, dorthin!« schrie, und das bedeutete natürlich, dass sie allesamt jeden Moment hier auftauchen würden.

Fredrik blickte über die große, menschenleere Eisfläche. Egal wohin wir rennen würden, wir würden niemals außer Sichtweite kommen und deshalb traf er einen schnellen Entschluss.

»Es ist besser, wenn sie nur einen von uns erwischen und nicht uns beide«, sagte er. Dann hob er die Arme in die Luft und stellte sich auf.

»Nein!«, wimmerte ich, aber es war zu spät.

»Nicht schießen!«, rief er den Piraten zu. Er ging ihnen entgegen, um mich davor zu beschützen, entdeckt zu werden. Ich hörte die Männer brüllen. Sie riefen, er solle die Hände oben halten, dass es ihm sonst übel erginge, dass sie ihn erschießen würden. Ja, dass er sterben würde, weil er sich erdreistet hatte, sich ohne Erlaubnis auf ihrer Insel herumzutreiben.

Starr und kalt wie Eis lag ich in meinem Versteck und hörte ihr Gebrüll, hörte, wie sie ihn knufften, den Abhang hinunterscheuchten, ihn anblafften, er solle die Füße bewegen – aber wenigstens hörte ich keinen Schuss.

Dann wurden die Stimmen leiser und ich wagte es, ganz vorsichtig über die Felskante zu spähen. Ich sah gerade noch, wie Fredrik, der an Bord der Rabe geklettert war, gezwungen wurde, unter Deck zu steigen. Der Rest der Bande folgte ihm und ganz zum Schluss, ohne Eile, kam Weißhaupt. Die Luke schloss sich und es wurde still.

Heldentat

Ein kleiner Schneefuchs huschte übers Eis, blieb kurz stehen, um etwas zu beschnüffeln, und lief dann schnell weiter. Er war das einzige Lebewesen, das ich zu Gesicht bekam. Der Rest der Welt hielt den Atem an, während der Wind vorsichtig an meinen Haaren zupfte. Ich lag noch immer in meinem Versteck, zusammengerollt, frierend und mit klopfendem Herzen. Fredrik war gefangen genommen und in den Bauch der Schneerabe gesteckt worden und ich würde, nein, ich *musste* ihn retten. Denn wenn Fredrik starb, dann konnte ich nicht weiterleben.

Aber wie sollte ich das anstellen? Die Rabe war vollgestopft mit Piraten. Zwölf von ihnen hatte ich gesehen, als sie Löcher ins Eis schossen, aber bestimmt waren es noch mehr. Ein Schiff wie die Rabe konnte man schließlich nicht mit nur zwölf Mann segeln. Und dazu noch Weißhaupt selbst. Sie alle waren dort drinnen und ich war hier draußen, und egal wie sehr ich mir den Kopf zerbrach, ich hatte keine Idee, wie ich mich an Bord schmuggeln sollte.

Da geschah etwas Seltsames. Ich hatte vielleicht eine Stunde oder so dagelegen, als die Luke an Deck plötzlich aufgeklappt wurde – und heraus kam ein Pirat.

Dann kam noch einer, beide hatten ihre Büchsen geschultert und sich ordentlich warme Mäntel angezogen.

Kurz darauf folgten noch ein dritter und ein vierter, ja, immer mehr Piraten quollen aus dem Inneren der Rabe hinaus. Es dauerte nicht lang, und das Deck stand voll mit bewaffneten Männern und auch ein paar Frauen. Sie schienen guter Dinge zu sein und begutachteten gegenseitig ihre Büchsen. Der Glatzkopf und der Bärtige waren auch dabei.

Als Letzter kam Weißhaupt nach oben. Ja, sicher, er war es, das war mir klar, obgleich er von Piraten umringt war und ich sein Gesicht nicht sehen konnte. Ich erkannte die Ledermütze, die mit der Spange unter dem Kinn! Die Piraten klopften ihm auf den Rücken, jemand schoss eine Begrüßung in die Luft. Sie hielten wohl große Stücke auf ihren Kapitän.

Dann rief einer von ihnen irgendetwas und machte eine Geste in Richtung einer Schäre, die ein ganzes Stück weg lag. Eine Strickleiter wurde über die Reling geworfen und alle kletterten von Bord. Dann gingen sie los, die Schäre fest im Blick.

Ich konnte mein Glück kaum fassen! Die Piraten hatten beschlossen, auf die Jagd zu gehen! Bestimmt hatten sie Fredrik im

Frachtraum angekettet und waren – überzeugt davon, dass er sich nicht befreien konnte – losgezogen, um Vögel zu schießen.

Aber waren wirklich alle von Bord gegangen? Das konnte ich natürlich nicht wissen und deshalb wartete ich eine ganze Weile, ehe ich es wagte, in die Bucht hinunterzuklettern.

Als ich das Eis erreicht hatte, rannte ich zum Schiff und legte ein Ohr an den Rumpf. Das weiß gestrichene Holz hatte sich einen prächtig funkelnden Mantel aus Eis übergestreift.

Stille. Völlige Stille.

Ich ging ein Stück weiter und lauschte wieder.

Kein Laut drang aus dem Bauch der Rabe, nicht mal ein winziges Knurren. Ich reckte den Hals: Die Piraten waren so weit weg, dass man sie nicht mehr sehen konnte.

Ich huschte zum Bug des Schiffes, kroch unter die beiden Ankerketten, die ausgestreckt und festgefroren im Eis lagen. Mit bösen Augen starrte der Rabenkopf mich an. Sein Schnabel war hungrig aufgerissen. Als ich die Strickleiter erreicht hatte, kletterte ich rasch an Deck.

Und dann stand ich auf dem Schiff der Piraten. Denk doch nur, all die Kinder, die hier an Bord gezerrt worden waren, verängstigt bis ins Mark. Ich zog einen Handschuh aus und fuhr mit den Fingern über das Schiffsholz, über die gefrorenen Wassertropfen. Ich versuchte, ganz vorsichtig, die Schiffsglocke zu berühren, und ich spähte verstohlen nach achtern zur Kapitänskajüte. Dort drinnen wohnte er. Dort aß er sein Essen, dort schlief er, dort plante er seine Raubzüge. Diese Kajüte war das Herz der Rabe und Weißhaupt wohnte darin.

Nein, ich durfte mich nicht ablenken lassen. Ich hatte keine Zeit, hier herumzustehen und zu träumen. Je eher ich Fredrik befreien konnte, desto besser.

Mit beiden Händen griff ich den großen Eisenring der Luke und stemmte sie mit aller Kraft auf. Ich steckte den Kopf hinein.

Dunkel und leer. Aber den Geruch der Piraten erkannte ich, den Gestank von Schweiß und Rauch, Schmutz und Bier. Ich kletterte nach unten. Vorne im Bug war eine gemauerte Feuerstelle, ganz ähnlich wie die, die wir auf der Polarstern gehabt hatten, nur irgendwie altmodischer. An der Wand hing eine Öllampe, in der eine kleine Flamme brannte. Ich nahm sie vom Haken und schraubte die Flamme größer. Überall herrschte ein einziges Durcheinander aus Hängematten, Säcken, Kleidern und Schätzen. Ja, das waren natürlich gestohlene Dinge, das war mir klar, denn auf einigen Seemannskisten standen andere Schiffsnamen als Schneerabe: Seewolf, Wellenbrecher, Lebwohl. Ich sah Silberketten und Zinnbecher, Meerschaumschnitzereien, Goldschmuck und kostbare Pelzmäntel mit Knöpfen aus Horn und Knochen. Wie große, unheimliche Vasen aus Eisen waren die Kanonen im Schiffsrumpf angekettet. An einem Haken im Großmast, der geradewegs durch die Decke bis ganz nach unten zum Kielschwein reichte, hingen vergammelte Papageientaucher, denen bestimmt schon bald die Köpfe abfallen würden und die schlimm stanken.

Aber da war noch eine Luke! Die Luke, die nach unten in den Frachtraum führte. Sie war nicht ganz so schwergängig wie die erste, aber Gewicht hatte sie trotzdem und ich musste die Lampe abstellen, um sie zu öffnen.

Ich stieg die Schiffstreppe hinunter und sah mich um. Hier gab es mehrere Schotten, hinter denen Trossen und Feuerholz lagerten, aber ich entdeckte auch einen ganzen Haufen größerer Klötze und Säcke, in denen wahrscheinlich Getreide oder Erbsen waren. Es fühlte sich komisch an, an Bord eines Schiffs zu sein, das so still stand wie ein Haus. Das Schiffsgebälk, das sonst im Schaukeln der Wellen jammerte, war so stumm wie der Tod. Kein Mucks war zu hören.

Doch, halt, da war etwas! Klang das nicht wie ... Atmen? Aber ja, da war jemand, der heftig durch die Nase atmete und angestrengte Laute von sich gab, fast so, als täte ihm etwas weh! Das Geräusch kam von achtern.

Ich huschte an den Vorräten vorbei und an einem Schott, in dem stapelweise Bierfässer standen, und da sah ich Fredrik!

Sie hatten ihm einen Eisenring um den Hals gelegt und an dem Ring hing eine Kette, die an der Schiffswand befestigt war. Die Hände hatten sie ihm auf den Rücken gefesselt und über den Mund ein altes Tuch geknotet, deshalb klang er so angestrengt. Ich rannte zu ihm, und als das Licht auf sein verschwitztes Gesicht fiel, da merkte ich erst, wie ängstlich und verzweifelt seine Augen waren.

»Ich werde dich befreien«, sagte ich.

Fredrik keuchte und zuckte, schüttelte den Kopf, versuchte, etwas zu sagen, aber das ging natürlich nicht. Ich knotete das Tuch auf, aber sie hatten ihm noch ein zweites in den Mund gestopft. Als er den Knebel endlich ausgespuckt hatte, da weinte er und sagte:

»Du hättest nicht herkommen dürfen.«

Ich sah ihn fragend an. Freute er sich denn gar nicht, dass ich gekommen war? Dass ich ihn retten wollte?

Im selben Moment hörte ich Schritte hinter mir. Langsam drehte ich mich um. Wie ein Untier, das im Dunkeln gelauert hatte, trat der Kapitän ins Licht. Ja, er war es, obwohl ich doch ganz sicher mit angesehen hatte, wie er von Bord gegangen war. Sein Gesicht war fleischig, seine Nase ziemlich groß und Wangen und Kinn waren unrasiert. In der Hand hielt er eine Büchse. Aber seine Haare, die waren kurz geschnitten und dunkel.

»W-weißhaupt?«, sagte ich.

Ein schwarzes, widerwärtiges Grinsen breitete sich auf seinem Gesicht aus.

»Nein«, sagte er. »Es ist lange her, dass Weißhaupt zuletzt einen Fuß auf die Schneerabe gesetzt hat. Ich bin Heldentat. Der Steuermann.«

Er stellte die Büchse ab, zog sich ein Bierfass heran und setzte sich. Kein Weg führte an ihm vorbei, das Fass versperrte den Durchgang.

Er saß ziemlich lange so da, sah mich beinahe schon freundlich an, als hätte er netten Besuch bekommen. Natürlich hatte ich Angst, ja, Angst bis ins Mark, aber ich war auch überrascht. Was hatte er da gerade gesagt?

»Segelt Weißhaupt nicht auf diesem Schiff?«, fragte ich.

»Nö«, sagte der Steuermann. »Das tut er nicht. Er ist mit anderen Dingen beschäftigt.«

»W-womit denn?«

Wieder grinste der Steuermann, und statt auf meine Frage zu antworten, sagte er:

»Ich bin der stellvertretende Kapitän auf diesem Schiff. Ich segle die Schneerabe. Und ich locke Kinder in die Falle, die hier auftauchen und glauben, sie könnten am Schicksal der kleinen Schwester etwas ändern.«

Ich warf Fredrik einen hastigen Blick zu, aber er schüttelte den Kopf.

»Ich habe niemandem etwas erzählt«, sagte er.

Heldentat angelte seine Pfeife aus der Tasche und stopfte sie mit Tabak. Er zeigte auf die Lampe, die ich neben mir abgestellt hatte.

»Erlaubst du?«, fragte er.

»E-erlaube ich was?«, fragte ich.

Da grinste er wieder, zog die Lampe zu sich heran und hielt ein Feuerholz in die Flamme, um sich damit die Pfeife anzuzünden. Er zog am Mundstück und süßlich duftender Rauch stieg auf.

»Dein Freund hier wollte uns weismachen, er hätte uns rein zufällig gefunden«, sagte er. »Und wir haben es ihm abgekauft.«

Er zog ein bisschen an seiner Pfeife und dann, ohne Vorwarnung, feuerte er ein dröhnendes Lachen ab, das mich erschaudern ließ.

Ja, Heldentat und seine Mannschaft hatten Fredriks Geschichte geschluckt. Hatten ihm geglaubt, dass er nichts als ein einsamer

Jäger wäre, der auf der Suche nach Beute auf dieser Insel gelandet war. Aber dann hatten sie den Fischkönig entdeckt, den er um den Hals trug – und da hatte einer der Piraten behauptet, dieser Fischkönig würde ihm gehören. Er hätte ihn vor langer Zeit auf den Wolfsinseln gekauft und würde ihn ohne jeden Zweifel an dem Lederriemen erkennen, den er selbst dafür geflochten hatte.

Der Glatzkopf und der Bärtige hatten daraufhin von mir erzählt, dem Mädchen, das seine Schwester befreien wollte und von dem sie dachten, sie hätten es an jenem Tag auf See umgebracht. Wie ich diesen Tauchgang überlebt hatte, war natürlich ein Mysterium – aber Heldentat hatte gesagt, Mysterium hin oder her, es wäre wichtig, mich aus meinem Versteck zu locken, für den Fall, dass ich mich wirklich irgendwo in der Gegend herumtrieb. Weißhaupt war ein sehr beschäftigter Mann. Er wollte durch einen Befreiungsversuch bei seiner Arbeit gestört werden.

Also hatte Heldentat einen Plan ausgetüftelt, wie sie es anstellen würden. Er hatte mit einem seiner Piraten die Kleider getauscht und allen befohlen, auf Jagd zu gehen. Es war wichtig, dass sie gut gelaunt und ausgelassen wirkten, wenn sie an Deck kamen. Heldentat selbst war an Bord geblieben, um den Moment abzuwarten, in dem ich mich aus der Deckung wagte.

Er zog ein paarmal an seiner Pfeife und lächelte. Ich wäre hier höchst willkommen, sagte er. In Weißhaupts Grube war immer Platz für ein Kind mehr.

Die Grube

Fredrik schrie, zerrte an der Kette wie ein angebundener Hund, als Heldentat mir ein Seil um den Hals legte und mich zur Schiffstreppe führte. Wir kletterten hoch, ich vorneweg und Heldentat hinterher, und dann gingen wir weiter über das unaufgeräumte, stinkende Schlafdeck. Wir kletterten die nächste Schiffstreppe nach oben, und als wir an der Reling standen, da sah ich mich um, sah das Meer und die Felsen und die Schneedecke, die über allem lag.

Als hätte Heldentat meine Gedanken lesen können, grinste er und legte den Kopf schief.

»Sag dem Meer Auf Wiedersehen«, sagte er.

Dann kletterten wir die Strickleiter hinunter und ich hörte Schüsse von der Schäre, wo die Piraten jagten, und aus dem Bauch des Schiffs hörte ich Fredrik, der immer noch schrie.

Wir gingen übers Eis. An Flucht war nicht zu denken. Heldentat hielt das Seil fest, das er um meinen Hals gebunden hatte. In der anderen Hand trug er seine Büchse und bohrte mir den Lauf in den Rücken, damit ich das auch ganz bestimmt nicht vergaß.

Als wir auf der Insel waren, wurde der Schnee tiefer und ich musste stapfen.

Aber irgendetwas an diesem Schnee war seltsam, das fiel mir auf, nachdem wir ein Stück gegangen waren. Nach und nach veränderte er die Farbe.

Erst war er ganz, ganz hell grau, so wie die hellsten Steine des Meeres.

Dann wurde er dunkler, nur ein klein wenig, ungefähr wie getrockneter Fisch.

Dann wurde er noch dunkler, so wie unsere windgepeitschte Hütte zu Hause in Blauwiek.

Dann noch ein bisschen dunkler, wie die Haut eines Eishais.

Dann wurde er fast schwarz, wie der Stahl, mit dem man seine Messer schleift.

Und schließlich war er schwarz wie die Nacht.

Wohin ich auch blickte, es war überall dasselbe. Meine Augen, die an das gleißende Weiß gewöhnt waren, fingen an zu brennen, sie schmerzten richtiggehend von all dem Schwarz.

Dieser Schnee machte mir Angst. Wie war das möglich? War Weißhaupts Bosheit etwa in den Boden rund um die Diamantengrube gesickert? Hatte der Schnee deshalb seine Farbe verändert? Ja, ich fürchtete mich so sehr, dass ich es nicht einmal wagte, Heldentat danach zu fragen. Ich stapfte einfach weiter durch die

Schwärze. Ab und zu bohrte Heldentat mir den grässlichen, harten Lauf seiner Büchse in den Rücken.

Schließlich erreichten wir eine Ansammlung von Häusern. Ich hatte sie schon vom Felsen aus gesehen. Eines sah solide und ordentlich gebaut aus, es hatte Fenster, aus denen Licht nach draußen fiel, und einen Schornstein, aus dem es rauchte. Daneben stand ein zweites, das fast genauso aussah, und es gab eins, das überhaupt kein bisschen solide aussah. Es hatte keine Fenster und erinnerte eher an einen Speicherschuppen. Die vierte Hütte aber war die merkwürdigste von allen, denn sie war eigentlich gar keine Hütte, sondern ein richtig hoher Turm. Er sah ein bisschen wie ein Leuchtturm aus Holz aus, nur eben ohne Licht. Davor lagen gewaltige Haufen von irgendeinem Zeug, das auch schwarz war, aber es war kein Schnee. Zwei Piraten bewachten die Tür. Sie saßen auf Schemeln, aber als sie Heldentat sahen, standen sie auf und hoben ihre Mützen.

»Na so was, du bringst Nachschub?«, sagte der eine von ihnen. Er hatte einen Schnauzbart und trug ein bodenlanges Schaffell mit breitem Gürtel, an einem Ohr baumelte ein Ohrring. Mit dem Nachschub meinte er mich. Als wäre ich nichts anderes als das: neue Beute.

Heldentat knurrte eine Antwort und der andere Pirat, ein Glatzkopf mit buckligem Rücken, langem Kinn und kleinen, weit auseinanderstehenden Zähnen, öffnete die geschnitzte Tür. Ich hörte das Klirren von Hacken. Das Geräusch klang fern und seltsam gedämpft und jagte mir eiskalte Schauer den Rücken hinunter.

»Wo hast du die denn her, Heldentat?«, fragte der Bucklige und glotzte mich an. »Kannst du neuerdings auf dem Eis segeln?«

»Die ist aus freien Stücken gekommen«, antwortete Heldentat und bei diesen Worten glotzte der Bucklige noch mehr. Ja, und der andere natürlich auch. Heldentat bohrte mir die Büchse in den Rücken.

»So«, sagte er. »Vorwärts.«

Aber ich blieb stehen. Meine Arme und Beine, mein ganzer Körper zitterte. Die Schwelle kam mir vor wie eine Grenze, die meine alte Welt von einer neuen trennte. Und diese neue Welt wollte ich nicht betreten. Nein, plötzlich wusste ich, dass ich um mich schlagen würde, dass ich mit aller Macht kämpfen würde, um dieser Grube zu entgehen. Diese dunklen, engen Gänge – die Angst davor strömte seit meiner Geburt durch meine Adern. Ich wollte nicht rein!

»Nein«, sagte ich und schüttelte den Kopf.

Der im Schafsfell und der Bucklige lachten. Ich glaube, sie lachten Heldentat aus, weil ihm jemand widersprach, der ihm doch kaum bis zur Taille reichte.

Heldentat seufzte.

»Das bringt doch nichts«, sagte er.

»Ich werde da nicht reingehen«, sagte ich. Ich drehte mich um und sah ihm in die Augen. »Hörst du? Ich werde niemals da reingehen. Lass mich los!«

Und mit diesen Worten fing ich an, am Seil zu zerren, das um meinen Hals gebunden war. Ich zog, so fest ich konnte, und ich zischte immer und immer wieder: »Lass mich los! Loslassen! Loslassen, habe ich gesagt!« Die beiden Männer, die Wache hielten, hatten mächtig Spaß an der ganzen Sache.

Aber Heldentats Gesicht verdüsterte sich. Seine Wangenmuskeln strafften sich. Er wickelte das Seil fester um seine Hand und da gab es einen so harten und unbarmherzigen Ruck, dass ich hinfiel.

Er schleifte mich über die Schwelle in das große, seltsame Turmgebäude. Ich schrie und versuchte, auf die Knie zu kommen, aber es gelang mir nicht. Heldentat drehte sich nicht ein einziges Mal um, er ging einfach weiter. Es gab keinen Fußboden, nur festgetretene Erde, die mir Kleider und Haut aufriss. Das Seil zog sich um meinen Hals zusammen und drohte, mich zu erwürgen, und es tat immer mehr weh, wie ein Sack fortgeschleppt zu werden.

Endlich blieb Heldentat stehen.

»Steh auf«, sagte er.

Langsam kam ich auf die Füße und biss die Zähne zusammen, um nicht zu weinen. Der Turm wurde von mehreren Lampen erhellt. Im Boden klaffte ein gewaltiges, schwarzes Loch und von dort drang das Hacken herauf. Darüber war eine Balkenkonstruktion, die bis ganz oben in das Dach des Turms reichte. An den Balken waren Klötze und ein dickes Seil befestigt und am Ende des Seils hing etwas, das aussah wie ein Käfig aus Holz. Der Grubenaufzug.

Neben dem Grubenaufzug saß ein riesiger Pirat und döste. Er hatte einen struppigen Bart, dicht wie ein Busch, lange Haare, aber einen kahlen Scheitel und einen Riemen um den Kopf. Sein Gesicht war faltig und verhärmt, er war bestimmt sein halbes Leben zur See gefahren.

An der Wand saßen noch zwei weitere Piraten. Einer, der ziemlich pummelig war, mit Kleidung aus Seehundfell, und einer, der etwas ziemlich Seltsames im Gesicht trug. Etwas, das ich noch nie zuvor gesehen hatte: Auf seiner Wange prangte ein Bild – ein Messer, das auf ein Herz zeigte, und drei Tropfen Blut, die aus diesem Herz hinunterrannen. Beide Piraten hatten ihre Büchsen griffbereit.

Weiter hinten im Dunkeln saß noch jemand an einem Tisch. Eine Frau. Sie war hässlich. Ihre Augen sahen aus wie Wasser mit Milch gemischt und ihre Haare waren weiß. Vor ihr stand ein Teller und daneben ein Zinnbecher. Sie hielt ein Vogelbein in den Händen und nagte daran. Ihre Hose und Jacke waren aus Leder und ihre Büchse hing an der Rückenlehne des Stuhls.

War es nicht merkwürdig, dass alles hier so elend und schwarz war? In den Geschichten, die ich gehört hatte, waren bergeweise Edelsteine vorgekommen, groß wie Vogeleier. Ich hatte von einer Wächterin gehört, die statt Zähnen echte Diamanten im Mund hatte. Aber diese Frau, das konnte ich sehen, als sie aß, hatte gelbe, ungepflegte Zähne wie jedes andere alte Weib auch.

»Ist das hier wirklich eine Diamantengrube?«, fragte ich und sah Heldentat an.

Da grinste er nur und sagte, nein, in dieser Grube gäbe es keine Diamanten und die hatte es hier auch nie gegeben. In dieser Grube gab es nur Kohlen.

Er schaute die Frau am Tisch an.

»Guten Tag, Täubchen«, sagte er.

Die Frau, die Taube hieß, warf ihm einen kurzen Blick zu, dann nagte sie weiter an dem Vogelbein.

»Hier, kannst du die gebrauchen?«, fragte Heldentat und nickte in meine Richtung.

Taube spuckte ein Stück Sehne auf den Boden, fuhr sich mit dem Handrücken über den Mund und stand auf. Sie nahm Heldentat das Seil aus der Hand und führte mich zu einer Wand, in der eine lange Reihe großer Haken steckte. An einigen von ihnen hingen Sammelkörbe, aber nicht an allen. Taube knotete das Seilende an einem der Haken fest und ging zurück an den Tisch, um weiterzuessen.

»Dann verziehe ich mich mal wieder, Täubchen«, sagte Heldentat. »Ich wollte noch was mit dem Kapitän besprechen.«

»Halt!«, sagte ich. »Was wird denn aus meinem Freund?«

Heldentat blieb stehen und sah mich an.

»Genau darüber werde ich mit Weißhaupt sprechen«, sagte er. »Ein Mann, der uns in die Hände fällt, bekommt für gewöhnlich ein Angebot.«

»A-angebot?«

»Die Schneerabe hat reichlich Platz für einen Piraten mehr und wir können jeden gebrauchen. Die Schiffer sind immer besser gegen Überfälle gerüstet. Der Gefangene bekommt drei Tage, um das Angebot anzunehmen. Die meisten brauchen nur einen Tag, aber irgendetwas sagt mir, dass dein Freund ein Sturkopf ist.«

»Er mag keine Piraten«, sagte ich.

Heldentat feuerte ein dröhnendes Lachen ab.

»Niemand mag Piraten«, antwortete er. »Tod und Teufel, nicht mal ich kann uns leiden!«

»Ja, aber … warum will man dann einer werden?«

Da legte Heldentat seinen Zeigefinger an die Stirn und antwortete:

»Weil man die Wahl hat, natürlich: Entweder sagt man Ja oder man entscheidet sich für die Kugel.«

Die Kinder

Zum gedämpften Klirren der Hacken unter der Erde saß ich gefesselt an der Wand und wartete. Ich schloss die Augen und versuchte, mir vorzustellen, welche der Hacken wohl Mikis war. Die, die so gleichmäßig im Takt schlug, als wäre sie eine Glocke? Oder die langsame, die so etwas wie eine kurze Denkpause zwischen den Schlägen machte? Oder die, die bei jedem Schlag abzuprallen schien, sodass das Klirren sich verdoppelte?

Die Piraten, die Wache hielten, wirkten gelangweilt, gähnten ziemlich viel und unterhielten sich über dies und das. Sie vermissten bestimmt ihre Kameraden von der Schneerabe, in ihren Augen war es die reinste Sklavenarbeit, in der Grube zu hocken, um Kinder zu bewachen. Am liebsten würden sie natürlich zur See fahren, aber da mussten sie wohl warten, bis das Eis brach.

Taube scherte sich nicht weiter um die Männer, sondern widmete sich ihrem Vogelbein. Als sie endlich aufgegessen hatte, leckte sie die Schneidezähne mit der Zunge sauber, dann sah sie mich an.

»Wie heißt du?«, fragte sie.

»Siri«, antwortete ich leise.

Sie nickte, musterte mich von den Stiefeln bis zur Nase. »Bist du gesund?«

»Ja.«

»Stark?«

»Ich glaube schon.«

Taube nickte wieder, dann zeigte sie mit dem Kinn zum Grubeneingang.

»Je stärker man ist, umso länger hält man hier durch«, sagte sie. »Die Kleinen und Schwachen gehen schnell drauf.«

Ich schluckte, mir wurde schwindelig. Ja, mir wurde schwarz vor Augen und in all dem Schwarz tauchten Bilder auf, Bilder von kleinen Grubenkinderleichen mit gebrochenen Rücken und bleichen Wangen.

»Wie ...«, fragte ich mit trockenem Mund, »geht das denn mit dem Kohlegraben?«

Taube lehnte sich zurück und nahm ihren Becher. Dann erzählte sie, wie das mit der Arbeit in Weißhaupts Bergwerk war:

Morgens hängte man sich einen Tragekorb auf den Rücken, nahm eine Lampe und eine Hacke, dann wurde man mit dem Aufzug in die Grube hinuntergelassen und ab da hieß es kriechen. Es gab viele lange, verschlungene Wege dort unten, ein Netz aus Tunneln und unterirdischen Räumen. Dann fing man an zu hacken, bis die schmerzenden Arme die Hacke von alleine schwangen, bis man fast verrückt wurde vom Klirren. Und wenn man den Tragekorb endlich mit Kohlen gefüllt hatte, dann setzte man ihn sich wieder auf den Rücken und kroch zurück, denn wenn der Korb voll war, dann durfte man nach oben kommen.

Ich schauderte und blickte zum Grubenloch, dem schwarzen Schlund, der morgens Kinder verschluckte und sie erst wieder ausspuckte, wenn sie mit der Arbeit fertig waren. Ich sah Taube an.

»Wie lange dauert es denn, bis so ein Korb voll ist?«, fragte ich.

Sie trank einen Schluck aus ihrem Zinnbecher.

»Das wirst du morgen schon herausfinden«, antwortete sie.

Dann sagten wir nichts mehr, sondern saßen schweigend da und lauschten dem ewigen, traurigen Hacken aus dem Untergrund und dem Geschwätz der Piraten, die sich einig waren, dass Grubenwache ein Elend war. Der, der am Grubenloch gesessen und gedöst hatte, wachte auf und kratzte sich mit einem rostigen Messer den Dreck unter den Fingernägeln raus.

Ein paar Stunden später klingelte eine Schiffsglocke. Ich fuhr zusammen, verstand erst gar nicht, woher das Geräusch kam. Aber dann sah ich, dass die Glocke an der Balkenkonstruktion befestigt war, an der auch der Aufzug hing. Von der Glocke führte ein Seil hinunter ins Grubenloch. Die Piraten kamen auf die Füße, der mit dem Bild im Gesicht streckte sich und sagte gähnend, es wäre so weit.

Der größte Pirat, der am Grubenloch gesessen hatte, ließ den Grubenaufzug nach unten und in mir verkrampfte sich alles, weil es so schrecklich lange dauerte, bis der Korb landete. Währenddessen prüften die beiden anderen ihre Büchsen und stellten sicher, dass sie geladen waren.

Dann zog der riesige Mann mit dem Bart den Aufzug wieder hoch. Er brauchte gar nicht mal so viel Kraft, aber der Weg nach oben dauerte natürlich trotzdem länger, als den Korb nach unten zu schicken.

Dann auf einmal war er da. Ein Junge stand darin. Eine durch und durch schwarze, magere Gestalt. Es war ein schrecklicher Anblick. Wie ein Insekt sah er aus. Seine Füße waren schwarz, seine Hose war schwarz, sein Hemd war schwarz, genau wie Hände, Hals, Gesicht und Haare. Der Tragekorb, bis zum Rand mit Kohle gefüllt, war schwarz, die Hacke in seiner Hand war schwarz – und die Lampe, die er in der anderen Hand hielt, die war so schwarz, dass man die Flamme hinter dem Glas kaum mehr erkennen konnte. Das Einzige, was nicht schwarz war, waren die Augen des Jungen, die waren grün.

Er stieg aus dem Aufzug, blies die Flamme aus und stellte die Lampe zusammen mit der Hacke auf einem Regal ab. Dann kippte er seine ganze Kohle auf den Boden und hängte den Korb an einen der Haken, unter denen ich saß. Er sah mich an, aber er sagte nichts, sondern ging zur Tür, wo er sich sofort auf den Boden sinken ließ, um sich auszuruhen. Die bewaffneten Piraten standen schon bereit, breitbeinig und grimmig, als wollten sie ihm klarmachen, dass er gar nicht erst auf die dumme Idee kommen sollte, einen Fluchtversuch zu wagen.

Aber der Junge schaute sie nicht mal an. Er hatte die Arme um die hochgezogenen Knie geschlungen, die Stirn an die verschränkten Hände gelehnt. Vielleicht war er schon eingeschlafen?

Ein bisschen später klingelte die Glocke wieder. Das nächste Kind, das hochkam, war ebenfalls ein Junge, ein bisschen jünger als der erste. Genauso selbstverständlich lud er Lampe, Hacke, Last und Korb ab und ging zur Tür, um dort zu warten, bewacht von den Männern mit den Büchsen.

Ich merkte, wie ich ungeduldig wurde, ich wollte endlich sehen, dass Miki mit diesem Aufzug nach oben kam, wollte mit ihr reden, mich vergewissern, dass sie noch lebte und ihr Rücken noch ganz war. Aber als der bärtige Pirat das nächste Mal den Holzkäfig aus der Tiefe zog, stand wieder nicht Miki darin, sondern ein großes, schlaksiges Mädchen, bestimmt schon zwölf Jahre alt. Von den Schuhen an ihren Füßen waren nur noch Fetzen übrig, ihre Jacke war ein seltsam streifiges Ding, wie ein halb gerupfter Vogelkörper.

Kind für Kind tauchte aus der Unterwelt auf, alle gleichermaßen schwarz und erschöpft, alle mit blanken Augen, die in ihren gespenstischen Gesichtern leuchteten. Sie leerten ihre Körbe alle an derselben Stelle aus. Der Haufen aus Kohle reichte Taube schon bald bis an die Schulter. Sie stand daneben und überwachte alles: achtete darauf, dass die Körbe ordentlich gefüllt waren, achtete darauf, dass jedes Kind seine Gerätschaft an die richtige Stelle räumte, achtete darauf, dass sie ihre Plätze an der Tür einnahmen, wo die Kette aus ausgemergelten kleinen Körpern immer länger wurde.

Schließlich drang aus der Tiefe nur noch das Klirren einer einzigen langsamen Hacke nach oben. Taube zählte die Kinder an der Tür. Neunzehn Stück. Sie knotete das Seil auf, das um meinen Hals hing, hob die Stimme und sagte:

»Auf mit euch!«

Die Kinder kamen sofort auf die Füße. Die, die eingeschlafen waren, wurden von einem der Piraten mit einem Tritt geweckt. Die Reihe ordnete sich schnell und wie von selbst und Taube ging zur Tür, um sie aufzumachen.

»Warte!«, rief ich ihr zu.

Alle Kinder drehten sich um. Neunzehn Augenpaare sahen mich fragend, fast erschrocken, an. Es war offenbar alles andere als alltäglich, dass ein gefangenes Kind die Wächterin herumkommandierte. Aber Taube schien nicht verärgert zu sein, sie hob nur leicht die Augenbrauen und sagte:

»Ach ja?«

Ich zeigte zum Grubenloch.

»D-da ist noch jemand unten, nicht wahr?«

Taube nickte.

»Sie kommt hoch, sobald sie ihren Korb gefüllt hat. Und dann sortiert sie die Kohle.«

Sie nickte mit dem Kopf zu dem riesigen Kohleberg auf dem Boden.

»So läuft es hier bei uns. Wer zuletzt hochkommt, muss sortieren. Weißhaupt will es so. Wie gesagt, klein und schwach ist kein Vorteil in der Grube.«

Sie öffnete die Tür und machte einen Schritt zur Seite, um die Reihe an sich vorbeimarschieren zu lassen. Dann sah sie mich mit einem merkwürdigen, fast freundlichen Blick an und sagte: »Aber so ist es wohl überall anders auch.«

Kleine Schwester

Draußen war es Abend geworden, der Himmel hatte dieselbe schwarze Farbe wie der Schnee. Die Sterne bildeten ein wunderschönes Meer aus tausend kleinen Lichtern, die auf unseren schweigsamen Zug hinunterblickten. Weißer Frostatem schwebte über den verfilzten kleinen Köpfen. Das letzte Kind in der Reihe war ich und hinter mir liefen die beiden Piraten mit den geladenen Büchsen.

Ich warf einen verstohlenen Blick zu dem großen Haus, das so solide und stabil gebaut aussah. Durch eines der beleuchteten Fenster konnte ich die Umrisse eines Manns sehen, nur ganz kurz. Eine Sekunde später war er schon verschwunden.

»He, du«, sagte einer der Piraten hinter mir, »die Nase zeigt gefälligst nach vorne. Sonst glauben wir womöglich noch, dass du nach dem Büchsenlauf greifen willst.«

Ich wagte nicht zu antworten, ich starrte nur geradeaus und versuchte, nicht an die geladenen Waffen zu denken oder daran, wie sich eine Kugel im Rücken wohl anfühlen mochte, wie es war, mit dem Gesicht voraus in den Schnee zu fallen, während das Leben durch die Kleider pumpte – und in der warmen Pfütze seines eigenen Bluts zu liegen.

Unser Zug blieb vor der Hütte stehen, die aussah wie ein Speicher. Einer der Männer hob die Stimme und brüllte:

»Schafskopf!«

Es dauerte einen Moment, dann machte uns ein Pirat die Tür auf. Er hatte eine mächtige, graue Mähne und ein Auge, das so grässlich und starr aussah, dass es unmöglich echt sein konnte. Vielleicht war es aus Glas? Er trat beiseite, um dem Zug Platz zu machen.

Wir kamen in einen großen Raum. In der Mitte war eine gemauerte Feuerstelle. Über dem Feuer hing ein großer Kessel. An der einen Wand stand ein ziemlich großes Bett mit Vorhängen und an den drei anderen Wänden reihten sich jede Menge kleiner Betten aneinander, eins armseliger als das andere, unter jedem stand ein Nachttopf. Auf manchen lagen Kissen, aber auf vielen auch nur eine Wolldecke oder ein Fell. An jedem Bettpfosten hing eine Kette mit einem Eisenring. Und alles war schwarz vom Kohlenstaub.

Die Kinder krochen sofort unter ihre Decken. Ich begriff, dass jedes einen festen Platz hatte. Der Mann mit dem Bild im Gesicht hielt an der Tür Wache und der mit den Kleidern aus Seehundleder entschied, welches Bett meins sein sollte. Er wählte zwischen drei, vier leeren Betten aus, entschied sich für eins in der Ecke, zwischen einem Mädchen, das ungefähr zehn war so wie ich, und dem Jungen mit den grünen Augen, der als Erster aus der Grube gekommen war.

Ich legte mich auf die stinkenden Fetzen, glaubte fast zu hören, wie die Läuse schimpfend zusammenrückten, weil sie sich ab sofort den Platz mit mir teilen mussten.

Der Mann, der Schafskopf hieß, trug eine schmutzige Schürze um den Bauch und jetzt zog er ein paar dicke Lederhandschuhe über und nahm den Kessel vom Feuer. Alle Kinder saßen schon mit ihren Näpfen bereit und warteten. Ich durchwühlte die schmuddelige Decke in meinem Bett, entdeckte den Napf, der meiner war, und machte es wie die anderen: streckte ihn mit beiden Händen vor und wartete stumm, bis ich an der Reihe war.

Eine graue Pampe aus Erbsen landete in meiner Schale. Einen Löffel gab es für niemanden. Es blieb einem nichts anderes übrig, als das Essen mit den Fingern in den Mund zu schaufeln. Ich schauderte, als ich einen kleinen toten Mehlwurm zwischen den Erbsen entdeckte. Mit dem Zeigefinger fischte ich ihn raus und schnipste ihn weg. Das Mädchen neben mir starrte den Wurm an, der auf dem Boden gelandet war, und dann mich. Sie fand mich wohl zu wählerisch. Ja, sie hatte ja recht, Würmer machten schließlich auch satt, wie Fredrik mal gesagt hatte.

Bald hatten alle ihre Näpfe leer gegessen und einen Schluck Wasser bekommen. Einige Kinder saßen auf ihren Betten und schielten hungrig zu dem vollen Napf, der noch immer auf einem der Betten stand, vier Plätze von meinem entfernt. Mikis. Es waren ihre Erbsen. Die, mit denen sie ihren Hunger stillen durfte, wenn sie endlich mit der Mühsal des Tages fertig war. Bis dahin würden die Erbsen natürlich kalt sein.

Es wurde ganz still. Die zwei Kerle mit Büchsen lehnten an der Tür. Sie unterhielten sich murmelnd über irgendetwas, das ich nicht hören konnte, und lachten zwischendurch. Schafskopf saß am Feuer und aß Erbsensuppe. Er fragte die beiden anderen, ob sie nicht auch was wollten. Der mit den Bildern im Gesicht sagte, dass er diesen Fraß nicht mal dann essen würde, wenn Schafskopf ihn dafür bezahlen würde.

Ich lächelte das Mädchen neben mir vorsichtig an, aber sie lächelte nicht zurück, sondern starrte mich nur an, als wäre ich irgendein fremdartiges Wesen, ein Fisch mit zwei Köpfen oder so. Aber eigentlich, das wusste ich ja, war an mir nichts anderes fremd, als dass ich ein Kind aus der alten Welt war. Eins, das aussah, wie alle anderen früher auch ausgesehen hatten. Bevor der Kohlenstaub sie schwarz angemalt hatte.

Ich drehte mich zu dem Jungen auf meiner anderen Seite um:

»Warum muss die Kohle sortiert werden?«, fragte ich.

Er sagte erst gar nichts, aber dann räusperte er sich.

»Bist du die Schwester von der Kleinen?«, fragte er und nickte zu Mikis Platz. »Ihr seht euch ähnlich.«

Der Junge machte ein Gesicht, als würde er sich ziemlich schlau finden, weil er von selbst darauf gekommen war.

Ich nickte, glücklich, endlich reden zu können.

»Es wird noch dauern, bis sie kommt«, sagte er. »Sie muss jeden Abend die Kohle sortieren. Hackt schlecht.«

»Das ist ja nicht weiter verwunderlich«, sagte ich. »Sie ist doch viel kleiner als ihr alle. Wäre es nicht gerechter, wenn man sich mit dem Sortieren abwechseln würde?«

Da lachte der Junge, als hätte ich gerade etwas unheimlich Lustiges gesagt, und ein paar andere Kinder, die zugehört hatten, lachten mit.

»He, du da!«, brüllte Schafskopf.

Das Mädchen auf dem Bett neben Mikis hatte es gewagt, sich eine Handvoll aus ihrer Schale zu klauen. Jetzt kauerte sie sich auf ihrer Decke zusammen, duckte sich vor Schafskopfs unheimlichem Blick. Aber obwohl sie versuchte, sich nichts anmerken zu lassen, sah ich den Triumph in ihrem Gesicht. Sah, wie viel schon eine einzige kleine Handvoll Erbsen bedeutete.

Dass es dauern würde, damit hatte dieser Junge mit den grünen Augen allerdings recht gehabt. Die meisten um mich herum waren längst eingeschlafen, als die Tür endlich aufging und Miki mit Taube hereinkam.

Aber es machte mich nicht froh, sie zu sehen. Stattdessen wurde ich so traurig und wütend, dass ein großer Kloß in meinem Hals wuchs und mein Kinn zitterte. Meine Miki. Die Kleinste von allen, die Schwärzeste von allen und auch die Zerlumpteste, obwohl sie sicher als Letzte zu den Grubenkindern gestoßen war.

Und keinem der Kinder, die hierher verschleppt worden waren, um durch die Dunkelheit zu kriechen und Kohle zu hacken, stand die Furcht so deutlich in den Augen wie ihr. Sie war halb tot vor Angst, meine kleine Schwester.

»Miki«, sagte ich.

Ihr Blick suchte den schummrigen Raum ab. Als sie mich sah, blinzelte sie ein paarmal, konnte es wohl nicht richtig glauben. Dann breitete sich ein glückliches Lächeln auf ihrem Gesicht aus und es war wirklich so wunderschön, diese kleinen Zähne und die Lücke wiederzusehen. Sie rannte auf mich zu und schlang ihre Arme um meinen Hals.

»Siri, bist du's?«, flüsterte sie mir ins Ohr.

»Ja«, flüsterte ich zurück. »Verzeih mir, verzeih mir, dass ich dich weggeschickt habe, um Beeren zu pflücken.«

Miki ließ mich los, kniete sich hin.

»Siri, meine Stiefel sind mir zu klein geworden«, sagte sie. »Ich brauche neue.«

Ich schüttelte den Kopf, nichts hatte sich geändert – abgesehen davon, dass ihre Füße gewachsen waren. Wie konnte sie jetzt nur über etwas so Dummes und Unwichtiges reden?

»Ich kann dir keine Stiefel besorgen«, sagte ich. »Du musst mit denen auskommen.«

»Manche Kinder haben nur Wickel an den Füßen«, sagte Miki und fuhr über ihre Stiefel, die Stiefel, die ich schon getragen hatte, als ich sieben war.

Dann konnten wir nicht weiterreden, weil Taube Miki auf ihren Platz scheuchte. Miki aß gierig ihre Erbsen auf und bekam dann einen Schluck Wasser von dem Piraten, der Schafskopf hieß.

Taube hatte einen Schlüsselbund an ihrem Gürtel und damit schloss sie der Reihe nach jedes Kind an. Dafür hingen natürlich die Eisenringe an den Betten. Taube legte sie jedem einzelnen Kind um den dürren Knöchel. Die meisten wurden dabei nicht einmal wach.

»Na?«, sagte Taube zu den drei Männern. »Wartet Heldentat heute nicht auf euch?«

Sie nickten ein bisschen dumm und machten sich bereit zu gehen. Der mit den Bildern im Gesicht knurrte, dass man zumindest ein Danke erwarten konnte, wenn man schon den ganzen Tag schuftete, um auf die Kinder aufzupassen.

»Sag ihm, er soll morgen jemanden schicken, der nicht so viel redet«, bekam er von Taube zur Antwort.

Als die drei verschwunden waren, schloss Taube die Tür ab und ging zum anderen Ende des Raums, wo ihr eigenes Bett stand. Ich betrachtete sie, als sie sich hinsetzte, um ihre Stiefel auszuziehen. Ja, sie war hässlich, aber sie war noch nicht alt. Ausgezehrt irgendwie, wie Treibholz, so trocken, weiß und spröde. Sie packte die Büchse neben sich ins Bett, löschte die Lampe, die auf einem kleinen Tischchen stand, und legte sich hin. Sie seufzte ein paarmal. Es lag etwas Unglückseliges über diesen Seufzern, etwas abgrundtief Trauriges.

Nur wer Angst hat in der Nacht, über dem die Büchse wacht, dachte ich. Wer hätte ahnen können, dass Weißhaupts Gefangenenwächterin dazugehörte?

Ich lag wach und blinzelte an die Decke, versuchte, das Unbegreifliche zu begreifen. Dass hier von nun an mein Zuhause sein sollte, dass ich hier leben und hier sterben sollte. Vielleicht schon bald? Vielleicht erst in einigen Jahren? Und was wäre mir eigentlich lieber?

»Siri?«, flüsterte Miki.

»Ja?«

»Glaubst du, Papa vermisst uns?«

»Sch!«, zischte Taube. »Ihr schlaft jetzt, sonst übersteht ihr den Tag morgen nicht.«

Da sagten wir nichts mehr. Aber nach einer Weile fing ich an, ganz, ganz leise ein Lied zu singen, das ich Miki zu Hause auf unserer Schlafbank immer vorgesungen hatte. Ich wusste nicht, ob sie es drüben auf ihrem Bett hören konnte, aber es ging so:

Auf der Jungfrauenschäre, da fischt – juhee
die Jungfer Rund geschickt
Dorsch und Makrele mit ihrem Zeh,
das klingt bestimmt verrückt.

So manches hat sie nie gebraucht
– sich mit Netzen und Angeln zu plagen –,
doch dann ist ein Mann bei ihr aufgetaucht,
ganz plötzlich und ohne zu fragen.

Das Pech des Fischers war riesengroß:
Er rutschte aus und fiel vom Boot,

doch er ergriff ihren Zeh und ließ nicht mehr los
und sie zog ihn heraus, drum ist er nicht tot.

Die Jungfer Rund lachte und freute sich sehr
über diesen stattlichen Fang.
Nass wie ein Hering kroch er aus dem Meer
und blieb dann bei ihr für sehr lang.

Und so nahm sie der Fischer zur Braut – juhuu.
Bringt Netze und Angeln herein!
Zwei Kinder gesellten sich bald schon dazu,
zwei Mädchen, so reizend und fein.

In der Kohle

Wir wurden früh geweckt, Taube brachte uns Brot und Wasser. Während ich aß, versuchte ich, den Eisenring ein bisschen zu verschieben. Es tat weh, so angekettet zu sein. Aber der Ring saß fest und das sollte natürlich auch so sein, damit man seinen Fuß nicht herausziehen konnte, ganz gleich, wie mager man bei Wasser und Brot wurde.

An der Hüfte trug Taube den Schlüsselbund wie einen eisernen Blumenstrauß. Auf Blautum, unserer Insel, gab es nicht viele Blumen, aber manchmal hatten Miki und ich im Frühling schon Felsenrosen gefunden, die Papa dann in einem Becher auf den Küchentisch stellte. Da hatten wir es richtig hübsch zu Hause!

Ich sah Miki an. Sie war froh und winkte mir mit ihrer schwarzen Hand. Sie dachte wohl, dass jetzt alles in Ordnung kommen würde, weil wir wieder zusammen waren. Aber wie sollte das gehen? Das hier war kein verknotetes Netz, kein verbogener Hosenknopf und kein Dorn im Finger. Das hier war nichts, was ich regeln konnte, nur weil ich die große Schwester war.

Als alle gegessen hatten und auf dem Nachttopf gewesen waren, mussten wir noch eine Weile auf Heldentats Piraten warten. Sie schlurften mit ziemlich verschlafenen, mürrischen Gesichtern durch die Tür. Es waren andere als gestern. Einer mit bösen Augen und fast ohne Zähne, aber dafür mit einer unheimlichen Narbe schräg über dem Hals; und einer, den die anderen Schlagzuerst nannten. Er trug einen Umhang aus gesprenkeltem Leder, ich glaube, es war Mützenrobbe. Der dritte war einer, der kaum größer war als ich. Der war der mürrischste von allen, weil er die Aufgabe bekommen hatte, unsere Nachttöpfe auszuleeren und Erbsen zu kochen.

Taube fing an, die Ketten aufzuschließen. Als der Ring um meinen Knöchel endlich abgenommen war, wurde mir gleich ein bisschen leichter ums Herz. Natürlich würde sich alles finden, zumindest würde alles ein kleines bisschen besser werden. Und als wir uns in eine Reihe stellten, um zur Grube zu gehen, da wusste ich eins ganz sicher, nämlich dass ich Miki heute helfen würde, ihren Korb zu füllen, damit sie nicht wieder als Letzte nach oben kam.

Taube ging vor, Schlagzuerst und der mit der Narbe folgten als Letzte, alle drei hatten natürlich ihre Büchsen dabei. Vor der Grubentür saßen bereits zwei neue Fieslinge und am Aufzug stand einer, der einen Schifferkrause-Bart und mehrere Goldzähne hatte, die ich sehen konnte, als er gähnte.

Ich machte alles wie die anderen, nahm einen Korb vom Haken und holte mir eine Lampe und eine Hacke. Ein Junge hatte einen trockenen Span von Taube bekommen. Er hielt ihn in die Flamme einer der Lampen an der Wand, zündete dann seine eigene Lampe an und gab das Hölzchen weiter.

Jeweils zu dritt wurden wir in das tiefe Grubenloch hinuntergelassen. Ich stieg mit Miki und einem schielenden Mädchen in den Aufzug.

Ich spürte ein Ziehen im Bauch, als wir uns in Bewegung setzten. Dann ging es schnell nach unten, endloses Schwarz sauste an meinen Augen vorbei. Würden wir denn nie landen? Die Luft wurde immer stickiger und ich blickte nach oben, zu dem kleinen Lichtpunkt, wo die Öffnung im Boden war. Die Entfernung machte mir Angst und ich hatte das Gefühl, von der Dunkelheit erwürgt zu werden.

Als der Aufzug endlich angekommen war, schlug er so hart auf dem Boden auf, dass ich hinfiel. Eilig kam ich wieder auf die Füße und stieg aus. Wie sollte man in dieser unheimlichen, drückenden Schwärze nur arbeiten? Ich versuchte, die Flamme in meiner Lampe größer zu drehen, aber das ging nicht.

Mikis Augen glitzerten mir entgegen, wie zwei schwebende Lichtpunkte in der Finsternis. Plötzlich fiel sie mir um den Hals.

»Ich bin so froh, dass …«, sagte sie, aber dann brach ihre Stimme.

Sie war natürlich erleichtert, mich dabei zu haben. Wie schrecklich musste es für sie gewesen sein, ganz alleine hier, tief unter der Erde?

»An die Arbeit«, sagte ich und befreite mich aus ihrer Umarmung. »Du zeigst mir jetzt, wo wir hinmüssen, und dann teilen wir beide, du und ich, alles auf, was wir hacken.«

Miki nickte. Sie hob ihre Lampe und zeigte mir die vielen verschiedenen Tunnel.

»Ich nehme immer den kleinsten da«, sagte sie.

Ich schaute zu dem engen Stollen, auf den sie zeigte. Schon alleine bei dem Gedanken, dort hineinzukriechen, wurde mir ganz anders. Mit dem Korb auf dem Rücken würde ich stecken bleiben, ganz sicher.

»Wieso nimmst du nicht einen der größeren?«, fragte ich.

»Weil sie da weggescheucht wird, natürlich«, sagte das Mädchen, das mit uns im Aufzug gewesen war. Ich hob die Lampe, um sie besser sehen zu können.

»Weggescheucht?«, fragte ich. »Von wem?«

»Von den Älteren«, antwortete das Mädchen. »So ist es hier unten, je kleiner man ist, desto weniger hat man zu melden. Deine Schwester war in den schmalen Gängen, seit sie hergekommen ist.«

»Wäre es nicht besser, sich zu einigen, statt sich gegenseitig zu verjagen?«, fragte ich und plusterte mich auf, denn ich hatte keine Angst vor diesem Mädchen, auch wenn ich an ihren Lumpen sah, dass sie schon lange hier war.

Das Mädchen spuckte auf den Boden und grinste höhnisch.

»So was wie Einigkeit gibt es hier unten nicht«, sagte sie.

Sie steckte die Hacke in eine Halterung an ihrem Korb, dann

ging sie auf die Knie und kroch in einen der Gänge, aber die Hand, in der sie die Lampe hielt, konnte sie natürlich nicht zum Kriechen gebrauchen. Es war ein trauriger Anblick, als sie im Dunkeln verschwand, wie ein hinkendes, dreibeiniges Tier.

Ich schaute zu Miki, die neben mir stand, klein und tapfer. Hier war sie Tag für Tag herumgekrochen, weggejagt und unterdrückt von den anderen Kindern. Es war so ungerecht, dass ich am liebsten geschrien hätte.

Aber ich schrie nicht. Ich nickte zu einem der Stollen, der groß und vernünftig aussah und in dem wir genug Platz haben würden, ohne stecken zu bleiben.

»Wir nehmen den da«, sagte ich. »Ab sofort wird dich niemand mehr wegscheuchen.«

Da schien Miki gleich ein Stück zu wachsen und sah richtig zufrieden aus. So brachen wir zum Hacken in den großen, schwarzen Kohlebauch auf, meine kleine Schwester und ich.

Und wie wir hackten. Wir hackten und hackten und hackten, bis der ganze Körper vor Schmerzen schrie. Niemals hätte ich gedacht, dass Kohle so hart ist. Mit aller Kraft schwang ich die Hacke, und wenn ich Glück hatte, sprang sogar ein kleines Stück ab. Aber viel zu oft prallte die Hacke auch zurück, ohne dass ich irgendetwas in den Korb werfen konnte.

Bei Miki klappte es natürlich noch schlechter. Sie schaffte es kaum, den Griff über den Kopf zu heben, und manchmal rutschte ihr die Hacke ganz aus der Hand und fiel ihr vor die Füße, statt dort zu treffen, wo sie treffen sollte.

»Wieso muss die Kohle sortiert werden?«, fragte ich. »Weißt du das?«

»Weil Weißhaupt jeden Tag nur ein einziges Stück haben will. Nämlich das härteste«, antwortete Miki. »Wenn man es gefunden hat, dann darf man damit zu ihm gehen.«

»Dann ... dann bist du ihm schon begegnet?«, fragte ich und schluckte. »Dem Kapitän?«

»Ja«, sagte Miki und nickte. »Er ist unheimlich.«

»Wozu braucht er denn dieses harte Stück?«, fragte ich.

Miki ruhte sich ein bisschen aus und versuchte, sich den Kohlenstaub aus den Augen zu reiben.

»Er steckt es in ein Kompasshaus«, sagte sie.

»Hä?«, sagte ich.

»Ich habe es selbst gesehen«, sagte sie und schwang wieder die Hacke. »Er hat ein Kompasshaus und da steckt er das härteste Stück rein. Manchmal kracht es da drinnen.«

»Das kann nicht sein«, sagte ich, denn ein Kompasshaus, das ist so eine Art Schrank für einen großen Kompass, wie man ihn an Bord großer Schiffe hat. Miki kannte so etwas nur, weil bei uns zu Hause in der Küche, genau unter der Meerjungfrauenflosse, ein kleines gemaltes Bild von einem Schiff hing. Manchmal hatte Papa uns alle Teile des Schiffs gezeigt und erklärt, wie sie hießen. Aber wozu ein Kompasshaus an Land gut sein sollte, das konnte ich mir beim besten Willen nicht vorstellen.

»Doch«, sagte Miki. »Und weißt du, was er noch hat? Eine Bestie!«

»Eine Bestie?«

»Ja, eine Wolfsbestie, und die hat er an das Kompasshaus gebunden.«

Ich schüttelte den Kopf. Was sie da sagte, klang so merkwürdig, dass ich mich fragte, ob sie sich das alles nicht doch nur eingebildet hatte. Sie hatte eine ziemlich lebhafte Fantasie, meine Schwester.

»Sagen die anderen Kinder auch, dass das ein Kompasshaus ist?«, fragte ich.

Ja, meinte Miki, das sagten sie. Aber dann meinte sie, dass die anderen das wohl doch nicht gesagt hatten, und dann sagte sie, dass sie es nicht wusste, weil sie noch nie jemanden danach gefragt hatte und weil niemand hier so richtig mit ihr redete. Aber tatsächlich redeten die Kinder abends ohnehin so gut wie gar nicht, weil sie nämlich nicht reden durften. Das hatte Taube so entschieden. Sie wollte, dass alle schliefen, um Kräfte für die Arbeit am nächsten Tag zu sammeln.

»Glaubst du, dass es stimmt«, fragte ich, »dass sie Weißhaupts Tochter ist?«

Miki nickte.

»Aber ja, das ist sie. Ich habe gehört, wie die Piraten darüber geredet haben, als ich im Frachtraum der Rabe saß.«

»Ach ja?«

»Ja. Sie haben gesagt, ich würde sie an Taube erinnern.«

»An Taube erinnern? Wieso denn?«

»Sie meinten, ich würde genauso laut schreien wie sie, als sie noch klein war. Dass sie ein richtiger Schreihals gewesen wäre.«

»Ja?«

»Mm. Die Piraten mögen sie«, fuhr Miki fort. »An dem Tag, an dem Weißhaupt stirbt, wird sie den Kapitänsring erben, sagen sie. Und sie hoffen, dass sie dann mit ihnen segelt.«

Wieder hob sie die Hacke, schwang sie mit aller Kraft über den Kopf und ließ sie krachend auf der Kohle landen.

Hacken, hacken, hacken, das war alles, was man hier unter der Erde tat. Ich bekam Blasen an den Händen und meine Augen schmerzten von all dem Staub und der Dunkelheit. Aber es gab keinen anderen Weg, als weiterzumachen, um hochzukommen, hoch, um sich auszuruhen, hoch, für ein bisschen Licht.

Nach einigen Stunden, als unsere Körbe ungefähr halbvoll waren, tauchten drei Kinder in unserem Stollen auf, zwei Jungen und ein Mädchen. Sie waren ungefähr elf oder zwölf, schätzte ich.

»Verschwindet hier«, sagte einer der Jungen.

Miki machte sofort Anstalten zu gehorchen, aber ich streckte die Hand aus und hielt sie davon ab.

»Nein«, sagte ich.

Der Junge wechselte einen vielsagenden Blick mit den beiden anderen.

»Das hier ist unser Stollen«, sagte er dann. »Ihr seid kleiner und müsst euch einen anderen Platz suchen.«

»Taube hat nicht gesagt, dass kleine Kinder kleine Stollen nehmen müssen«, entgegnete ich.

»Hier unten hat Taube nichts zu bestimmen«, sagte der Junge.

»Hier gibt es genug Kohle für alle!«, sagte ich.

»Kohle ja«, antwortete der Junge. »Aber Luft nicht. Verschwindet jetzt.«

»Verschwindet selbst!«, sagte ich. »Wir waren zuerst hier und wir gehen nicht!«

Der Junge zögerte. Er sah aus, als wollte er noch irgendetwas sagen. Aber dann machte er kehrt und verschwand im Dunkeln. Die beiden anderen folgten ihm. Ich hob meine Hacke und schlug sie so hart auf die Stollenwand, dass eine richtige Lawine herunterrasselte, Kohlenstücke, die Miki und ich sofort zwischen uns aufteilten. So langsam sah unsere Ausbeute ganz ordentlich aus.

»Jetzt können wir bald hoch!«, sagte ich zu Miki und war wirklich ein bisschen froh.

Miki nickte. Sie fing an zu singen, das Lied von der Jungfer Rund, aber zwischendurch sang sie, wie die Jungfer Rund noch andere Sachen machte, als mit den Zehen zu angeln. Zum Beispiel in der Nase bohren oder Kohle hacken, und da mussten wir sogar lachen! Ist das nicht komisch? Da standen wir mitten im Elend und lachten!

Aber dann passierte etwas. Ja, etwas so Trauriges und Hässliches, dass es mich trauriger machte als all das andere, das in Weißhaupts Grube traurig und hässlich war. Es passierte, als Miki dastand und das Liedchen sang. Die drei Kinder tauchten plötzlich wieder auf, dieses Mal schlichen sie heimlich heran. Ich fuhr zusammen, als ich sie entdeckte, aber dann berappelte ich mich.

»Was wollt ihr denn schon wieder?«, war das Einzige, was ich noch sagen konnte, bevor einer der Jungen mich an den Armen packte und festhielt. Das Mädchen hob Mikis Korb hoch und Miki wagte es nicht, auch nur den kleinen Finger zu rühren, als das Mädchen die ganze Kohle in ihren eigenen und in die Körbe der Jungen schüttete. Dann schnappten sie sich ihre Beute und rannten weg.

»Gebt das wieder her!«, fauchte ich und stürmte ihnen nach, aber da hob das Mädchen ihre Hacke und sagte:

»Hau ab oder ich schlage zu!« Und dann verschwanden die drei, um nach oben zu kommen, ins Licht und an die frische Luft, denn jetzt hatten sie ihre Körbe voll und mussten nicht mehr hacken.

»Jetzt wisst ihr, dass ihr euch von hier fernhalten solltet!«, waren die letzten Worte des Mädchens, bevor sie im Dunkeln verschwand.

Kapitän Weißhaupt

Wie wir es schafften, Mikis Korb ein zweites Mal zu füllen, das begreife ich bis heute nicht, wenn ich daran denke. Aber ich weiß noch, wie Miki mir erzählte, dass die großen Kinder ihr nicht zum ersten Mal die Kohle gestohlen hatten. Und ich weiß auch noch, was ich dachte, als ich das hörte:

Es gibt einen Mann, der benutzt Kinder, als wären sie Tiere. Das hatte ich immer gesagt, wenn wir zu Hause auf unserer Schlafbank lagen. Was ich damals nicht wusste, war, dass Weißhaupts Grube Kinder in Tiere *verwandelte*. Ja, so war es. Wir waren nicht länger Kinder, wir waren Tiere auf drei Beinen, Tiere, die aus Näpfen aßen, Tiere, die nur sich selbst halfen und niemandem sonst.

Als wir endlich fertig waren, da war ich so müde, dass meine Arme und Beine kaum mehr zu meinem Körper zu gehören schienen. Wie schwere, taube Brocken fühlten sie sich an, Brocken, die ich den ganzen Weg durch den Stollen bis zum Aufzug schleifen musste. Mein Kopf platzte schier vor Dunkelheit, ich hätte genauso gut blind sein können. Unter der Erde war längst keine Hacke mehr zu hören. Wir waren die Letzten. Wir zogen am Seil, und als der Holzkäfig scheppernd auf dem Boden landete, scheuchte ich Miki an Bord.

»Fahr du«, sagte ich. »Wir sehen uns, wenn ich mit Sortieren fertig bin.«

Miki nickte. Sie sah mich mit ängstlichen Augen an.

»Mir geht es gut«, sagte ich und lächelte, damit sie nicht merkte, wie sehr ich mich vor dem fürchtete, was vor mir lag: Weißhaupt zu begegnen.

Mit einem Ruck setzte sich der Aufzug in Bewegung. Miki presste ihr Gesicht in einen Spalt zwischen zwei Bretter, sah mich für den kurzen Moment an, für den das noch möglich war, dann verschwanden wir beide im Schwarz.

Als Miki oben war und der Holzkäfig zum zweiten Mal unten landete, war ich an der Reihe. Während ich ans Licht gezogen wurde, sog ich gierig die frische Luft ein. Es fühlte sich an, als würde das Leben in meine Lunge zurückströmen. Mein Kopfweh ließ nach und meine Augen wurden im selben Takt größer, in dem sich der Aufzug nach oben bewegte.

Als ich oben ankam, waren die Kindern schon mit Schlagzuerst und den anderen Piraten gegangen. Zurückgeblieben waren nur Taube und der Pirat mit den Goldzähnen.

Taube setzte mich neben den Haufen, die Kohlenausbeute des Tages.

»Wenn du das härteste Stück gefunden hast, kannst du damit zu Weißhaupt gehen«, sagte sie. »Danach darfst du essen und schlafen.«

»Woher weiß man, welches das härteste ist?«, fragte ich.

»Du nimmst zwei Stücke und reibst sie aneinander. Das Stück, das die tieferen Kratzer bekommt, legst du weg und das, was du in der Hand behältst, reibst du an einem neuen Stück und wieder legst du das mit den tieferen Kratzern weg. So machst du immer weiter, bis du jedes Stück in der Hand hattest.«

Sie setzte sich an ihren kleinen Tisch, wo etwas zu essen für sie stand. Ich vermutete, dass es ihr von der Rabe herübergebracht worden war. Geräuchertes Robbenfleisch, Getreidebrei. Ein roter Apfel auf einem Teller.

Ich betrachtete den riesigen Kohlenberg. War es nicht wahnsinnig, dass wir den ganzen Tag von früh bis spät ohne Pause gehackt hatten, wahnsinnig, wie viel Kohle aus der Tiefe hochgezogen worden war – und dann wollte Weißhaupt nur ein einziges Stück? Das allerhärteste. Wozu brauchte er es? Ich konnte es mir beim besten Willen nicht erklären, egal wie sehr ich mir den Kopf zerbrach, während ich Stunde um Stunde auf dem Boden hockte und Kohle aneinander rieb.

Es war eine harte Aufgabe. Im Raum brannten nur ein paar Laternen und ich musste die Augen zusammenkneifen, wenn ich die Kratzer vergleichen wollte. Manchmal musste ich noch mal von vorne anfangen, weil mein Kopf immer müder wurde, und wieder und wieder bildete ich mir ein, ich hätte mich geirrt und das Stück weggelegt, das in Wirklichkeit viel härter gewesen war.

Am Ende, als meine Hände vor Anstrengung zitterten und von der Plackerei bluteten, war nur noch ein Kohlenstück übrig. Das härteste.

»Ich bin fertig«, sagte ich heiser.

Taube stand auf, trank den letzten Schluck aus ihrem Becher und hängte sich ihre Büchse über die Schulter. Dem Piraten mit den Goldzähnen hatte sie den Auftrag gegeben, die Öllampen zu füllen, und jetzt zeigte sie zu den Kohlen auf dem Boden.

»Schaff das hier weg«, sagte sie zu ihm. »Dann kannst du zu Heldentat zurück.«

Der Kerl stiefelte los, um einen Karren mit zwei Rädern und Deichsel zu holen. Auf der Ladefläche lag eine schwarze Schaufel. Als Taube und ich aus der Tür traten, hörte ich, wie er anfing, die ganze Kohle auf den Karren zu schaufeln. Die Kohle, die wir so mühsam herangeschafft hatten und die jetzt für nichts und wieder nichts in den Schnee gekippt wurde.

Taube und ich stapften durch die schwarze Nacht, Seite an Seite. Mein Atem sah aus wie knisternder Rauch. Grüne Lichter wogten über den Himmel, wurden erst weiß, dann blau und wieder grün. Das war das Polarlicht, das ich schon so oft gesehen und doch eigentlich immer so wunderschön gefunden hatte. Aber jetzt war gar nichts schön. Denn gleich würde ich Weißhaupt begegnen.

Was war, wenn das Stück, das ich in den Händen hielt, nicht das härteste war? Was, wenn ich mich geirrt hatte? Was, wenn Weißhaupt es merken würde? Was sollte ich dann tun? *Und wozu brauchte er das härteste Stück?*

Wir blieben vor dem Haus mit den leuchtenden Fenstern stehen. Ich sah Taube ratlos an und sie nickte zur Tür.

»Na los«, sagte sie.

Zaghaft klopfte ich an. Eigentlich komisch, dass es überhaupt zu hören war, aber das war es wohl, denn die Tür ging auf und vor mir auf der Schwelle stand er. Der Kapitän. Er sah alt und jung zugleich aus. Ein alter Mann und ein Jüngling in *einem* Körper. Seine Augen waren hell wie Wasser, aber seine Pupillen sahen aus wie schwarze Nagelköpfe. Ja, ich glaubte richtiggehend zu spüren, wie sie sich durch meine Haut bohrten und in mein Innerstes blickten und wie sie die Angst dort liegen sahen, kalt und nass, in ihrem knöchernen Korb, sahen, wie sie anschwoll.

Weißhaupt trug keine Mütze, seine Haare waren zu einem Knoten geschlungen und sie leuchteten genauso weiß wie Taubes.

»Das neue Kind?«, fragte er.

Ich wusste nicht, ob ich antworten sollte, ob es überhaupt eine Frage war, und wenn ja, ob er sie an mich gerichtet hatte. Ich nickte nur schüchtern.

Weißhaupt musterte mich mit einem Blick, den ich nicht deuten konnte, vielleicht war er einfach nur gleichgültig.

»Hast du etwas für mich?«, fragte er.

Ich nickte noch einmal und reichte ihm mein Kohlenstück.

»Danke«, sagte Weißhaupt leichthin, so als wären wir Freunde, die gemeinsam beim Essen sitzen, und als hätte ich ihm gerade die Butter rübergereicht.

»Dann sind wir fertig für heute«, sagte Taube und gab mir einen kleinen Schubs.

Ich weiß nicht, woher ich in diesem Moment den Mut nahm. Doch, ich glaube, ich dachte ganz einfach, wenn ich schon bis ans Ende meines Lebens für Weißhaupt Kohle hacken sollte, dann musste ich wenigstens wissen, wofür. Und wenn ihn die Frage wütend machte, wenn es ihn dazu bringen würde, meinen schnellen Tod zu befehlen, dann war es auch egal. Ja, das war es wirklich!

»Wofür brauchst du das härteste Stück?«

Taube keuchte auf, konnte wohl nicht fassen, was da gerade geschah, dass eins von Weißhaupts Grubenkindern ihn angesprochen hatte.

Aber Weißhaupt musterte mich aufmerksam. Eine ganze Weile stand er schweigend vor mir. Dann sagte er:

»Stimmt es, was Heldentat berichtet hat? Dass du mich aufsuchen wolltest? Dass du aus freien Stücken hergekommen bist?«

»Ja«, antwortete ich, auch wenn es sich falsch anfühlte. Er hatte es so klingen lassen, als wäre ich aus einer Art Sehnsucht heraus gekommen. Dass er, Weißhaupt, mich hierhergelockt hatte und nicht meine Schwester.

Er betrachtete mich noch ein bisschen länger. Dann wandte er sich an Taube und sagte kurz:

»Das Mädchen kann ein bisschen mit reinkommen. Warte hier.«

Und dann machte er einen Schritt zur Seite und gab mir mit der Hand ein Zeichen, dass ich eintreten sollte.

Eigentlich wollte ich nicht, mein ganzer Körper sträubte sich dagegen, mit ihm mitzugehen. Aber was blieb mir anderes übrig? Weißhaupt hatte entschieden, mich in sein Haus einzuladen. Während Taube sich draußen an die Wand lehnte, um zu warten, wie ihr befohlen worden war, trat ich zitternd über die Schwelle.

Als ich drinnen war, verschlug es mir die Sprache. Noch nie zuvor hatte ich so einen Raum gesehen! Hier brannten viele Lampen, das Licht war hell und warm und schön. Oben und unten, auf Regalen und Tischen, stapelten sich Blätter mit Abbildungen, es waren wohl Zeichnungen, und überall lagen mechanische Teile herum: Schrauben, Federn, Teile aus Eisen und Messing, Tintenfässer und eingetrocknete Gänsekiele. Aber das war nicht alles. Mitten im Zimmer stand ein seltsamer Gegenstand, der wirklich ein bisschen an ein Kompasshaus erinnerte. An ein großes Kompasshaus mit einem langen Holzarm. Und an diesem Arm, ja, so war es wirklich – an diesem Arm, der zwei Deichseln hatte, war ein Wolf angeschirrt! Ein echter Eiswolf, die Augen verbunden. Er sah verwahrlost aus und schlecht genährt, sein Fell war stumpf und an vielen Stellen ganz kahl und wund. Der Wolf stand völlig still, er gab keinen Mucks von sich. Man hätte glauben können, er wäre ausgestopft, wenn sich der Bauch nicht ein wenig gehoben und gesenkt hätte.

Weißhaupt schloss die Tür. Jetzt waren wir alleine. Er und ich und der Wolf.

Druck und Wärme

Für eine ganze Weile sagte Weißhaupt gar nichts. Er beobachtete mich, während ich mich mit großen Augen umsah, all die vielen Papiere, Bücher und mechanischen Teile betrachtete, den gewaltigen Eiswolf und das Ding, an dem er angeschirrt war.

Da erhaschte ich einen Blick auf mein eigenes Gesicht, das sich in der Kuppel des Kompassdings spiegelte, und ich erschrak, weil es ganz schwarz war, genau wie die Gesichter der anderen Kinder. So schnell war ich eines von ihnen geworden. Ich spuckte in meine Hand und rieb so viel Kohlenstaub weg, wie ich konnte. Dann warf ich einen verstohlenen Blick auf mein Spiegelbild. Ja, das war besser. Jetzt war ich wieder ich. Die alte Siri und kein Grubenkind.

Weißhaupt lachte lautlos. Er machte ein paar langsame Schritte in den Raum, griff nach einem Papier mit irgendwelchen Berechnungen.

»Du fragst dich also, wozu ich das härteste Stück brauche?«, sagte er.

Ich nickte, aber ich traute mich nicht, ihn dabei anzusehen.

Weißhaupt setzte sich auf einen Lehnstuhl, studierte die Zahlen auf dem Papier, als wäre es eine Landkarte, die er zu erfassen versuchte. Er war müde, das konnte ich sehen. Bis ins Innerste müde und ausgezehrt.

Als wäre ihm plötzlich wieder eingefallen, dass ich da war, hob er den Blick.

»Weißt du, wie Diamanten entstehen?«, fragte er.

»Nein«, antwortete ich – denn ich wusste ja nichts über Diamanten. Ich wusste, wie man Netze auslegte. Und wie man mit dem Daumen einen Heringskopf abbrechen konnte. Wie man aus einer Holzkiste einen Fischkasten baute und wie man ein Boot teerte. Aber nichts über Diamanten.

»Sie entstehen durch Druck und Wärme, tief unten im Boden«, sagte Weißhaupt. »Dort, im Mark der Erde, ist die Hitze so gewaltig und der Druck so hoch, dass die Kohle schmilzt und zu Diamanten gepresst wird.«

Er stand auf und sein Papier fiel zu Boden, aber er scherte sich gar nicht darum, sondern marschierte einfach darüber hinweg. Plötzlich war es nicht wichtiger als all die anderen Papiere, die zu Hunderten herumlagen, vollgeschmiert, durchgestrichen, voller Tintenkleckse.

Er ging zu seinem Kompassdings und da gab der Wolf ein erstes Lebenszeichen von sich. Er zuckte zusammen, versuchte zu gehen, aber irgendwie schien das Geschirr blockiert zu sein, denn der Wolf kam nicht vom Fleck. Er wirkte zornig, aber auch ängstlich, er trampelte mit seinen riesigen Pfoten, krümmte sich und knurrte dumpf.

Weißhaupt streichelte das seltsame Gerät, als würde es etwas fühlen. Mein Blick fiel auf den Ring an seiner rechten Hand. Der Kapitänsring aus Gold, verziert mit einem Muster aus zierlichen Knochen, das schön und schauerlich zugleich war.

»Diese Maschine habe ich gebaut«, sagte er. »Und sie wird mir einen Diamanten erschaffen.«

Er öffnete die Kuppel, die ganz oben auf der Maschine saß, und wischte ein wenig Asche weg.

»Man erzählt sich über mich ...«, sagte er und betrachtete die graue Asche in seiner Hand, »ich wäre ein böser Mann. Aber das stimmt nicht.«

Ich konnte nicht antworten, aber Weißhaupt wusste vielleicht sowieso, dass ich ihm widersprochen hätte, hätte ich mich getraut, und deshalb sah er mir in die Augen und sagte:

»Weißt du, ich bin auf der Schneerabe aufgewachsen. Mein Vater war Piratenkapitän und seine Besatzung auf dem ganzen Eismeer gefürchtet.«

»Aha«, antwortete ich leise.

»Ich verabscheute das Piratenleben«, fuhr Weißhaupt fort. »Ich verabscheute all das Elend, das wir verursachten. Ich flüchtete mich jedes Mal in die Kapitänskajüte, wenn wir ein Frachtschiff enterten. Versteckte mich vor den Schreien und dem Töten. Mein

Vater besaß ein Lexikon. Er hatte es natürlich gestohlen und nie darin gelesen. Aber ich, ich las es.«

Weißhaupt setzte sich wieder in seinen Lehnstuhl. Er starrte auf einen Punkt weit, weit weg und sprach fast mechanisch, als er seine Geschichte weitererzählte. In diesem Lexikon hatte er von Diamanten gelesen und wie sie entstanden. Und da hatte er beschlossen, eine Diamantenmaschine zu bauen. Er wollte seinem Vater beweisen, dass man reich werden konnte, ohne anderen etwas zu stehlen.

Aber dem alten Kapitän gefielen Weißhaupts Ideen nicht. Er sagte, sie wären hochmütig. Als Vater und Sohn im Streit auseinandergingen, da war Weißhaupt erst sechzehn. Jahrelang grub er nach Kohle, suchte ein Stück, das dem Druck und der Hitze in der Maschine, die er gebaut hatte, widerstand. Aber alle verbrannten zu Asche oder wurden pulverisiert – oder beides. Aber die Idee von den Diamanten hatte sich in seinem Kopf eingenistet, er konnte nicht aufhören zu suchen. Und als sein Vater in einer Seeschlacht starb, da war Weißhaupt so damit beschäftigt, nach Kohle zu graben, dass er nicht einmal Zeit fand, um zu seiner Bestattung zu gehen.

Aber die Piraten der Schneerabe suchten Weißhaupt auf und brachten ihm den Ring seines Vaters. Ja, es war alte Sitte in unseren Gewässern, dass das Kind eines toten Kapitäns den Ring übernahm. Ein anderer Nachfolger verhieß großes Unglück, so sagte man jedenfalls, und Piraten waren abergläubische Menschen. Und da, als Weißhaupt den Ring bekommen hatte, träumte er eines Nachts einen Traum. Einen Traum, der alles ändern sollte.

Ja, denn manchmal, wenn man etwas träumt und danach aufwacht, spürt man, dass dieser Traum etwas Besonderes ist. Man weiß, dass er einem etwas sagen wollte, dass es ein Wahrtraum war! Und Weißhaupts Traum, der handelte von einem Kind. Einem Kind, das für ihn das richtige Stück finden würde, das eine Stück, das sich in seiner Maschine schließlich und endlich in einen Diamanten verwandeln würde.

So gab Weißhaupt seiner Mannschaft den Befehl: »Schafft mir Kinder her. Alles andere, was euch in die Hände fällt, wenn ihr rammt, entert, brennt und tötet, das dürft ihr behalten. Aber die Kinder gebt ihr mir.«

Er sah mich aus seinen müden, blassen Augen an.

»Immer wieder habe ich von dem Kind geträumt, das mir das Stück bringen würde«, sagte er. »Diese Träume können nicht falsch sein. Und deshalb müsst ihr weiterhacken.«

Wieder stand ich da, ohne etwas zu sagen. Es war so seltsam, dass er gar nicht wusste, wie böse er war. Die Grube und die Kinder, die darin schufteten – er glaubte wirklich, all das diente einer guten Sache. Ja, am Anfang, da war sie vielleicht gut gewesen. Aber sie hatte sich in etwas Böses vewandelt und Weißhaupt hatte es nicht gemerkt. Und deshalb erschien er mir nur noch furchteinflößender.

Als hätte das Reden über seine Arbeit ihm neuen Schwung verliehen, stand er jetzt hastig auf und ging zurück zu seiner Maschine. Er legte das Kohlenstück, das ich ihm gegeben hatte, in die Kuppel, klappte sie zu und drehte an einer Menge Schrauben. Dann holte er einen Holzspan, zündete eine Laterne an und ging damit zurück zur Maschine. Der Wolf trat unruhig auf der Stelle, warf den Kopf hin und her, aber das Geschirr saß zu fest, um sich wirklich bewegen zu können. Weißhaupt öffnete eine Luke in dem Kasten unter der Kuppel und zündete eine Art Brenner an. Die Flamme loderte viel kräftiger und wütender als die Flamme in einer gewöhnlichen Laterne. Dann holte Weißhaupt eine Peitsche, die an der Wand lehnte, zog einen Keil aus dem Geschirr, was den Wolf zwar nicht daraus befreite, aber dafür sorgte, dass er vorwärtsgehen konnte, immer im Kreis, Runde um Runde. Und der Wolf trabte los, aber Weißhaupt schwang die Peitsche, damit er schneller lief. Ja, wieder und wieder schlug er zu und der Wolf zuckte unter den Hieben zusammen, seine Haut bekam blutige Striemen, aber Weißhaupt schlug immer noch härter. Der Wolf sollte mit seiner Kraft den Druck in der Maschine erhöhen, den Druck, der zusammen mit der Hitze des Brenners einen Diamanten für Weißhaupt erschaffen sollte.

Mir wurde schlecht, als ich all das mit ansehen musste, ich weinte und konnte gar nicht wieder aufhören, während die Haut des Wolfs immer blutiger wurde. Dann, endlich, hörte man einen Knall aus der Kuppel. Da blieb der Wolf stehen und musste keine Schläge mehr ertragen.

Weißhaupt steckte den Keil zurück. Der Wolf schnaufte, vor Anstrengung und Schmerz. Immer noch liefen mir die Tränen, ich hasste diesen Mann, der vor mir stand, hasste ihn, der Kinder benutzte, als wären sie Tiere, und Tiere, als wären sie Sachen.

Weißhaupt hob die Kuppel an und betrachtete den Staub, der von dem Kohlenstück übrig geblieben war. Dann sah er mich an, seltsam unberührt.

»Wieder nichts«, sagte er.

Er ging zur Tür und machte sie auf.

»Das Mädchen kann jetzt gehen.«

Taube winkte mich zu sich und ich ging, ohne etwas zu sagen.

Aber genau in der Tür blieb ich stehen und drehte mich um.

»Mein Freund. Ist er ... ich meine, kannst du mir sagen, was mit ihm geschieht?«, fragte ich.

Weißhaupt hielt in der einen Hand den Kohlenstaub, in der anderen eins seiner vielen Papiere und starrte wieder darauf, als wäre es eine Landkarte. Er hob abwesend den Kopf.

»Dein Freund ...?«, sagte er. »Heldentat hat ihm in meinem Auftrag ein Angebot gemacht. Aber offenbar ist er ein Dickkopf.« Er seufzte. »Ein Jammer, denn Heldentat sagt, er würde einen guten Piraten abgeben. Stark. Furchtlos. Heutzutage sind längst nicht mehr alle aus diesem Holz geschnitzt. Aber er hat ja noch bis morgen Zeit.«

Weißhaupt zögerte einen Moment, sah mich an, als würde er über irgendetwas nachdenken. Dann hellte sich sein Gesicht auf. »Es war nett, mit dir zu plaudern«, sagte er.

Wahre Träume

Am nächsten Tag konnte ich an nichts anderes denken als an Fredrik. Stunde um Stunde, während ich tief unter der Erde hackte, nagte die Unruhe an mir wie eine Ratte. Was würde er tun? Würde er das Angebot annehmen und einer von ihnen werden? Oder würden sie ihn umbringen?

Natürlich war der Gedanke schrecklich, er könnte Pirat werden und nur noch zur See fahren, um Kinder zu rauben, sie in den Frachtraum der Rabe zu werfen und Grubenkinder aus ihnen zu machen.

Aber dennoch. Dennoch sah ich ihn lieber als Pirat vor mir, als ihn mir tot vorzustellen. Ich wusste ja, dass er tief im Herzen nie jemand anders sein würde als der gute, nette Fredrik, der er war.

Miki und ich hielten uns von den großen Stollen fern. Ich wollte trotz allem auf jeden Fall als Letzte mit dem Aufzug nach oben, ich wollte zu Weißhaupt, wollte erfahren, wie Fredrik sich entschieden hatte. Und der einzige Weg, um das zu erreichen, war, das Sortieren zu übernehmen.

Als es endlich so weit war, hatte ich keine Ruhe, um die Kohlen ordentlich zu prüfen. Ich kratzte die Stücke hastig aneinander, entschied auf gut Glück, welches ich weglegte und welches ich behielt. Schließlich saß ich mit dem letzten Stück da und mein Herz pochte mir bis zum Hals.

»Schon fertig?«, fragte Taube und sah von ihrem Abendessen hoch.

Ich nickte und stand auf. Die Piratin, die heute den Aufzug bedient hatte, hieß Speckmund. Sie war groß und schlaksig, hatte dicke, fleischige Lippen und einen löchrigen Lederhelm auf dem Kopf.

»Was für ein flinkes, tüchtiges Mädchen!«, sagte sie zufrieden, weil sie schon so bald aufs Schiff zurückkonnte.

Taube sah mich und das Kohlenstück in meiner Hand misstrauisch an, aber sie sagte nichts, sondern steckte sich das letzte Stück Lachs in den Mund und stand auf. Speckmund holte den Karren, und Taube und ich gingen hinaus in den sternenerleuchteten Abend.

Ich hatte kaum an Weißhaupts Tür geklopft, da flog sie schon auf. Als hätte er auf mich gewartet. Er wirkte aufgeregt, fast ängstlich. Er nahm mein Kinn.

»Bist du's?«, fragte er.

Ich war so verblüfft und erschrocken, dass ich kein Wort herausbrachte, aber Weißhaupt stiefelte los und holte einen nassen Lappen, mit dem er mir den Kohlenstaub aus dem Gesicht rieb. Als er fertig war, nahm er wieder mein Kinn und sah mich an, dann lachte er so laut, dass mir kalte Schauer den Rücken hinunterliefen.

»Komm«, sagte er und zeigte mit der Hand in sein Haus.

Ich trat ein, in Licht und Wärme. Taube lehnte sich wie schon am Abend zuvor an die vereiste Hauswand. Weißhaupt machte die Tür hinter uns zu und ging zu seinen Aufzeichnungen. Er schaute sie eingehend an, dann ging er zu seiner Maschine. Der Wolf zuckte zusammen, knurrte, aber Weißhaupt beachtete ihn gar nicht, sondern hob ein paar Blätter vom Boden auf.

»Ich wollte fragen, was mit Fredrik ist«, sagte ich. »Meinem Freund. Hat er sich entschieden?«

Weißhaupt blickte weiter konzentriert auf seine Papiere.

»Es ist so weit«, murmelte er. »Aber haben wir an alles gedacht?«

Er beugte sich nach unten und nahm ein paar Schrauben an der Maschine in Augenschein, prüfte das Geschirr des Wolfs und da plötzlich ging der Wolf zum Angriff über, er schnappte zu und ich dachte schon, er hätte Weißhaupt die Hand abgebissen, aber er hatte sie nicht erwischt. Weißhaupt sah mich an, lächelte und schüttelte den Kopf.

»Dummes Vieh«, sagte er.

»Hrm, also wegen Fredrik …«, sagte ich, aber ich wurde von Weißhaupt unterbrochen, der auf einmal mächtig verärgert wirkte.

»Sch!«, zischte er und sah mich mit kaltem, stechendem Blick an. »Jetzt ist keine Zeit für Geschwätz, begreifst du nicht, dass wir uns konzentrieren müssen?«

»Worauf?«, fragte ich, weil ich überhaupt kein bisschen begriff, warum er sich so merkwürdig benahm und wieso er sich heute so zu freuen schien, dass ich zu ihm gekommen war. »Was ist denn passiert?«

Weißhaupt sah mich lange an, sein Blick schien geradezu beseelt zu sein.

»Was passiert ist?«, sagte er. Er schüttelte den Kopf und lachte dabei. »Ein Wunder ist passiert. Ich habe wieder geträumt. Von dem Kind, das mit dem richtigen Stück zu mir kommen würde. Und du musst wissen …«

Er holte einen Schemel, setzte sich neben mich und hielt wieder mein Kinn nach oben.

»Zum ersten Mal … in all den Jahren … konnte ich das Gesicht des Kindes sehen. Und das Gesicht – war deins.«

Er stand auf und ging zur Maschine. Jetzt erledigte er alles sehr schnell, er prüfte die Teile, putzte die Innenseite der Kuppel mit dem Daumen, machte ein paar Schritte zurück und sah mich an und das Kohlenstück in meiner Hand.

»M-mein Gesicht?«

Er nickte.

»Aber …«, sagte ich. »Wenn es nur ein Traum war …«

»Nein«, sagte er und seine Stimme klang streng. Mir dämmerte langsam, dass seine Laune umschlagen konnte, ohne dass er auch nur geblinzelt hatte, und dass es gefährlich war, etwas Falsches zu ihm zu sagen. »Das habe ich dir doch gestern schon erklärt. *Hast du nicht zugehört?*«

»Doch ...«

»Manche Träume sind mehr als nur gewöhnliche Träume«, sagte er. »Wenn man aufwacht, dann weiß man, dass dieser Traum einem etwas sagen will, etwas Wahres. Und ich habe viele Jahre lang von einem Kind geträumt. Einem kleinen Kind, das zu mir kommt und das richtige Stück in seiner Hand hält. Aber weil das Gesicht des Kindes schwarz war, konnte ich es nicht erkennen. Und heute Nacht, heute Nacht, da habe ich wieder geträumt und das Kind in meinem Traum hat sich das Gesicht gewaschen. Genau wie du gestern!«

Ich wagte nicht, etwas zu sagen. Aber dass ausgerechnet ich das richtige Stück für Weißhaupt finden sollte, kam mir ganz unmöglich vor. Ich war doch von allen die, die am kürzesten hier war, ich kannte mich in der Grube überhaupt nicht aus. Was, wenn das richtige Stück ausgerechnet in dem Gang steckte, aus dem Miki und ich fortgejagt worden waren? Wie sollte ich es dann bekommen?

Aber nichts von alldem schien Weißhaupt zu bekümmern, er war davon überzeugt, dass der Traum die Wahrheit gesagt hatte. Er nahm mir das Stück ab und ging zur Maschine. Der Wolf fing an, auf der Stelle zu treten, sträubte das Nackenfell und fletschte die Zähne.

»W-wirst du ihn schlagen?«, fragte ich und merkte, wie mir die Tränen kamen.

»Wen?«, fragte Weißhaupt.

»Du musst ihn doch nicht schlagen?«, sagte ich. »Bitte, schlag ihn nicht.«

Als Weißhaupt begriff, dass ich von dem Wolf sprach – dem Wolf, den er schon seit langer Zeit nicht mehr als Tier betrachtete und stattdessen wie eine Sache behandelte – da legte er den Kopf schief und lächelte. Er sah aus wie eine Mama, die ihrem Kind erklärt, dass man seine Medizin nehmen muss, auch wenn sie scheußlich schmeckt.

»Denk nicht darüber nach«, sagte er. »Jetzt wollen wir einen Diamanten erschaffen.«

Andächtig platzierte er das Kohlenstück in der Kuppel und zog sorgfältig alle Schrauben an. Er holte einen Feuerspan und entzündete den Brenner in dem Kasten unter der Kuppel und dann griff er nach der Peitsche. Der grässlichen Peitsche, die an der Wand lehnte – und es war, als könnte der Wolf sie wittern, denn sofort wuchs seine Unruhe, und als Weißhaupt den Keil aus dem Geschirr zog, da lief der Wolf los, immer im Kreis. Und während er Runde um Runde drehte, nahm er Schlag um Schlag entgegen.

Ich presste mir die Hände auf die Ohren, schloss die Augen und schrie, alles gleichzeitig, alles, um nichts sehen und nichts hören zu müssen. Aber als die Explosion kam, da hörte ich sie doch und machte die Augen wieder auf.

Der Wolf war stehen geblieben. Erschöpft und wund verschnaufte er, während Weißhaupt den Keil zurücksteckte, die Schrauben löste und die Kuppel anhob. Er betrachtete den grauen

Staub mit einer Miene, die nicht zu deuten war. Dann nahm er den Staub und schleuderte ihn in meine Richtung.

»Was soll das?«, fauchte er. »Wieso bringst du mir diesen wertlosen Dreck?

»Es tut mir leid«, sagte ich.

»Warst du nicht gründlich, als du sortiert hast?«

»Doch.«

Er setzte sich auf seinen Stuhl und sah mit einem Mal sehr alt aus. Genauso ausgezehrt und müde, wie er gestern ausgesehen hatte, bevor der Traum neues Leben in seinem Blick entfacht hatte. Nach einer Weile sagte er:

»Du musst ab sofort sehr, sehr sorgfältig sein, wenn du sortierst. Hast du das verstanden? Es darf nicht sein, dass dir wegen einer Schlampigkeit das richtige Stück durch die Finger rutscht.«

»Natürlich«, sagte ich und es war fast schon gespenstisch, dass er gemerkt hatte, dass ich heute beim Sortieren nachlässig gewesen war.

Er stand auf und machte die Tür auf.

»Taube?«, fauchte er ungeduldig.

»Ja, Papa?«

»Ab sofort ist dieses Mädchen hier alleine für das Sortieren zuständig. Verstanden? Wenn die anderen Kinder hacken, bleibt sie oben und ruht sich aus.« Er sah mich an, sein Blick war wieder sanfter. »Auf diese Weise hast du die Kraft, die du brauchst, um das richtige Stück zu finden.«

Er dachte einen Moment nach und dann sagte er: »Sie braucht

auch besseres Essen. Heldentat soll Lachs und Geflügel bringen und … alles, was gut ist! Ich werde das mit ihm besprechen.«

»Ja, Papa«, sagte Taube.

»Also dann«, sagte Weißhaupt. Er tätschelte mir den Kopf und scheuchte mich über die Schwelle.

»Hat Fredrik sich entschieden?«, fragte ich.

»Wer?«, fragte Weißhaupt.

»Mein Freund. Der auf der Rabe gefangen ist.«

Weißhaupt war so in Gedanken, dass es eine ganze Weile dauerte, bis er begriffen hatte, wovon ich da redete.

»Nein. Nein … Er will nicht.«

Da war es, als zöge mir jemand den Boden unter den Füßen weg und für einen Moment wurde mir schwarz vor Augen.

»Ja, aber, was wird jetzt aus ihm … Werden sie ihn erschießen?«

Weißhaupt nickte gedankenverloren.

»Ja. Gleich morgen früh. Und jetzt geh, ich brauche meine Ruhe.«

Taube

In dieser Nacht lag ich in meinem Bett und weinte. Wenn der Morgen kam, würden die Piraten Fredrik erschießen. Meinen lieben, guten Fredrik, wieso hatte er Nein gesagt?

Die Antwort auf diese Frage war eigentlich einfach. Fredrik wusste, dass man nicht im Herzen das eine und in der Wirklichkeit das andere sein konnte. Das hatten ihn die vielen Jahre auf See gelehrt, in denen er versuchte, vor den Erinnerungen an seine Schwester davonzusegeln.

Aber ich weinte nicht nur um Fredrik, sondern auch um Miki. Dass ich nicht mehr hacken sollte, bedeutete, dass sie wieder alleine in der Kohle sein würde. Das war ihr Ende. Grubenkinder hielten nie lange durch. Schon gar nicht, wenn man ihnen ihre Erbsen und die Kohle klaute. Nein, Miki würde abmagern und vor meinen Augen zusammenbrechen und ich konnte nichts tun, um ihr zu helfen.

Rundherum schliefen die anderen Kinder. Ihr Atem ging schwer, manche klangen verschnupft. Nach einer Weile sprach mich jemand im Dunkeln an:

»Versuch zu schlafen.«

Es war Taube. Ich konnte sie nicht sehen, aber ich erkannte ihre Stimme.

Ich gab keine Antwort, sondern weinte immer weiter und da hörte ich, wie sie aufstand. Sie zündete ihre Lampe an und kam zu meinem Bett.

»Es ist besser, wenn du schläfst«, flüsterte sie. »Du gewinnst nichts damit, wenn du wach liegst und weinst.«

»Ich kann nicht schlafen«, antwortete ich. »Ich bin so traurig.«

»Das geht vorbei«, sagte Taube.

»Nein, das geht nie vorbei«, sagte ich. »Im Morgengrauen wird mein bester Freund erschossen und meine Schwester ... Oh, sie wird in der Grube sterben.«

Taube seufzte. Im flackernden Schatten der Öllampe sah ihr Gesicht furchterregend aus, wie ein Aalgesicht, hart und starr.

»Glaubst du auch, dass ich das eine Kind bin?«, fragte ich. »Dass ich das richtige Stück finden werde?«

»Ich glaube nicht, dass es das richtige Stück außerhalb von Weißhaupts Träumen gibt«, antwortete Taube. »Er wird diese Maschine bis in den Tod hinein mit Kohle füttern, aber alles, was er dafür von ihr bekommen wird, ist Asche.«

Sie hob die Lampe.

»Wenn du dem Hacken entgehst und besseres Essen bekommst, dann wirst du dich hier gut zurechtfinden«, sagte sie. »Manchmal ist es besser, nur an sich selbst zu denken.«

Ich schüttelte den Kopf.

»So kann ich nicht leben, ich kann nicht nur an mich selbst denken.«

»Doch«, sagte Taube und sah mir in die Augen. »Man kann so leben. Man findet einen Weg.«

Sie zögerte. Düstere Gedanken schienen sie zu bedrücken. Dann nahm sie den Schlüsselbund von ihrem Gürtel und schloss den Ring um meinen Knöchel auf.

»Komm mit, ich will dir etwas zeigen.«

Wir gingen hinaus in die klirrend kalte Nacht. Taube hatte sich die Büchse umgehängt und hielt eine Laterne in der Hand. Vor dem Haus, in dem Weißhaupts Maschine stand, blieben wir stehen. Alle Fenster waren dunkel. Taube öffnete die Tür und nickte zu dem kleineren Haus daneben.

»Dort drüben schläft er«, sagte sie leise. »Aber hab keine Angst, er wacht nicht auf. Die Arbeit an der Maschine strengt ihn sehr an.«

Wir traten ein. Taube zündete überall Lampen an. Der große Eiswolf stand immer noch in dem Geschirr an der Maschine, aber dass wir gekommen waren, schien ihn nicht zu beunruhigen.

Als Taube zu ihm ging und ihm über den Kopf streichelte, da schnappte er auch nicht nach ihr. Sie nahm ihm die Lappen von den Augen, oh, es waren so schöne große, graue Augen und sie blickten uns ganz ruhig an. Der Wolf leckte Taube die Hände – und da nahm sie ihm das Geschirr ab!

Er machte ein paar Schritte, streckte den Körper, schüttelte sich und drückte seinen Kopf an Taubes Hüfte.

Sie kraulte ihn. Dann zog sie ein Vogelbein aus ihrer Jackentasche und der Wolf verschlang es, ohne zu blinzeln, mit einem einzigen Happs. Der Knochen splitterte zwischen seinen starken Kiefern.

Taube sah mich an, wie ich dastand, stumm vor Erstaunen.

»Diese Wölfin hat Weißhaupt vor langer Zeit auf den Wolfsinseln gekauft«, sagte sie. »Seit sie ein kleiner Welpe war, bin ich Nacht für Nacht hierhergekommen. Aber Weißhaupt weiß nichts davon.«

Die Wölfin fühlte sich wohl, so an Taubes Hüfte gelehnt, und es schien fast, als würde sie schlafen. Aber nach einer Weile fing sie an sich zu bewegen, drehte ein paar Runden durch den Raum, schnüffelte hier und da, nieste, wenn sie Asche in die Nase bekam.

Als sie auf mich zukam, wurde mir allerdings ziemlich mulmig und ich wich zurück. Ich hatte diesen Tag vor Nannis Schuppen nicht vergessen, als ich Auge in Auge einem Eiswolf gegenüberstand, der seine Zähne fletschte und das Nackenfell sträubte.

»Bleib einfach ganz still stehen«, sagte Taube.

Langsam streckte ich meine Hand aus. Das Fell der Wölfin war dick und ein bisschen schmutzig. Sie ließ sich eine Weile von mir kraulen, dann trottete sie zurück zu Taube. Weißhaupts Tochter schlang die Arme um die Wölfin, als wäre sie ihre beste Freundin auf der ganzen Welt. Als sie aufsah, waren ihre Augen feucht.

»Ich hätte auch ein Grubenkind werden sollen, weißt du«, sagte sie.

»A-ach ja?«

Sie nickte.

»Ich wurde von Weißhaupts Piraten entführt. Damals war ich noch ein kleines Mädchen.«

»Ich dachte, du wärst Weißhaupts Tochter?«, sagte ich.

Sie schüttelte den Kopf.

»Nein. Oder doch, ich bin es geworden. Aber davor war ich die Tochter eines anderen.«

Sie gab dem Wolf noch ein Stück Fleisch. Und während der Wolf kaute, erzählte Taube, wie es kam, dass sie Weißhaupts Mädchen wurde.

Ja, als sie klein war, da hatte sie vor allem schreckliche Angst gehabt. Sie fürchtete sich vor Spinnen und vor der Dunkelheit und sie fürchtete sich vor Leuten, die sie nicht kannte. Wenn sie in das Boot ihres Vaters steigen sollte, musste er es mit einem doppelten Tau anbinden, denn sonst hatte sie Angst, ins Wasser zu fallen. Und jedes Mal, wenn sie für ihre Mutter den Boden scheuern sollte, weinte sie, weil sie Angst hatte, sich die Füße an dem heißen Wasser zu verbrennen. Ja, sie fürchtete sich wirklich vor allem, vor dem man sich nur fürchten konnte.

Aber solche Angst wie an jenem Tag, an dem die Piraten sie raubten, solche Angst hatte sie noch nie zuvor gehabt. Sie schrie, als die Männer sie in den Frachtraum der Rabe warfen, und sie schrie die ganze Nacht hindurch, und als die Piraten am Morgen kamen, um ihr Wasser und Brot zu geben, da waren ihre langen Haare vor lauter Angst weiß geworden. Als Weißhaupt diese weißen Haare zu Gesicht bekam, war er ganz beglückt und meinte, dass sie sein eigen Fleisch und Blut sein könnte!

Da und dort entschied er, dass er sie zu seiner Tochter machen würde, wenn sie nur wollte. Sie würde nicht durch die Stollen kriechen müssen, nicht hacken und nicht schleppen, sie würde den schimmeligen Erbsen und dem trockenen Brot entgehen, ja, sie würde allem entgehen und stattdessen lernen, wie man die anderen Grubenkinder bewachte.

Taube sah mich an. Streichelte dem Eiswolf über den Kopf und schluckte ein paarmal, bevor sie sagte:

»Ich habe sein Angebot angenommen. Ich wählte den Weg, seine Tochter zu werden. Ich habe es getan, weil ich Angst hatte. Angst vor der Plackerei, Angst, dort unten zu zerbrechen, zu sterben und zu verschwinden.«

Drei Tage und drei Nächte wurde sie an Bord der Schneerabe gefeiert. Sie bekam gute Sachen zu essen und zu trinken, die Piraten ließen sie unter Hurrarufen hochleben. Weißhaupt gab ihr den Namen Taube, denn er sagte, dass er genau das brauchte, um mit seiner Arbeit Erfolg zu haben: einen Raben, der Kinder raubte, und eine Taube, die sich um sie kümmerte.

So vergingen die Tage, Monate und Jahre. Taube erfüllte ihre Aufgabe und Weißhaupt war zufrieden mit ihr. Und auch wenn es vielleicht Gelegenheiten gab, bei denen sie hätte fliehen können, so wollte sie nicht. Nein, denn für eine wie sie gab es keinen Ort auf der Welt, an den sie hätte gehen können – für eine, die sich mit ihrer Seele freigekauft hatte.

Sie sah mich wieder an.

»Du glaubst, dass man mit einer solchen Entscheidung nicht leben kann. Aber ich habe einen Weg gefunden. In den vielen Nächten, in denen die Seelenqual zu groß wird, komme ich hierher. Ich nehme ihr das Geschirr ab, damit sie sich ein bisschen bewegen kann, und die Augenlappen, damit sie nicht blind wird. Einem Wolf ist es egal, ob man mit seiner Seele bezahlt hat. Sie mag mich, ja, liebt mich. Das ist der Grund, der mich leben lässt.«

Sie ließ die Wölfin los und stellte sich vor mich, packte mich fest an den Schultern.

»Du kannst werden wie ich«, sagte sie. »Du bekommst gut zu essen und wirst ordentlich gekleidet. Und wenn du willst, dann kannst du mit mir hierherkommen, wenn du nicht schlafen kannst. Manchmal, wenn ich hier bin, bin ich sogar glücklich!«

Ich sah sie an, blickte in diese Augen, die aussahen wie Wasser mit Milch.

»Daran glaube ich nicht«, sagte ich.

Taube ließ meine Schultern los, setzte sich matt auf einen Schemel.

»Willst du lieber in deinem Bett liegen und weinen?«

»Nein«, sagte ich. »Ich will das Leben meines Freundes retten und das meiner Schwester. Ja, das Leben all dieser Kinder, obwohl ich sie nicht leiden kann. Es ist nicht ihre Schuld, dass sie sich benehmen wie Tiere.«

Taube seufzte.

»Du kannst sie nicht retten, verstehst du das nicht?«

»Doch, ich kann! Wenn du mir deine Büchse leihst!«

Sie lachte, aber es war ein leeres Lachen voller Angst und Entsetzen.

»Das ist unmöglich. Jetzt gehen wir zurück.«

»Nein!«, sagte ich und stellte mich ihr in den Weg, versperrte ihr die Tür. Sie wurde wütend, hob die Stimme.

»Es war ein Fehler, dich hierher mitzunehmen!«, sagte sie. »Ich dachte, du würdest es verstehen!«

»Ich werde nie verstehen, warum du Kinder gefangen hältst, obwohl du weißt, dass es falsch ist.«

»Ich habe meine Wahl getroffen!«

»So etwas kann man ändern!«

»Nein! Dazu ist es zu spät! Es war in dem Moment zu spät, als ich Weißhaupts Tochter geworden bin.«

»Aber du bist nie wirklich seine Tochter geworden! Du bist nicht wie er! Wer man ist, steckt nicht in den Haaren!«

Da fing Taube an zu weinen und sank auf den Boden. Sie griff sich in die Haare, die vor lauter Entsetzen so weiß und hässlich geworden waren. Dann sah sie mich an.

»Du hast schöne Haare«, sagte sie. »Kohlschwarz.«

»Nichts mit Kohle ist schön«, antwortete ich. »Bitte, hilf mir.«

Sie lächelte und fuhr sich noch immer mit der Hand durch die Haare.

»Meine Haare waren einst auch schön. Das kann man sich vielleicht gar nicht mehr vorstellen. Aber sie waren natürlich nicht schwarz.«

»Waren sie braun?«, fragte ich.

»Sie waren rot«, sagte Taube. »Dick und rot wie glühendes Gold.«

Ich sah sie lange und gründlich an und dann sagte ich:

»Ich kenne noch jemanden mit solchen Haaren.«

Das richtige Stück

Der weiße Wolf trottete durch das Zimmer, schnüffelte hier und da, leckte ab und zu etwas vom Boden auf. Vielleicht hatte Weißhaupt Essen fallen lassen, weil er so in seine Zeichnungen und Berechnungen vertieft gewesen war. Und während der Wolf herumlief und schleckte, setzte ich mich neben Taube auf den Boden und sagte:

»Mein Freund. Der, den sie in der Morgendämmerung erschießen wollen. Er hat genau solche Haare, wie du sie hattest, als du klein warst. Und er hat mir erzählt, dass er eine Schwester hatte – eine Schwester, die ihm die Piraten gestohlen haben, als er mit ihr auf Krebsfang war.«

Taube schluckte und ich sah, wie sie anfing, am ganzen Leib zu zittern.

»Zwölf Jahre lang ist er über das Meer gesegelt und hat versucht, sie zu vergessen. Aber das konnte er nicht. Und darum hat er beschlossen, mir zu helfen. Er ist mit mir hierhergekommen, um meine Schwester zu befreien. Aber wir wurden entdeckt und deshalb bin ich jetzt Weißhaupts Gefangene und deshalb soll mein Freund morgen in aller Frühe erschossen werden. Er heißt übrigens Fredrik. Und ich nehme an, dein alter Name war Hanna?«

Als ich das sagte, da war es, als würde irgendwo tief in Taubes Innerem ein Damm brechen, und sie weinte so haltlos, wie ich noch nie jemanden habe weinen sehen. Die Wölfin kam sofort angelaufen und stupste sie an, aber Taube weinte und weinte.

»Bitte, leih mir deine Büchse«, sagte ich.

Sie schlug die Hände vors Gesicht, schüttelte den Kopf.

»Er hat mich alleine gelassen«, sagte sie. »Er hat mich auf der Schäre alleine gelassen, obwohl ich nicht wollte!«

»Er ist gekommen, um das wiedergutzumachen. Verstehst du nicht? Es ist nie zu spät, wiedergutzumachen, was man getan hat!«

Lange saß Taube da, das Gesicht in den Händen vergraben. Sie saß so lange da, dass ich schon langsam ungeduldig wurde. Das erste graue Licht der Dämmerung sickerte schon durch die Fenster. Schließlich räusperte ich mich und fragte:

»Also, was sagst du?«

Da trocknete sie sich die Wangen und zog gründlich die Nase hoch.

»Mit einer Büchse in der Hand auf die Rabe zu stürmen wird

niemandem helfen«, sagte sie. »Jeder einzelne Pirat an Bord ist bewaffnet. Wir müssen unseren Kopf einsetzen.«

»Wir?«, sagte ich. »Heißt das, du hilfst mir?«

Sie nickte.

»Ja. Ich helfe dir.«

Da schwappte eine Welle durch meinen Körper, ich weiß nicht, ob es Erleichterung oder Freude oder Angst war, aber ich weiß, dass ich sofort vom Boden aufsprang.

»Und?«, fragte ich. »Was machen wir?«

Taube biss sich nachdenklich auf die Unterlippe.

»Um einen einzelnen Kapitän zu erschießen, genügt eine einzelne Büchse«, sagte sie.

»E-erschießen?«, stotterte ich. »Willst du das wirklich tun?«

Sie schüttelte den Kopf.

»Nein, es reicht, wenn er *denkt*, dass ich ihn erschießen will«, sagte sie. »Komm!«

Die Wölfin beachtete uns gar nicht, als wir das Haus verließen und sie dort einschlossen. Ja, es war schon hell, heller, als mir bewusst gewesen war. Mein Magen verkrampfte sich, mein Herz raste: Wir durften nicht zu spät kommen!

Taube klang außer Atem, als sie mir leise erklärte, was sie vorhatte:

»Wir wecken ihn in seinem Bett und befehlen ihm, zum Schiff zu gehen und Fredrik zu begnadigen. Die Piraten lieben ihren Kapitän und werden nichts versuchen, solange ich die Büchse auf seinen Kopf gerichtet habe. Wenn sie …«

Sie machte eine Pause und schluckte. »Wenn sie Fredrik losgebunden haben, dann musst du mit ihm die Kinder befreien. Und dann ...«

»Ja?«, sagte ich. »Was machen wir dann?«

»Dann rennt ihr«, sagte Taube. »So schnell ihr nur könnt. Ich nehme Weißhaupt aufs Korn, solange ich kann.«

»Willst du ... willst du nicht auch rennen?«, fragte ich.

Taube zögerte.

»Was aus mir wird, werden wir sehen. Das Wichtigste ist, dass euer Vorsprung so groß wie möglich ist. Nimm meine Schlüssel.«

Ich machte den Schlüsselbund von ihrem Gürtel ab, aber als ich ihn in meine Jackentasche stecken wollte, lag da schon etwas, nämlich der Stein, den Einar mir in Segel gegeben hatte. Also stopfte ich die Schlüssel in die andere Tasche – und als wir weiter durch den schwarzen Schnee liefen, da war ich sehr froh, dass Taube eine Büchse hatte und ich nicht mit einem Stein gegen den kältesten und bösesten Mann des Eismeers antreten musste.

Als wir vor der Tür zu Weißhaupts Schlafstube standen, drehte sich Taube zu mir um:

»Siri?«, sagte sie.

»Ja?«

»Meine Wölfin. Bitte, lass sie frei. Sie wird dir nichts tun. Sie verabscheut nur einen, und das ist Weißhaupt.«

Ich nickte. Dann holten wir beide tief Luft – und ganz, ganz leise öffnete ich die Tür.

Taube schlich zuerst ins Haus, dann ich. Weißhaupts Zimmer war einfach: ein blank gescheuerter Tisch, ein Schrank, ein Bett mit Vorhang. In der Feuerstelle glomm noch der ersterbende Rest eines Feuers. Alles war sauber und ein bisschen karg. Hier hätte genauso gut eine kleine graue Fischersfrau wohnen können.

Vorsichtig zog ich den Vorhang am Bett zurück. Weißhaupt sah friedlich aus, die weißen Haare umkränzten seinen Kopf wie eine Blume, seine Augen waren entspannt geschlossen. Ein alter Mann und ein Jüngling, schlafend im selben Körper.

»Aufwachen«, sagte Taube. Sie musste selbst gemerkt haben, wie ängstlich sie klang, denn jetzt räusperte sie sich und hob die Stimme.

»Steh auf!«

Er schlug die Augen auf, diese hellen Augen mit Pupillen wie Nagelköpfe. Er sah Taube an. Er sah mich an. Sein Gesicht verriet nicht die geringste Regung.

»Steh auf«, wiederholte Taube.

Weißhaupt setzte sich und stellte die Füße auf den Boden. Sein Nachthemd war hell, aus Leinen. Er blieb lange so sitzen, die großen Hände auf den Knien, und sagte nichts, ließ nur den Blick zwischen Taube und mir hin und her wandern.

»D-du musst Fredrik freilassen«, sagte Taube.

Weißhaupt antwortete nicht.

»Siris Freund«, sagte Taube. »Siris Freund, der im Frachtraum der Rabe sitzt. Lass ihn frei.«

Aber Weißhaupt antwortete immer noch nicht. Er saß da, unverändert stumm, sah uns an – und dachte nach. Und als er genug gedacht hatte, sagte er ruhig:

»Verrat.«

Taube schluckte. Ja, sie hatte Angst vor ihm, das war nicht zu übersehen, und natürlich entging es auch Weißhaupt nicht. Obwohl sie die Büchse in der Hand hielt, wusste er es, so wie ein Vater eben weiß, wer in Wirklichkeit die zitternde Beute ist.

»Du fällst mir in den Rücken«, sagte Weißhaupt, »jetzt, wo ich endlich, nach Jahren ... Da willst du mir die Ehre stehlen.«

»Nein«, sagte Taube. »Du irrst dich.«

Aber Weißhaupt war überzeugt zu wissen, was Taube versuchen wollte: Angespornt davon, dass ich – das richtige Kind – zur Grube gekommen war, hatte sie beschlossen, sich die Maschine unter den Nagel zu reißen, diejenige zu sein, die den ersten Diamanten herstellte, und Ruhm und Ehre für die Erfindung einzustreichen. Für die Erfindung, die für immer Schluss machen sollte mit Elend und Räuberei.

»Du hast das Mädchen dazu gebracht, dir bei deinem Plan zu helfen«, sagte er. »Du hast sie mit dem Leben ihres Freundes geködert. Oder hast du ihr vielleicht noch mehr angeboten? Wollt ihr euch die Ehre teilen, wenn der erste Diamant erschaffen ist?«

»Lass Fredrik frei!«, sagte Taube, immer verzweifelter. »Geh zu Heldentat und gib ihm den Befehl!«

»Nein.«

»Wie bitte?«

»Nein, ich mache es nicht«, sagte Weißhaupt ganz ruhig. »Lieber sterbe ich.«

»Du stirbst lieber?«

»Aber ja.«

»Aber … warum?«

»Mein Leben gehört der Maschine und du willst sie mir nehmen. Dann kann ich auch gleich sterben.« Er lächelte matt. »Also wollen wir mal sehen, welcher Schuss zuerst ertönt. Deiner – oder der, der den Freund auf dem Schiff hinrichten wird.« Bei diesen Worten blickte er kurz zum Fenster, in das Morgenlicht, das sich immer drängender gegen das dünne Glas presste.

Taube weinte, ihre zitternden Finger berührten den Hahn der Büchse. Weißhaupt sah sie an, durchbohrte ihre Augen mit diesem unbarmherzigen Blick. Sein Gesicht war angespannt, gezeichnet von einem Gefühl, ich glaube, es war Abscheu. Dann, ganz plötzlich, sprang er auf und riss ihr die Büchse aus der Hand. Es ging ganz einfach, fast so, als hätte Taube ihm die Waffe freiwillig gegeben. Sie schlug die Hände vors Gesicht und weinte.

»Ich will deine Maschine nicht haben, Papa. Es steckt nichts Ehrbares darin.«

»Doch, du weißt, dass es so ist«, sagte Weißhaupt.

»Ja, aber die Kinder …«

»Die Kinder arbeiten für eine gute Sache.«

»Nein! Das alles ist dir zu Kopf gestiegen. Die Kinder sterben doch!«

Weißhaupt zögerte kurz.

»*Dir* sind offenbar ein paar Sachen zu Kopf gestiegen«, sagte er. Und dann spannte er den Hahn und zielte auf sie.

Manchmal macht der Körper Dinge, ohne dass man ihn darum gebeten hat. Manchmal, wenn es wirklich darauf ankommt, wenn man vor zwei Schicksalen steht, das eine schwarz und das andere weiß, da kann eine Handlung aus sich selbst entstehen, obwohl man so aus der Fassung gebracht ist, dass alle Gedanken rettungslos festzusitzen scheinen. Und als ich sah, wie Weißhaupt sich bereit machte, Taube zu erschießen, als ich begriff, wie nah das Ende war, da merkte ich, wie meine Hand in die Jackentasche wanderte, und ich hörte meinen Mund sagen:

»Ich habe etwas für dich.«

Weißhaupt wandte den Blick von Taube – zu mir. Und er sah, was ich in der Hand hielt, nämlich einen kantigen Stein, ungefähr so groß wie ein Dorschkopf, der unten in der Grube schwarz wie Kohle geworden war.

Weißhaupts Augen wurden schmal.

»Was ist das?«

»Du hattest recht«, sagte ich. »Wir wollten die Ehre für uns behalten. Als ich gestern mit dem Kohlenstück zu dir gekommen bin, da hatte ich nicht nachlässig ausgewählt. Ich habe dir mit Absicht das falsche Stück gegeben und das richtige … das habe ich selbst behalten. Nimm es. Verschone Taube und nimm es.«

Langsam, ganz langsam kam er näher. Langsam, ganz langsam beugte er sich vor, um den schwarzen Stein zu betrachten. Langsam, ganz langsam nahm er ihn in die Hand. Ich sah, wie er ihn drehte, wie er zitterte, sah, wie sich seine Finger um den Stein schlossen, um die Härte zu spüren, und die ganze Zeit flehte ich innerlich, dass sich der Kohlenstaub nicht abreiben ließ.

»Das richtige Stück«, sagte Weißhaupt flüsternd. »So hart …«

Er schüttelte den Kopf, seine Augen glänzten feucht. »Noch nie habe ich ein so hartes Stück Kohle in Händen gehabt …«

Er sah Taube und mich hastig an, aber plötzlich war es, als wären wir Möbelstücke oder irgendwelches unwichtiges Zeug, das vor ihm auf dem Boden lag. Er stürmte davon, rannte bis zu dem Haus, in dem die Maschine war – aber auch der Wolf. Und der Wolf war nicht angebunden.

Weißhaupt schaffte es nicht mehr zu schießen. Alles, was wir hörten, war ein kurzer, bodenloser Schrei, dann war es still. Dann gab es keinen Weißhaupt mehr. Denn alles, was wir tun, hinterlässt eine Spur, im Guten wie im Bösen. Eine solche Spur kann zum Beispiel ein Kormoran sein, der eines Tages an die Fensterscheibe klopft und um ein Stück Fisch bittet. Aber genauso gut könnte eben auch eines der vielen gequälten Kinder bei Weißhaupt anklopfen. Taube zum Beispiel, oder ich. Oder aber ein Welpe, der einst in einer Schneewehe auf den Wolfsinseln zur Welt gekommen war und dann aufwuchs, um Weißhaupts Maschine zu drehen. Und dieses Wolfskind war schließlich die Spur, die Weißhaupts Schicksal besiegelte.

Der Ring

Ich sah Taube an und Taube sah mich an, aber das dauerte höchstens eine Sekunde – und dann rannten wir. Noch war auf dem Eis kein Schuss gefallen. Vielleicht blieb uns noch Zeit, Fredrik zu retten?

Doch als wir ein Stück gerannt waren, blieb Taube plötzlich stehen.

»Warte«, sagte sie und ich sah, wie ihre Augen zuckten, so wie sie es tun, wenn man fieberhaft nachdenkt.

»Wir haben keine Zeit«, sagte ich und zog sie am Arm. »Komm jetzt.«

Aber Taube schüttelte den Kopf und drehte sich um.

»Ich muss etwas holen«, sagte sie.

»Was denn?«, fragte ich.

»Etwas Wichtiges! Renn du vor, halt sie auf!«, schrie sie.

Und ich rannte. Ich rannte, wie ich noch nie in meinem Leben gerannt war, rannte durch kohlschwarzen Schnee, der langsam heller wurde, der dieselbe Farbe annahm wie der Stahl, mit dem man sein Messer schärft, wie die Haut eines Dornhais, wie unsere windgepeitschte Hütte zu Hause in Blauwiek, wie getrockneter Fisch, wie die hellsten Steine des Meers. Und schließlich weiß wurde. Und plötzlich hörte ich einen Schuss und meine Haare stellten sich vor Entsetzen auf. Fredrik war tot!

Aber da hörte ich noch einen Schuss – und noch einen.

Und als ich fast am Eis angekommen war, da hörte ich Gelächter und Jubelrufe und noch mehr Schüsse. Was ging da vor sich?

Als ich endlich beim Schiff war, da war mir sofort alles klar. Auf dem Eis rund um die Schneerabe wimmelte es nur so von Piraten, offenbar war die gesamte Besatzung bereits auf den Beinen. Und was ihnen allen so wahnsinnig viel Spaß bereitete, das waren zwei Männer, die mit ihren Büchsen ein Stück abseits standen und um die Wette schossen: Sie veranstalteten ein neuerliches Zielschießen.

Die beiden, die gegeneinander antraten, waren der Glatzkopf und der Bärtige, die Scheusale, mit denen ich auf der Schnicke gefahren war. Aber heute schossen sie nicht auf einen Menschen aus Schnee, heute war der Mensch aus Fleisch und Blut. Fredrik. Aufrecht wie eine Fichte stand er da, an Händen und Füßen gefesselt, und wartete darauf, entweder vom Glatzkopf oder dem Bärtigen getroffen zu werden. Und jedes Mal, wenn einer der beiden danebenschoss, ja, da jubelten die anderen Piraten, klopften sich begeistert auf die Schenkel und lachten, dass ihnen die Tränen kamen. Sie warfen Schneebälle nach den Schützen und man konnte richtig sehen, wie der Glatzkopf und der Bärtige vor Scham und Ärger schon kochten.

»Aufhören!«, rief ich.

Schlagartig drehten sich alle um.

»Ein Ausreißer!«, schrie jemand.

»Hände hoch, Kind!«, schrie ein anderer. In Sekundenschnelle war jede Büchse dort auf dem Eis auf mich gerichtet.

Ich hielt nach dem Steuermann Heldentat Ausschau. Da! Er stand neben ein paar anderen Piraten, hatte die Pfeife im Mund und sah mich verblüfft an. Es war wohl nicht gerade üblich, dass ein Grubenkind in der Bucht auftauchte.

Mit erhobenen Händen ging ich auf ihn zu. Ein paar Piraten eilten heran, um mich festzuhalten, aber Heldentat scheuchte sie weg.

»Na, dann wollen wir mal hören, was die Kleine zu sagen hat«, sagte er. Dann sah er mich an und dabei kaute er mit seinen schwarzen Zähnen gelassen auf dem Mundstück der Pfeife herum. »Nun?«

»Bitte …«, sagte ich und versuchte, mit fester Stimme zu sprechen. »Bitte, erschießt Fredrik nicht.«

Da brachen die Piraten wieder in Gelächter aus. Erst begriff ich nicht, warum, aber dann wurde mir natürlich klar, dass das, was ich eben gesagt hatte, ihnen bestimmt sehr albern vorkommen musste.

Grinsend nahm Heldentat seine Pfeife aus dem Mund und sagte:

»Ich würde dir den Gefallen ja wirklich gerne tun. Wie man artig um etwas bittet, das weißt du jedenfalls. Aber du musst mich auch verstehen. Ich habe nun mal einen Wettkampf ausgerufen, um herauszufinden, wer von den beiden der bessere Schütze ist. Also, stell dich zu mir und schau zu, statt uns den Spaß zu verderben.«

Den Spaß? Ja, ich konnte wohl sehen, dass sie gerne ein bisschen Spaß hatten, die Piraten der Schneerabe, und deshalb sagte ich laut:

»Wer der bessere ist? Wer weniger schlecht ist, meinst du wohl?«

Heldentat lachte und die anderen Piraten stimmten mit ein, na ja, alle außer dem Glatzkopf und dem Bärtigen.

»Wenn ich die beiden so schießen sehe, fällt mir eine Geschichte ein«, fuhr ich fort. »Ihr habt sie vielleicht schon mal gehört? Die Geschichte von Dumm und Niemand? Wenn nicht, dann kann ich sie euch gerne erzählen, ich verspreche euch, da werdet ihr Spaß haben!«

Heldentat sah sich fragend um. Vielleicht kannte ja jemand von seiner Besatzung die Geschichte? Aber niemand sagte etwas und da zuckte er die Schultern und nickte mir belustigt zu.

»Lass hören«, sagte er.

Ich erzählte die Geschichte, genau so, wie Nanni sie mir auf den Wolfsinseln erzählt hatte: wie Dumm und Niemand sich eine Büchse kauften und schießen lernen wollten. Wie Niemand anfangen sollte und die Kugel abprallte und ihn in der Stirn traf. Wie

Dumm dann ins Dorf rannte, um Hilfe zu holen – und wie die Jäger fanden, dass er sich komisch benahm, und ihn fragten, ob er dumm sei.

Die Piraten lachten so dröhnend, dass es bis in den Himmel schallte.

»Dumm und Niemand!«, sagte Heldentat und nickte in Richtung des Glatzkopfs und des Bärtigen. »Ich glaube, wir haben soeben ihre Besatzungsnamen gefunden! Oder was meint ihr?«

Die Piraten lachten wieder und machten zustimmende Geräusche – und je lauter sie lachten, desto mehr gewann ich das, was ich brauchte: Zeit. Aber plötzlich hob der Glatzkopf die Hand.

»Genug!«, brüllte er. »Lasst mich nur ordentlich zielen, dann seht ihr schon, wie ich treffen kann.«

Er griff nach dem Schmuck, den er um den Hals trug, dem Fischkönig, den er zurückbekommen hatte. Er drückte ihn lange und gründlich in der Hand, dann legte er die Büchse an und zielte.

Ich sah zu meinem Freund, meinem lieben, guten Freund, der so tapfer dort auf dem Eis stand. Er lächelte mir zu, als wollte er sagen: Nimm es nicht so schwer, Knopf. Und der Glatzkopf spannte den Hahn und ...

»Stopp!«

Aus Richtung der Grube kam jemand. Aber dieses Mal brüllte keiner der Piraten und es legte auch niemand die Büchse an. Nein, dieses Mal lachten die meisten und Heldentat sagte:

»Guten Morgen, Täubchen.« Er lüftete seine Mütze und einige andere auch.

Aber Taube erwiderte sein hässliches Lächeln nicht, sondern sagte nur laut und vernehmlich:

»Lasst den Gefangenen frei.«

Wieder lachten ein paar, andere murmelten ein bisschen belustigt, so wie man es tut, wenn ein Kind etwas Dummes gesagt hat.

»Das geht nicht, Täubchen«, antwortete Heldentat. »Befehl von Kapitän Weißhaupt.«

»Ich bin kein Täubchen mehr«, sagte Taube. »Und Weißhaupt ist nicht mehr Kapitän.«

Sie reckte ihre rechte Hand in die Luft. Den Ring hatte sie sich auf den Daumen stecken müssen, weil er eigentlich für einen Mann gemacht worden war. Aber Daumen oder nicht, ein Ring war ein Ring und es war nicht irgendeiner, sondern Weißhaupts Kapitänsring.

»Mein Vater ist tot. Totgebissen von seinem Maschinenwolf, den er nicht ordentlich angebunden hatte. Ich bin jetzt Kapitän der Schneerabe. Und niemand wird diesen Gefangenen erschießen.«

Drei Mal Salut

Heldentat schickte acht Piraten los, um nachzusehen, ob Weißhaupt wirklich tot war, wie Taube gesagt hatte. Sie kamen in Zweierreihe zurück, mit vier Büchsen, die ihnen als Trage dienten. Und auf der Trage lag er.

Sie legten ihn auf den Boden, dann versammelten sich die Piraten um ihren toten Kapitän. Ein wenig später brachte Taube mir bei, wie sie alle hießen, und das will ich jetzt erzählen:

Da waren Heldentat und Eisig, Schafskopf und Schlagzuerst, Speckmund und Treu, Lärmer und Helm, Haarig und Gehweiter, Jung und Fuchspelz, Fröstel und Schönling, Giftig und Gutwind, Streiter und Krebs, Messer und Fünfdaumenbreit, Sund und Immerbereit, Haudrauf und Pinne, Nüchtern und Fock, Gefährlich und Goldmaul, Hacker und Lacher, Schuss und Letztesstündlein – und dann die beiden, die eben ihre Besatzungsnamen von Heldentat bekommen hatten: Dumm und Niemand. Sie alle nahmen ihre Mützen zu Ehren Weißhaupts ab.

Auch Taube trat zu ihm. Sie ging neben ihrem Vater in die Knie und sah ihn lange an. Sie strich ihm über die Wange, aber ihre Miene war nicht zu deuten. Ich reckte den Hals, betrachtete sein starres, bleiches Gesicht. Seine langen, weißen Haare waren blutverschmiert, am Hals sah ich die Spuren der Wolfszähne.

Die Männer und Frauen standen um ihren Kapitän und weinten schweigend. Es war ein seltsamer Anblick: vernarbte, bucklige, einäugige Räuber, denen Tränen die Wangen hinunterliefen. Ich hätte nicht erwartet, dass Piraten eine Seele haben. Aber vielleicht, dachte ich jetzt, war es so, dass in jedem Menschen eine Seele steckte. Nur dass sich die Seele in manchen Menschen ein schöneres Zuhause bauen konnte. Wenn sie nichts anderes als einen kargen, frostigen Ort zur Verfügung hatte, dann musste sie wohl oder übel damit vorlieb nehmen.

Schließlich räusperte sich Heldentat und sagte mit lauter Stimme: »Weißhaupt ist tot! Einen Ehrenschuss für unseren toten Kapitän!«

Jeder, der eine Büchse hatte, richtete den Lauf steil in die Luft, um Weißhaupt zu salutieren. Einige luden nach und schossen mehrmals, sie riefen und brüllten: »Für Weißhaupt! Für unseren geliebten Kapitän! Für den einstigen Schrecken des Eismeers!«

Als das Echo des letzten Schusses verhallt war, wandte sich Taube an mich.

»Bitte, sei so gut und lass den Gefangenen frei«, sagte sie. Ja, denn jetzt konnte ihr niemand mehr widersprechen. Jetzt war sie diejenige, die hier die Befehle erteilte.

Da stürmte ich zu Fredrik und ich hatte es so eilig, ihn von den Stricken an Händen und Füßen zu befreien, dass ich an den Knoten zog und zerrte und damit alles nur schlimmer machte.

»Bald hast du mich so fest verschnürt, dass ich niemals loskommen werde«, sagte Fredrik lachend.

»Ach was«, schimpfte ich. »Verflixtes Durcheinander.«

Aber irgendwann hatte ich es dann doch geschafft. Und da flog ich in seine Arme, seine starken, warmen Arme, und ich hielt ihn so fest, als wollte ich ihn nie wieder loslassen.

»Es tut mir furchtbar leid, dass ich dir auf diesem Ausflug keine große Hilfe war«, sagte er.

»Warst du doch«, sagte ich. »Denn ohne dich hätte ich mich nie getraut.«

Er setzte mich ab und sah mich aus seinen funkelnden blauen Augen an.

»Ein Wolf, wie ich hörte?«

Ich nickte.

»Er hatte noch ein Hühnchen mit Weißhaupt zu rupfen.«

»Ach ja? Und du hattest deine Finger nicht im Spiel?«

»Na ja«, murmelte ich. »Vielleicht habe ich ... ein klein wenig nachgeholfen.«

Als ich das sagte, spürte ich, wie sich meine Gesichtsfarbe änderte. Fürchtete ich mich vor dem, was ich getan hatte? Ja, denn schließlich war ich ja schuld daran, dass ein Mensch gestorben war.

Und obwohl ich im selben Moment einer Menge anderer Menschen geholfen hatte, dem sicheren Tod zu entrinnen, würde ich diese Schuld doch immer in mir tragen. Wie eine Spur.

Als hätte Fredrik verstanden, dass mir das alles Angst machte, wuschelte er mir mit seiner großen Hand durch die Haare und sagte:

»Es ist immer leichter, den feigen Weg zu gehen. Aber manchmal im Leben wählt man auf einmal den mutigen Weg. Und das ist ein großes Glück für alle anderen.«

Er schaute zu der Piratenmeute, sah ihren neuen Kapitän.

»Das ist also Weißhaupts Tochter?«, fragte er zögernd. »Die Gefangenenwächterin?«

Es überraschte mich nicht, dass er sie nicht erkannte. Sie hatte sich in den zwölf Jahren auf der Insel sehr verändert, war ausgezehrt, hässlich und weißhaarig. Aber trotzdem ... trotzdem sah ich ihm an, dass er sich wunderte.

»Ja«, sagte ich. »Sie war seine Tochter. Aber davor war sie die Tochter eines anderen. Vielleicht möchtest du zu ihr gehen und ihr Guten Tag sagen?«

Er ging los, ein wenig zögerlich. Taube war umringt von Männern und Frauen, die ihr auf den Rücken klopften und über ihren Vater reden wollten, der jetzt tot war und den sie so geliebt hatten. Aber als sie sah, dass Fredrik näher kam, löste sie sich aus der Gruppe und ging ihm entgegen.

Dann standen sie voreinander und sahen sich an. Ein wenig unbeholfen nahm Fredrik seine Mütze ab, und als er endlich etwas sagte, da klang es fast wie eine Frage.

»Ich wollte mich für die Begnadigung bedanken.«

Sie nickte.

»Guten Tag, Fredrik«, sagte sie. »Weißt du, ob Mutter und Vater noch leben?«

Da zischte die Luft aus ihm heraus wie aus einem Blasebalg, seine Augen wurden feucht und sein Mund suchte nach den richtigen Worten. Aber das Einzige, was er flüsternd herausbrachte, war:

»Nein. Ich bin lange nicht mehr zu Hause gewesen.«

Da sah sie wohl, wie traurig er war, und sie begriff, wie sehr er diesen Tag bereut hatte, an dem er sie auf der Schäre zurückgelassen hatte. Sie erkannte, dass er ihretwegen so lange auf See gewesen war – und vielleicht auch, dass er gewissermaßen ihretwegen hierhergekommen war, obwohl er nie auch nur zu hoffen gewagt hatte, sie noch lebend zu finden. Sie schlang die Arme um seinen riesigen Körper und umarmte ihn. Lange standen sie so da und schließlich schaffte er es, ihre Umarmung zu erwidern. Die beiden sagten Dinge zueinander, die ich nicht hören konnte, und das war natürlich ganz richtig so.

Dem toten Kapitän war die letzte Ehre erwiesen worden und jetzt begannen die Piraten, darüber zu reden, dass auch der neue Kapitän gefeiert werden müsse. Und wie Hacker ganz richtig sagte, war es wohl angemessen, das Ganze groß aufzuziehen. Es schlüpfte ja schließlich nicht jeden Tag ein frischer Piratenkapitän.

Sie waren alle einig und Taube erteilte ihnen die Erlaubnis, die Kanonen der Schneerabe klarzumachen. Die Besatzung kletterte mit einem Eifer an Bord, bei dem einem nur flau werden konnte: Wenn es darum ging, die Kanonen abzufeuern, da kamen sie wahrhaftig in Fahrt! Auch Heldentat ging an Bord. Auf halbem Weg drehte er sich um.

»Nun, Kapitän?«

Taube sah erst ihn an und dann Fredrik. Sie sagte:

»Jetzt wird für mich geschossen, großer Bruder. Du hast doch keine Angst, oder?«

Dann folgte sie Heldentat übers Eis, kletterte über die Strickleiter auf das Schiff, das jetzt ihres war und über das sie nun bestimmen konnte, wie sie wollte.

Fredrik und ich blieben alleine am verschneiten Strand zurück. Nicht weit von uns lag Weißhaupt mit seinen blutigen Haaren. Wir sahen, wie die Luken aufgeschlagen wurden. Wir hörten, wie die schwer beladenen Lafetten, auf denen die Kanonen montiert waren, in die richtige Richtung gedreht wurden. Hörten, wie jemand eine Kugel auf den Boden fallen ließ und dafür ausgeschimpft wurde. Dann wurden, eines nach dem anderen, die bösen Eisenaugen aus den Pforten geschoben. Kalt und reglos starrten sie aufs Meer.

Noch ein paar weitere Vorbereitungen, dann stürmte Fuchspelz hastig an Deck, klopfte Heldentat auf den Rücken und sagte etwas, während er sich gleichzeitig ein paarmal vor Taube verbeugte.

Heldentat nickte. Er hob das Kinn und schrie: »Feuer!«

Und neben der Luke, die nach unten führte, stand Lacher und wiederholte den Befehl, damit diejenigen, die die Kanonen abfeuern sollten, ihn auch hörten.

Ein eisernes Auge nach dem anderen blinzelte, es donnerte und krachte, weißer Rauch legte sich wie ein dicker Kranz um den fetten Bauch der Rabe, Kugeln zischten durch die Luft und hinterließen dort, wo sie einschlugen, große, dampfende Löcher im Eis.

Als die letzte Kugel abgefeuert war, rief Heldentat:

»Hurra für Kapitän Taube!«

»Hurra für Kapitän Taube!«, antworteten die Piraten, die an der Reling standen. Sie nahmen ihre Mützen ab und schwenkten sie über ihren verlausten Köpfen.

Und genau da, gerade als man dachte, dass jetzt Ruhe und Stille einkehren würden, da dröhnte ein Knallen über das Meer. Es war ein dumpfer, ein gewaltiger Knall, ein Knall, neben dem einem die Kanonen ganz lächerlich erschienen.

»Was war das?«, fragte ich.

»Errätst du das nicht?«, antwortete Fredrik lächelnd. »Das ist das Eis. Es bricht.«

Ja, aber natürlich war es das! Das Eis, das wie ein dicker, glänzender Deckel auf dem Meer gelegen hatte, gab plötzlich nach. Vielleicht hatte eine der Kanonenkugeln es geweckt oder vielleicht wäre es sowieso wach geworden, das wussten wir nicht. Aber wir wussten, dass es mit einem Riesengetöse aus seinem Schlaf erwacht war! Schon sahen wir, wie Wasser über die großen, weißen Schollen spülte. Aber deshalb hörte es noch lange nicht auf zu donnern, nein, der Lärm wurde immer schlimmer und da wurde den Piraten ganz feierlich zumute und sie schwenkten wieder ihre Mützen.

»Ja, und für wen ist jetzt dieser Salut?«, fragte ich Fredrik im Spaß.

Da sah er mich an und sagte:

»Dieser Salut ist für dich, Knopf.«

Befreit

Mit Fredrik an meiner Seite ging ich zurück durch diesen eigenartigen Schnee, der langsam seine Farbe veränderte. Das Dröhnen und Krachen des Eises war endlich verstummt. Ich hatte Taubes Schlüsselbund in der Tasche. Auf ihren Befehl hin sollten die Kinder freigelassen und alles für ihre Heimkehr vorbereitet werden. Die Schneerabe würde ihre Beute zurückbringen.

Seltsam still lagen die Häuser da, als hätten sie sich schon jetzt in bloße Erinnerung verwandelt. Kein Hacken und Klirren drang aus der Tiefe. Die Türen zum Maschinenhaus und zu Weißhaupts Schlafraum standen weit offen. Beim nächsten Sturm würde der Schnee dort einziehen, würde all die Gerätschaften und Papiere unter sich begraben. Die Wölfin war fortgelaufen. Bestimmt war sie aufs Eis hinaus gerannt und ich hoffte, dass sie es rechtzeitig wieder an Land geschafft hatte.

Wir öffneten die Tür des großen Gebäudes, das aussah wie ein zusammengeflickter Hafenspeicher. Das Feuer war schon lange ausgegangen – in den Betten saßen zwanzig angekettete Kinder und zitterten vor Kälte.

»Siri!«, rief eines von ihnen und strahlte über das ganze Gesicht.

Ich rannte zu ihr und schlang die Arme um sie.

»Ich habe mir Sorgen gemacht«, sagte Miki, das Gesicht an meine Brust gedrückt. »Wir haben es knallen hören.«

Da lachte ich und drückte sie noch fester.

»Jetzt musst du dir keine Sorgen mehr machen«, antwortete ich. »Wir fahren nach Hause.« Dann hob ich die Stimme, damit jedes einzelne kohlschwarze Kind hören konnte, was ich zu sagen hatte.

»Wir alle hier fahren nach Hause!«, rief ich und warf Fredrik den Schlüsselbund zu.

Es dauerte ziemlich lange, bis er Bett für Bett die richtigen Schlüssel gefunden hatte, und während er damit beschäftigt war, die Kinder loszumachen, fingen sie nach und nach zögerlich an, miteinander zu tuscheln und zu flüstern. Ich hatte erwartet, dass sie jubeln würden, dass sie vor Glück und Freude über diese Nachricht schreien würden – aber jetzt wurde mir klar, dass die ganze Sache viel zu groß und unbegreiflich war, um es wirklich fassen zu können: dass sie frei waren.

»Weißhaupt ist tot«, sagte ich. »Er ist vor ein paar Stunden gestorben und seine Maschine braucht keine neue Kohle mehr.«

Das Tuscheln wurde immer lauter, sie flüsterten und flüsterten und das Flüstern wurde zu einem blubbernden Brodeln.

»Hast du ihn getötet?«, fragte eins der Kinder.

»Nein«, antwortete ich.

»Wer war es dann?«

»Es war der Wolf.«

Noch mehr Flüstern, ein Rasseln und Zerren an den Ketten, Betten wurden hin und her geruckelt von denen, die langsam ungeduldig wurden, die langsam begriffen hatten, dass es wirklich stimmte, dass sie nicht länger Weißhaupts Gefangene waren.

»Aber was ist mit Taube?«, fragte jemand.

»Taube ist der neue Kapitän auf der Schneerabe und sie wird euch nach Hause bringen. Ich hoffe, ihr wisst alle noch, wie die Insel heißt, von der ihr kommt.«

»Ich weiß es noch!«, schrie da jemand, ein Junge, den Fredrik noch nicht befreit hatte, der aber trotzdem schon in seinem Bett stand, so glücklich und so beseelt, dass er nicht mehr still sitzen konnte. »Ich komme von Blassum!«

Da stand das nächste Kind auf dem Bett auf und rief:

»Ich komme von Ankerum!«

»Und ich von Kantum!«, rief ein drittes.

»Von Felsingen!«, rief ein viertes.

Ja, die Kinder riefen alle durcheinander, woher sie kamen, als sie zur Grube verschleppt worden waren, um dort zu schuften. Keins von ihnen hatte den Namen seiner Heimatinsel vergessen, denn jeden Tag hatten sie sich dorthin zurückgesehnt.

Als alle ihre Eisenringe losgeworden waren, gingen wir raus. Die Kinder sahen sich um, als wäre auf einmal alles neu und fremd für sie, jetzt, wo sie nicht mehr von den Piraten mit ihren geladenen Büchsen zur Grube getrieben wurden.

»Auf zum Schiff!«, sagte ich. »Folgt mir!«

Und so gingen wir gemeinsam durch den immer heller werdenden Schnee – die Kinder, die Weißhaupts Grubenkinder gewesen waren. Da waren Ivar und Edla von Kantum, Saga von Speckum, Snar von Axtum, Vala von Walum, Sven und Ingmar von Dunkelum, Nils und Elis von Stockum, Hella von Hornum, Östa von den Niemandsinseln, Unni von Druntum, Ymer von Blassum, Olav von Unbehag, Tora von Ankerum, Daga von Saltum, Agna von Felsingen, Bror von Nordwog, Brisa von Grautum – und zu guter Letzt Miki und Siri von Blautum.

Ganz am Ende der Gruppe marschierte ein großer, rothaariger Mann mit einem Bauch wie eine Tonne. Er pfiff leise vor sich hin. Und als Miki anfing zu quengeln, dass ich mich jetzt aber wirklich um neue Stiefel kümmern *musste*, da lachte er und sagte, es wäre doch wirklich lustig, dass dieses ganze Abenteuer seinen Anfang wegen einer kleinen Person genommen hatte, der er noch nie zuvor begegnet war und die er trotzdem schon so gut kannte.

Je näher wir dem Strand kamen, desto mehr spürte ich, wie der Zweifel in den Kindern wuchs. Plötzlich sagte das Mädchen, das Östa hieß, und im Übrigen Mikis Kohle gestohlen hatte:

»Ich habe Angst! Was, wenn die Piraten uns reinlegen wollen?«

»Das wollen sie nicht«, sagte ich.

Aber es waren noch mehr Kinder auf diesen Gedanken gekommen und Olav von Unbehag blieb stehen und sagte:

»Wäre es nicht schlauer, wenn wir das Holz vom Grubenaufzug nehmen und uns ein eigenes Boot bauen würden? Dann müssten wir nicht mit diesen abscheulichen Kerlen segeln!«

»Wenn du hierbleibst und ein Boot baust, dann bist du fünf Mal verhungert, bevor es auch nur fertig ist, kapierst du das nicht?«, sagte ich. »Klar sind die Piraten abscheulich, aber sie gehorchen ihrem Kapitän und Taube hat versprochen, uns nach Hause zu bringen, sicher und gesund.«

Olav knurrte irgendwas in der Art, ich hätte ja keine Ahnung, wie schnell er ein Boot bauen konnte, aber die Kinder gaben nach und folgten mir das letzte Stück bis zum Strand.

Taube wartete schon. Sie hatte zwei Rudermänner dabei, es waren Nüchtern und Schlagzuerst. Das Beiboot der Schneerabe lag am Strand. Der Wind peitschte das neu erwachte, graue Meer auf. Eisschollen tanzten bedrohlich auf den Wellen. Wolken rollten über den Himmel, geradeso als wären sie Rauch aus den Kanonen der Rabe.

Taube blickte uns entgegen, die Haare wehten ihr um den Kopf. Sie musterte die Kinder und verriet mit keiner Miene, was ihr durch den Kopf ging, als sie denen in die Augen sah, deren Wächterin sie gewesen war. Sie sagte nur:

»Geht jetzt an Bord.«

Es war ein großes Beiboot, bestimmt achtzehn Fuß lang. Aber wir waren viele und deshalb drängten sich lauter kleine Kinder auf dem Boden und unter den Duchten, die Knie anzogen und die Arme um die Beine geschlungen. Ja, es war herzzerreißend, sie da in ihren Lumpen zu sehen. Wie sehr sie frieren mussten!

Fredrik setzte sich nach achtern und Taube stand am Bug, einen Fuß auf die Vorderducht gestellt. Und als Nüchtern und Schlagzuerst ihre Kräfte gesammelt hatten und das Boot ins tiefe Wasser schoben, da schwankten viele von uns, aber Taube nicht.

Mit Schwung stemmten sich die Rudermänner über die Reling und die Kinder duckten sich erschrocken vor dem eiskalten Wasser, das die beiden an Bord begleitete. Schlagzuerst feuerte ein dröhnendes Lachen ab und verkündete, dass es jetzt erst richtig losginge. Dann schnappte er sich das eine Ruder, Nüchtern nahm das andere und schon waren wir auf dem Weg.

Es wurde eine wilde Fahrt durch die Bucht. Die Kinder kauerten sich zähneklappernd zusammen und blinzelten in die Wellen, einige wurden immer unruhiger, je näher wir der Schneerabe kamen. Niemand sagte etwas.

Aber dann ergriff doch jemand das Wort. Miki. Sie hatte sich bis zur Vorderducht durchgekämpft und jetzt zupfte sie Taube am Hosenbein. Taube drehte sich um.

»Ich brauche neue Stiefel«, sagte Miki.

»Sch!«, zischte ich, denn was sie da sagte, fand ich so dumm, dass es kaum zu glauben war. Hier saßen zig Kinder, die nichts als Wickel um die Füße hatten – und sie jammerte rum!

Aber Taube nickte Miki kurz zu und sagte:

»Wir sorgen dafür, dass alle bessere Kleider bekommen.«

Als wir die Schneerabe erreichten, gab das Beiboot ihr einen flüchtigen Kuss auf den Rumpf. Die Strickleiter wurde heruntergelassen und eins nach dem anderen kletterten die Kinder an Bord. Treu und Fuchspelz halfen ihnen das letzte Stück über die Reling. Natürlich bemühten sie sich nach Kräften, so viele blöde Sprüche wie möglich zu machen, denn so waren sie – sie liebten es, andere zu veralbern, ganz besonders, wenn sie klein und ängstlich waren.

»So schmutzige Kinder können wir nicht mitnehmen!«, sagte Fuchspelz. »Wäre es nicht besser, wir würden sie alle kielholen, um ihnen Manieren beizubringen?«

»Ach was, schnür sie einfach zu einem Bündel zusammen und nimm sie in Schlepp!«, sagte Treu. »Ein ganzes Rattennest kielzuholen dauert zu lange.«

Aber da kam Taube an Bord und beschloss, dass für heute Schluss mit Veralbern war.

Als alle Kinder und Fredrik an Bord waren, erhob sie die Stimme:

»Speckmund und Helm, ihr macht Badewasser warm, Sund und Immerbereit, ihr sucht für alle Kinder Jacken und Schuhe raus! Und Nüchtern und Schlagzuerst rudern zurück und holen meinen Papa! Beeilt euch!«

Zusammen mit Speckmund, Helm, Sund und Immerbereit kletterten die Kinder unter Deck. Ich blieb oben bei Fredrik. Meine Kleider hatten zwar eine Reihe Löcher bekommen, aber bis wir wieder zu Hause in Blauwiek waren, hielten sie schon noch durch. Piratenkleider zog ich bestimmt nicht an.

Fredrik stützte die Ellenbogen auf die Reling und schaute zu dem schmalen Gatt, dem eigentlichen Tor zum offenen Meer. Er sah schön aus, der Wind zerrte an seinen Haaren, die so rot waren wie glühendes Gold. Ich stellte mich neben ihn und für eine ganze Zeit schwiegen wir. Nüchtern und Schlagzuerst kamen zurück, mit Weißhaupts Leiche auf der Achterducht. Da sagte ich:

»Denkst du, die Grütze auf diesem Schiff ist genießbar?«

»Das weiß der Teufel«, antwortete Fredrik. »Vielleicht muss man noch ein bisschen nachhelfen.«

»Ja«, sagte ich. »Aber die Mehlwürmer sammeln wir den Piraten nicht raus.«

»Nee«, sagte Fredrik und spuckte in den Schnee. »Die können sie ruhig mitessen.«

Und als dann Bror von Nordwog die Schiffstreppe hochkam, da mussten wir beide grinsen, Fredrik und ich. Bror hatte sich gewaschen und umgezogen – nur war die Jacke, die er bekommen hatte, natürlich viel zu groß. Auch die Mütze aus Schaffell, die er auf dem Kopf trug, rutschte ihm fortwährend über die Stirn, sodass er sie hochklappen musste, um überhaupt etwas sehen zu können. Der nächste Junge war Ivar von Kantum. Er hatte ein Paar Hosen aus Robbenleder an, die er bis zur Nase hätte hochziehen können, wenn er gewollt hätte.

Ja, so kamen sie eins nach dem anderen an Deck, die Grubenkinder, die nur noch Lumpen am Leib gehabt hatten und jetzt die warmen Jacken, Hosen, Mützen und Schuhe der Piraten trugen. Jedes sah auf seine Art lustig aus, aber am allerlustigsten war Miki angezogen. Als sie sich endlich blicken ließ, trug sie ein Paar Stiefel, die so groß waren, dass es an ein Wunder grenzte, dass sie es damit überhaupt die Schiffstreppe hoch geschafft hatte. Und während noch alle lachten, ging ich entschlossen zu ihr und nahm sie am Arm.

»Geh runter und zieh deine alten Stiefel wieder an!«, sagte ich.

»Aber die tun mir weh!«, protestierte Miki.

»Die sind trotzdem noch gut!«, antwortete ich. »Merkst du nicht, dass du dich lächerlich machst?«

»Und warum dürfen alle anderen, aber ich nicht?«, maulte Miki und zeigte auf die restlichen Kinder, die ebenfalls in viel zu großen Stiefeln dastanden.

»Sie sind nicht so klein wie du«, sagte ich. »Und jetzt runter mit dir.«

Aber da weinte Miki und sagte, dass sie nie!, nie im Leben! auch nur daran *denken* würde, ihre alten Stiefel wieder anzuziehen, weil die nämlich zu klein geworden waren, und das sollte ich nun endlich einsehen.

Da konnte ich gar nicht anders, als sie in den Arm zu nehmen, denn oh, wie lieb ich sie hatte!

»Aber gib mir nicht die Schuld, wenn du gleich auf der Nase liegst«, sagte ich.

Nein, nein, sagte Miki, das würde sie auf keinen Fall tun.

Zwischen Wassum und den Katzenschären

Wenn mich jemand fragt, wo Weißhaupt begraben ist, dann sage ich, dass er zwischen Wassum und den Katzenschären liegt, in den langen Armen der Braunalgen. Ich habe selbst gesehen, wie sie ihn dort über Bord geworfen haben.

Es war kein schönes Wetter an diesem Tag, aber es war ja auch kein schöner Mensch, der da ins Meer sollte. Er lag auf der Ducht auf dem Halbdeck, grau und kalt. Dieses Gesicht, das einem alten Mann und einem Jüngling zugleich zu gehören schien, sah beinahe aus, als wäre es aus Stein geschlagen. Das Blut an seinem Hals war schwarz geworden.

Die Besatzung hatte sich um ihn versammelt. Fredrik und ich standen ein wenig abseits. Unni von Druntum, Olav von Unbehag und Daga von Salzum wollten auch dabei sein und zusehen. Miki saß zusammengekauert bei den anderen auf dem Schlafdeck.

Jetzt kam Treu mit einem Sack nach oben. Leichter Schneefall hatte den Schiffsboden glitschig gemacht, und als Treu zusammen mit Immerbereit die Leiche in den Sack heben sollte, da rutschte er aus. Ich bin mir nicht sicher, ob ich die ganze Sache dadurch eher lustiger oder im Gegenteil noch schrecklicher fand.

Als Weißhaupt schließlich im Sack war, da bekam er noch zwölf Kanonenkugeln zur Gesellschaft, denn das stand einem Piratenkapitän wohl zu. Und dann nähte Treu alles mit vielen strammen Stichen zusammen. Speckmund, Gefährlich, Fock und Hacker waren die Stärksten von allen und so hoben sie den Sack hoch und trugen ihn nach achtern. Dort schwangen sie ihn – heho, heho, he – über die Reling ins Meer. In weniger als einem Augenblick war er schon gesunken und verschwunden. Ein paar große Blasen stiegen an die Oberfläche, wie ein letzter Gruß von dem Mann, der seine Klauen nach meiner kleinen Schwester ausgestreckt hatte und nun nie wieder die Klauen ausstrecken würde. Lacher ließ die Schiffsglocke läuten.

Danach wurde es still. Ich sah zu Taube. Sie hatte die Haare zu einem Dutt geschlungen. Über ihrer Lederjacke trug sie einen Umhang aus Mützenrobbe, ich glaube, sie hatte ihn von Schlagzuerst bekommen. In ihrem Gürtel steckte ein Messer. Heldentat war oft in ihrer Nähe und die beiden unterhielten sich leise. Es schien, als hätte er ihr eine Menge guter Ratschläge zu geben und als würde er ihr helfen, Pläne zu schmieden. Pläne für einen Piratenkapitän.

Ich glaube, Fredrik dachte ungefähr dasselbe wie ich, denn als Taube wenig später kam, da sagte er:

»Wirst du jetzt der Schrecken des Eismeers?«

Sie blieb stehen. Erst dachte ich, sie wäre beleidigt, als hätte Fredrik ihr etwas vorgeworfen, was ihm nicht zustand. Aber sie ließ nur den Blick über das graue Meer schweifen, das eine dünne, matte Haut aus Schnee bekommen hatte, dann sah sie ihn an.

»Was dachtest du denn, was ich tun würde? Nach Hause fahren und auf Dorschum Dorschrogen essen?«, sagte sie.

»Ich wüsste nicht, was an Dorschrogen falsch sein sollte«, murmelte Fredrik.

»Das meine ich nicht«, sagte Taube und schnaubte.

Sie seufzte, vielleicht bereute sie die Schärfe in ihrem Ton. Sie nickte zu der kleinen Treppe, die zum Oberdeck hinunterführte.

»Kommt ihr mal mit?«, fragte sie.

Wir folgten ihr, und als wir unten ankamen, öffnete Taube die Tür zur Kapitänskajüte. Ich fand es spannend, mich dort drinnen umzusehen. Es gab gewebte Teppiche und prächtige Öllampen aus feinem Glas, Bücher und Kerzenleuchter, mehrere Büchsen, von denen manche sehr alt aussahen, und an der Wand hing der ausgestopfte Kopf einer Ringelrobbe. In ihrem offenen Maul blitzten scharfe, weiße Raubtierzähne und ihre Augen waren aus schwarzem Glas.

Taube legte den Messergürtel ab und setzte sich auf einen Lehnstuhl. Sie sah Fredrik lange an, der im Angesicht all der Herrlichkeiten und seiner Schwester, die ihre Haare jetzt in einem Knoten trug, fast ein bisschen eingeschüchtert wirkte. Ja, Taube war etwas anderes als Sturmbart, der zwar auch eine prächtige Kapitänskajüte gehabt hatte, mit Teppichen und teuren Schätzen, den Fredrik aber als Laus bezeichnet hatte. Nur, was genau den Unterschied machte, das konnte ich nicht so richtig sagen.

»Eine wie ich kann nirgendwohin«, sagte sie.

»Was meinst du mit *eine wie du*?«, fragte Fredrik.

»Eine wie ich«, sagte Taube, »eine, die sich die Freiheit mit ihrer Seele erkauft hat.«

Fredrik schüttelte den Kopf, machte eine Geste, die wohl so etwas bedeuten sollte wie: Ach was, das ist doch halb so wild.

Aber Taube sagte:

»Was, denkst du, werden die Leute auf Dorschum über mich sagen, wenn sie die ganze Geschichte hören? – Dass ich Weißhaupts Tochter war. Dass ich die Gefangenenwächterin war, die ihre Kinder unter die Erde geschickt hat. – Nicht nur unseren Eltern wurde ein Kind von den Piraten geraubt. Seit ich auf Weißhaupts Insel war, sind zwei Kinder von Dorschum vor meinen Augen gestorben. An Lungenleiden und vor Erschöpfung. Und die Jungen, die sie auf Gierling geholt haben, die wurden in Windeseile dahingerafft. Der Vater dieser Jungen, der kennt unseren Papa, sie haben zusammen gefischt. Was wird er wohl sagen, wenn ich nach Hause komme und mich an Dorschrogen satt esse, als wäre nichts gewesen?«

Fredrik zuckte mit den Schultern. Er sah aus, als wollte er etwas sagen, aber er fand keine Worte.

Taube schüttelte den Kopf und sagte wieder:

»Eine wie ich kann nirgendwo hin. Für mich gibt es nur das Meer.« Sie seufzte, wollte wohl irgendetwas sagen, das ihn ein bisschen aufmuntern würde, und deshalb sagte sie:

»Kann schon sein, dass ich mal einen Sack Getreide oder zwei stehlen werde. Aber Kinder raube ich nicht. Ich glaube, ich will kein Kind mehr sehen, so lange ich lebe.«

Fredrik schlug den Blick nieder.

»Es ist nur so ...«, sagte er leise, »dass ich Piraten nun mal einfach nicht leiden kann.«

Taube nickte.

»Geht mir genauso.«

»Ja, aber«, sagte er. »Willst du dich denn ... für den Rest deines Lebens verachten?«

Erst antwortete sie nicht. Bitterkeit legte sich über ihr Gesicht, als hätte sie Galle geschluckt.

»Kann sein«, sagte sie.

Aber da ergriff ich das Wort, denn Fredrik tat mir leid. Immer geduckter und betrübter stand er da und gab sich natürlich selbst die Schuld dafür, dass seine Schwester plante, der Schrecken des Eismeers zu werden.

»Du sagst, dass du deine Seele verkauft hast«, sagte ich zu Taube. »Aber das stimmt nicht. Deiner Seele war es in den letzten zwölf Jahren nur ein wenig kalt und ungemütlich und da hat sie sich eben entsprechend benommen. Bestimmt dauert es nur ein bisschen, bis sie sich wieder aus ihrer Höhle hervorlocken lässt.«

Fredrik sah seine Schwester an und lachte leise, als wollte er sagen: Na, was sagst du jetzt?

»Ich glaube, Siri hat recht«, sagte er. »Du bist nicht aus Piratenholz geschnitzt.«

Taube zögerte. Ich weiß nicht, ob wir sie verärgert hatten oder ob sie uns einfach für dumm hielt. Aber schließlich durchbohrte sie Fredrik mit ihrem Blick und sagte:

»Dann lass mal sehen, was du tun kannst, um mich umzustimmen.«

Sie stand auf, legte ihren Messergürtel wieder an und ging. Fredrik und ich blieben alleine zurück. Die Robbe starrte uns mit aufgerissenem Maul von ihrem Platz an der Wand herunter an. Langsam glitt das Schiff über die Wellen.

»Glaubst du, dass du das kannst?«, fragte ich. »Sie umstimmen?«

Fredrik kratzte sich den dichten, roten Bart und zwinkerte mir zu.

»Das werden wir schon sehen. Man ist ja nicht umsonst der große Bruder«, sagte er.

Durch die kleinen gewölbten Fensterscheiben, die mit Blei eingefasst waren, sah ich Taubes Schatten. Sie überwachte die Arbeit der Besatzung an der achterliegenden Ankerwinde, die unsere Ankerketten einholen sollte, damit wir Weißhaupts nasses Grab verlassen und weitersegeln konnten. Ich wusste jetzt, was Taube von Sturmbart unterschied, wieso er Angst gehabt hatte und warum sie nie wieder Angst haben würde: Sie hatte nichts mehr zu verlieren.

Auf See

Die Heimreise wurde halsbrecherisch und lebensgefährlich. Taube, die einst vor allem Angst gehabt hatte, vor dem man Angst haben konnte, war nun so furchtlos, wie man nur sein konnte. Tag und Nacht segelten wir über das tosende, wiedererwachte Eismeer, die Piraten klammerten sich an die Reling und flehten um ihr Leben – und wenn wir auf Eis stießen, das noch nicht aufgebrochen war, dann hielt Taube ihr Schiff nicht an, wie andere Kapitäne es getan hätten. Nein, sie befahl volle Segel. Die Schneerabe flog vorwärts wie auf Flügeln und ihr garstiger Schnabel fraß sich durch jedes Hindernis, auf das wir stießen. Ja, die Piraten hatten große Angst vor Taube und sie liebten sie. Vielleicht noch mehr, als sie Weißhaupt geliebt hatten.

Wir begegneten keinem anderen Schiff. Niemand war so verrückt, sich in diese Suppe zu begeben, die das Meer jetzt war, eine

Suppe aus Wasser und Eisschollen, groß wie unser Segel – und hätte sich doch jemand auf See gewagt, dann hätte er wohl spätestens beim Anblick der Schneerabe kehrtgemacht, des gefürchtetsten aller Piratenschiffe.

Drei Tage nachdem wir Weißhaupt in sein Grab gebracht hatten, stand ich achtern und starrte in die Wellen. Alle, die konnten, hielten sich auf dem Schlafdeck auf, denn es hörte einfach nicht auf zu schneien. Überall an Deck lag matschiger Schnee und die Taue trugen Bärte aus Eis. Nur der Steuermann war draußen – und ich.

Ich strich mit der Hand über die nasse Reling, sammelte den Schnee in der hohlen Hand. Ich weiß nicht, warum ich nicht bei den anderen war. Doch, ich wollte wohl einfach ein bisschen alleine sein. Es war viele Wochen her, dass ich von zu Hause fortgegangen war. Fast alle, die mir auf meinem Weg begegnet waren, hatten gesagt, dass meine Reise unglücklich enden würde. Sie hatten sich geirrt.

Aber war das wirklich ein glückliches Ende? Ich hatte auf dem Eismeer vieles gesehen, das ich lieber nie gesehen hätte und das nun für immer in meinem Kopf sitzen würde. Den Welpen auf den Wolfsinseln zum Beispiel, der versuchte, sich an seiner toten Mama festzuklammern. Oder das Küken, das sein Leben damit verbringen sollte, für Einar Fische zu fangen. Und dann den kleinen Beutel in Segel. Aus dem Leder, das so weich und hell gewesen war. Niemals würde ich diesen Beutel vergessen.

Die Welt, die dort im Osten beginnt, wo Blautum liegt, und im Westen bei Kantum endet, die ist wie ein Tisch, dachte ich. Ein

Tisch, auf dem die Menschen sitzen und ihr Geld zählen. Aber unter dem Tisch, da sind die Beine, die alles aufrecht halten. Und diese Beine sind die Kinder. Die Kinder, die wir vor unsere Schlitten spannen, die Kinder, die wir mit dem Messer schneiden, die Kinder, denen wir den Hals zuschnüren, und die, die wir tief unter die Erde schicken, mit Körben und Hacken.

Ja, dachte ich, so war es wohl mit dieser Welt, und ich dachte auch, dass das böse war. Aber dann landete eine kleine Schneeammer auf der Reling und wippte mit dem Schwanz und da wurde ich so froh, dass ich alle düsteren Gedanken abschüttelte. Wer weiß – vielleicht war ja nur unsere Zeit so böse? Vielleicht würden nach uns andere, bessere Zeiten kommen?

Die Schneeammer zwitscherte ein bisschen, aber dann flog sie auf, als hätte sie sich erschrocken. Ich beschloss, zurück ins Warme zu gehen, und drehte mich um – und erst da merkte ich, dass hinter meinem Rücken jemand aufgetaucht war. Es war der Glatzkopf, der den Namen Dumm bekommen hatte.

Er starrte mich aus schmalen Augenschlitzen an, sein Mund war zu einem hässlichen Grinsen verzogen, sodass ich die gelben Zähne in seinem Unterkiefer sehen konnte, die so schief und eng beieinanderstanden wie ein Reisigbündel.

»Na, schaust du dir das Meer an?«, sagte er.

»Ja«, antwortete ich kurz und versuchte, an ihm vorbeizuschlüpfen. Aber er stieß mich zurück. Ich knallte gegen die Reling und schnappte nach Luft.

Ein bisschen weiter weg stand sein Freund, der Kerl, der Niemand hieß. Er sollte wohl aufpassen, dass keiner kam, und Dumm warnen, falls der Steuermann sich umdrehte. Er zog sich die Mütze tiefer über die Ohren und sagte:

»Los, mach endlich, ich bin jetzt schon klitschnass.«

Dumm grinste wieder, schaute auf die grauen Wellen, haushohe Wellen, Wellen, die mit ihren hungrigen schaumigen Mäulern nach uns zu schnappen schienen.

»Ich wollte mich nur bei dir bedanken«, sagte er. »Für die hübschen Namen, die du uns gegeben hast.«

»Das war Heldentat«, murmelte ich.

»Aber du hast ihm kräftig dabei geholfen«, fiel Dumm mir ins Wort. »Und um die Wahrheit zu sagen, hätte ich einen anderen Namen vorgezogen.«

In seinen Augen sah ich etwas, ich glaube, es war Scham oder vielleicht auch Trauer. Oder beides. Dieser Name, er war wohl zu einer ewigen Erinnerung an all sein misslungenes Tun und Lassen geworden.

Etwas, das ihn immer an die Schüsse erinnern würde, die ihr Ziel verfehlt hatten und im Schnee gelandet waren. Und für ihn trug ich die Schuld daran.

Er trat ganz dicht an mich heran.

»Vielleicht möchtest du dir das Meer mal aus der Nähe ansehen?«, sagte er.

»Lass mich«, antwortete ich. »Taube hat das Kommando an Bord, ihr dürft das nicht.«

»Aber Taube ist gerade gar nicht hier«, sagte Dumm. »Und was soll sie schon sagen, wenn ein Kind aus Versehen ausrutscht und über Bord geht? Bei so was hilft auch kein Befehl.«

Er nuckelte an seinen ekligen gelben Zähnen und musterte mich voller Verachtung.

»Ich sehe es so: Dafür zu sorgen, dass du ertrinkst, würde nur vollenden, was ich vor Langem begonnen habe. Du solltest längst tot sein und es gibt nur eine Erklärung dafür, dass du noch lebst. Du hast meinen Fischkönig mit ins Wasser genommen. Der hat dir das Leben gerettet.«

Er hielt den Riemenfisch hoch, damit ich ihn auch wirklich gut sehen konnte.

»Aber jetzt gehört er wieder mir. Und er hat ein neues Band bekommen, ein ordentliches, starkes, das nicht so einfach nachgibt.«

Ich holte Luft, wollte um Hilfe rufen, aber Dumm packte mich an den Haaren und hielt mir den Mund zu. Er presste mich gegen die Reling, so hart, dass ich glaubte, er würde mir den Rücken brechen. Es war nur eine Frage von Sekunden, dann würde ich ins Meer stürzen.

Jetzt sterbe ich, dachte ich. Und ich dachte an die kleine Schneeammer, die ich gerade gesehen hatte, und ich dachte daran, dass Papa immer gesagt hatte, Schneeammern wären die einzigen Vögel im Eismeer, die singen konnten. Und das machte mich abgrundtief traurig, denn in diesem Moment wusste ich, dass ich mir nichts im Leben mehr wünschte, als neben meinem Papa auf der Treppe vor unserem Haus zu sitzen und ihm zuzuhören, wie er von den

Schneeammern erzählte. Und vielleicht dabei zuzusehen, wie Miki zwischen den Schuppen herumtobte und spielte, so wie sie es immer getan hatte. Genau das wollte ich so gerne, aber das ging nicht mehr, denn jetzt würde ich sterben.

Da ertönte ein wahnsinniges Gebrüll und noch etwas anderes, das vielleicht am ehesten an ein Kläffen erinnerte. Dumm drehte sich um und sah gerade noch, wie Niemand auf dem Boden landete und zappelnd über das nasse Deck schlitterte. Und da war Fredrik. Er hatte Niemand aus dem Weg geräumt und jetzt stürmte er auf uns zu, so groß und rasend vor Wut, dass Dumm mich losließ und versuchte wegzulaufen. Aber Fredrik bekam ihn zu fassen.

»Ach so? Du willst also meinen Knopf umbringen?«, knurrte er. »Aber erst bist du an der Reihe!«

»B-bitte, wirf mich nicht ins Meer«, wimmerte Dumm und starrte voller Entsetzen in die Wellen. »Mach, was du willst, aber wirf mich nicht ins Meer!«

Fredrik kniff die Augen zusammen.

»Nein, das hatte ich nicht vor«, antwortete er. »So hässlich, wie du bist, würde das Meer dich sowieso gleich wieder ausspucken. Nein, ich werde dich lieber eigenhändig umbringen.«

Und mit diesen Worten packte er den Lederriemen um Dumms Hals und drehte ihn herum, bis Dumm keine Luft mehr bekam.

»Lass los!«, röchelte er, aber Fredrik drehte den Riemen weiter und weiter. Da sah ich, dass Dumm die Wahrheit gesagt hatte: Dieses Band war wirklich ordentlich stark und gab nicht einfach so nach.

Dummm hing an Fredriks Händen und sein Gesicht lief immer blauer an. Seine Augen sahen aus, als würden sie gleich aus den Höhlen treten, und ich bekam wirklich Angst. Wollte Fredrik das tatsächlich tun? Ihn töten?

Nein, er wollte ihm natürlich nur einen tüchtigen Schreck einjagen, denn schon ließ er Dumm auf den Boden plumpsen. Dumm sackte zusammen, aber blitzschnell stand er wieder auf den Füßen. Hustend und zähneklappernd rannte er weg, stolperte fast die Schiffstreppe runter, wie ein angeschossenes Tier.

Fredrik sah mich an.

»Ich habe mich gefragt, wo du steckst«, sagte er. »Was für ein Glück, dass ich hochgegangen bin, um nachzusehen. Ich habe einmal zugelassen, dass so ein Hosenscheißer dich vom Schiff wirft, das reicht!«

Ich sagte nichts, nickte nur zur Antwort.

»Ich gehe rein und rede mit dem Kapitän«, sagte Fredrik. »Ich glaube, es wäre ganz gut, die beiden Memmen ein Weilchen in den Frachtraum zu sperren. Damit sie nicht noch mal auf dumme Gedanken kommen.«

Blauwiek

Zu allen möglichen Inseln mussten wir, um das Diebesgut der Piraten zurückzubringen. Nach Kantum und zur Niemandsinsel, nach Speckum und Salzum, nach Axtum und Walum, nach Stockum und Nordwog. Nach Hornum und Druntum, nach Blassum und nach Unbehag, nach Ankerum und Dunkelum, Felsingen und Grautum. Und ganz zum Schluss zu einer kleinen, unbedeutenden Insel, die Blautum hieß. Ja, denn die lag am äußersten Rand auf Fredriks Karte, so weit im Osten, wie man überhaupt nur kommen konnte, bevor man über den Rand kippte. Und deshalb mussten Miki und ich uns am längsten von allen gedulden, bevor wir nach Hause kamen. Jedes Mal, wenn ein Mädchen oder Junge in das Beiboot stieg, um sich von den Piraten an Land rudern zu lassen, zerriss mein Herz fast vor Sehnsucht. Oh, wie sehr ich mir wünschte, endlich auch an der Reihe zu sein!

Das letzte Kind, das abgesetzt werden sollte, bevor Miki und ich dran waren, hieß Brisa. Sie war ziemlich groß, und als wir uns verabschiedeten, da gab sie mir plötzlich die Hand.

»Ich wollte mich bei dir bedanken«, sagte sie.

Ich wusste nicht, was ich sagen sollte, es war mir wohl ein bisschen peinlich. Ich murmelte nur etwas kaum Hörbares und dann ging Brisa in ihrem viel zu großen Fuchspelzmantel zur Strickleiter und kletterte nach unten. Es war sehr nett von ihr gewesen, mir die Hand zu geben und Danke zu sagen. Vielleicht bedeutete es ja, dass die Tiere aus Weißhaupts Grube langsam wieder zu Menschen wurden.

Als wir endlich den Rauch aus Blauwieks Häusern am Horizont aufsteigen sahen, da war es, als geriete mein ganzer Körper in Aufruhr, so sehr sehnte ich mich nach meinem Zuhause und nach meinem Papa. Ich fragte mich, ob er wohl auf uns wartete? Oder hatte er aufgegeben? Hatte er sich selbst gesagt, dass es keinen Sinn mehr hatte? Oh, mein armer, kleiner Papa, wie sehr musste ihn das alles schmerzen.

Die Piraten hatten die Schneerabe beigedreht und ließen das Beiboot ins Wasser. Es war ein schöner Tag, vielleicht der erste Frühlingsbote? Die Sonne schien und das Meer sah aus wie flüssiges Silber.

Taube nahm mich in den Arm und hielt mich eine Weile fest.

»Mach es gut«, sagte sie. »Und nimm dich vor den Piraten in Acht.«

»Mach ich«, sagte ich. »Mast- und Schotbruch!«

Da lachte sie, sodass man fast jeden ihrer gelben Zähne sah.

»Na dann«, sagte sie.

Ich ging zu Fredrik. Mein großer, lieber Freund mit dem roten Bart. Nein, von ihm konnte ich mich nicht verabschieden, zumindest nicht für immer. Deshalb sagte ich nur:

»Bis bald.«

Und er nickte und sagte:

»Ja.«

Dann hob er mich in die Luft und hielt mich an den ausgestreckten Armen vor sich und lachte, als wäre er der glücklichste Mensch der Welt – und da konnte ich gar nicht anders, ich musste mitlachen.

Miki und ich bekamen Hilfe beim Runterklettern. Was Miki betraf, war das ein ziemliches Glück, ihre Stiefel waren schließlich fast so groß wie Fischerkähne. Schuss und Letztesstündlein saßen schon im Beiboot, jeder ein Ruder in der Hand.

»Na, Mädchen«, sagte Schuss, der eine Glatze hatte und einen buckligen Rücken, »dann fahren wir mal los.«

Und das taten wir. Sie waren tüchtige Ruderer, alle beide, das Boot schoss geradezu über das spiegelglatte Wasser. Ich merkte, wie sich mein Mund zu einem breiten Grinsen verzog, als ich all die Schären wiedersah, die Schären, die ich so gut kannte wie meine eigene Hosentasche, die Schären, die mein *Zuhause* waren. Die Schären zu Hause, die waren etwas ganz Besonderes. Sie waren irgendwie schöner als andere Schären, sie brachten die Seele zum Jubeln.

Nur als ich Eisenapfel sah, da musste ich an diesen schrecklichen Nebeltag denken, den Tag, an dem das Abenteuer begonnen hatte. Und ich merkte, dass ich Schuss und Letztesstündlein doch noch etwas fragen musste.

»Was wolltet ihr hier eigentlich?«

»Hä?«, sagte Letztesstündlein.

»Als ihr Miki geraubt habt«, sagte ich und nickte zu meiner kleinen Schwester, die an der Reling saß und den Zeigefinger ins Wasser hielt, genauso wie sie es immer getan hatte. »Warum seid ihr auf Eisenapfel an Land gegangen?«

Da wackelte Letztesstündlein mit dem Kopf und sagte, sie wären an Land gegangen, um Schneebeeren zu pflücken.

»Ist das wahr?«, fragte ich.

Beide nickten. Sie konnten sich noch gut daran erinnern, sie hatten nämlich zwei ganze Körbe voll gefunden! War das nicht unglaublich?

Ich wusste nicht, ob ich lachen oder weinen sollte, denn das war bestimmt das Seltsamste, was ich seit Langem gehört hatte: Piraten aßen gerne Schneebeeren, genau wie jedes Kind in Blauwiek.

Aber Miki fand die ganze Geschichte überhaupt nicht seltsam. Sie sagte nur, dass jetzt natürlich klar war, warum sie und ich kaum eine Beere gefunden hatten, als wir welche pflücken wollten. Und dann plapperte sie weiter und erzählte, dass dieser Tag der schlimmste Tag ihres Lebens gewesen war und dass sie niiiiie wieder Schneebeeren essen würde, nur damit das klar wäre.

»Und was isst du stattdessen?«, fragte ich.

»Fisch natürlich«, sagte Miki.

»Aha«, sagte ich. »Dann ist es ja ein Glück, dass du mich hast, weil ich angeln kann.«

»Ich kann auch angeln«, sagte Miki.

»Nein, kannst du nicht«, sagte ich.

»Doch!«, sagte sie.

»Was du wieder redest«, sagte ich. »Du hast in deinem ganzen Leben noch keinen einzigen Fisch aus dem Wasser gezogen. Du kannst nicht mal ein Netz einholen, ohne dass es sich verheddert.«

Schuss und Letztesstündlein amüsierten sich prächtig über unsere Kabbelei, kicherten und warfen sich vielsagende Blicke zu.

Miki starrte mich böse an.

»Ich werde *mit den Zehen* angeln, haha, was sagst du nun?«, knurrte sie.

»Das klappt bestimmt«, sagte ich und nickte. Und Schuss und Letztesstündlein lachten wieder.

Aber als Miki größer wurde, da kam es tatsächlich so, dass sie mit den Zehen angeln konnte, als wäre es nichts. Sie ging einfach zur Brücke, zog Stiefel und Strümpfe aus und nach einer knappen Stunde hatten wir unser Mittagessen zu Hause in der kleinen, grauen Hütte. Und jedes Mal, wenn ich mir nachnahm, lachte Miki und sagte:

»Ist es nicht ein Glück, dass du mich hast, Siri?«

Aber davon wusste ich natürlich noch nichts, als wir im Beiboot saßen, und deshalb sagte ich genau das: »Das klappt bestimmt.«

Dann sah ich den Hafen. Ich sah Leute, die hierhin und dorthin rannten wie aufgescheuchte Hühner. Ja, sie hatten natürlich bemerkt, dass die Schneerabe vor Anker lag und dass ein Ruderboot übers Wasser kam. Deshalb hatten sie es jetzt eilig – eilig, in ihre Häuser zu kommen, eilig, alles abzuschließen und den schwersten Schrank vor die Tür zu schieben.

Nur einer blieb stehen. Einer hatte keine Angst. Ein Mann, klein und grau wie ein Stöckchen, ja, sogar noch kleiner und noch grauer als damals, als ich ihn das letzte Mal gesehen hatte. Gerade so, als wäre er wirklich in der Mitte durchgebrochen. Er reckte den Hals, um das Boot besser sehen zu können, und da hob ich die Hand und winkte.

Inhalt